CUON韓国文学の名作

幼年の庭

呉貞姫

清水知佐子 訳

006

유년의 뜰

This book is published with the support of
the Literature Translation Institute of Korea (LTI Korea).

目次

【凡例】

・本文中の〔　〕は訳注である。
・原文には現在は不適切とされる表現もあるが、描かれている時代および原文の雰囲気を損なわないために、あえて活かした部分がある。
・作品の中には話し括弧があるものとないものが混在しているが、文体の特徴を生かすため、原文どおりに訳した。
・本文中の年齢はすべて原文通り、数え年である。

幼年の庭

ワット　アー　ユー　ドゥーイング？　あなたは何をしていますか？　アイム　リーディング　ア　ブック。私は本を読んでいます。ワッツ　ユア　フレンド　ドゥーイング？　あなたの友だちは何をしていますか？

西日が兄さんの額と首筋を赤く染めながら部屋の中を横切る。

私が記憶している限り、その時間はいつもそうだった。

トタン屋根が溶けて流れそうなほど熱くなり、夕日がナイフのように鋭く部屋の奥まで差し込む頃になると母さんは化粧を始め、兄さんは窓辺に置かれた、赤い花模様の紙を貼った箱の前にじっと座って大声で英語の本を読み上げる。私は、母さんのそばで化粧瓶をいじったり、窓の向こうに見える橋や新道、そして、さらに遠くで黄金色に輝いている国民学校［日本の小学校に当たる。一九四一年から九五年までこの名称が使われた］の窓やだんだんだん赤く染まっていく巻雲を見つめながら、母さんと兄さんの間に密かに醸し出されていく張りつめた空気をはらはらする思いで見守った。

キャン　ユー　テル　ミー　ワット　ヒー　イズ　ドゥーイング？　兄さんが軽く咳払いをして声を高める。

パーマをかけた髪が絡まったのか、いらいらした手つきで髪をとかしていた母さんが手を止めて鏡に頭を近づける。白髪が一本抜かれた。

壁に立てかけた鏡に、背を向けて座った兄さんの頑なな姿が映っている。抜いた白髪を指の間に挟んでしばらく見つめていた母さんは、日差しを避けるしぐさをしながら顔をしかめると鏡を動かして化粧を続けた。木箱の上に置かれた汚れた布団が鏡に映り込み、兄さんの姿が消えた。乱暴にページをめくったせいで古くて湿っぽい紙が破れる鈍い音がし、緊張でこわばった兄さんの背中がびくっと動く。

母さんは背後で行われている小さな示威行動――それでも、兄さんとしては精一杯の――を気にも留めず顔におしろいをはたき、カーブをつけて細い眉を引く。私はやきもきしながら母さんと兄さんを交互に見比べ、抑えようのない好奇心を胸に、鏡の中でアサガオのように白く花開いていく母さんの顔を見つめていた。

母さんが嫁いできた時に持ってきたという等身大の鏡は、この部屋で唯一の立派な物だ。それは、母さんが毎日磨いているせいもあるけれど、目に見えて、あるいは気づかないうちに落ちぶれていく私たちの中で日ごとに輝きを増していて、その異質な存在感のせいで、私たちの目には実物よりもずっと大きく見えていたのかもしれない。

鏡の中いっぱいにいつも狭い部屋が映り込んでいた。

ままごとをしていても、寝ぼけまなこで起き上がった時も、けんかをしていても、慌ただしくご飯を食べていても、ふと目をやると部屋の片隅に置かれた鏡に後ろ姿まで映り込んでしまう。そんな鏡の中の見慣れない自分の姿にきまり悪さを感じ、私たちはすっと体の向きを変えたり、知らない人の顔みたいにじっと見つめたりした。

鏡は、傾ける角度によって私たちの姿を小さく大きく、長く短く、自由自在に変化させて映し出す。母さんが出かけると姉さんと私はうんうん唸りながら鏡を動かし、その前で口を大きく開けて歌を歌ったり、お芝居ごっこをしたりした。雨が降って外に出られない時の定番はお芝居ごっこで、内容はいつも同じだった。

あいつはまぬけだから病人役でもやらせとけ。下の兄さんに言われるままに私が力なく横になると、彼は医者に、姉さんは天使になった。病人はか弱い声でうめきつづけ、注射をされ、薬を飲み、目を閉じていたかと思うと死んでしまい、天使と一緒に天に昇っていくという筋書きだ。天使役の姉さんはお祖母さんのチマ〔民族服のスカート〕をかぶって裾をなびかせながら周囲を飛び回り、私が頭をがくっと横に垂れて息を引き取ると抱き上げた。そして、怒った。

太っちょだから飛べないのね。

病人が天使の後をついて羽ばたきながら部屋の中を飛び回るシーンで幕が下りるのだと知ってはいたけれど、私はたいてい、じっと横になっていた。すると、姉さんは私の体を揺すりながら、怯えた声で大げさに言った。

ノランヌン《黄色い目》、死んだの？　目を開けて。ほんとに死んじゃったの？

医者役の兄さんは指で目を開かせ、ふーふー息を吹きかけながら文句を言う。

おい、起きろ。もう終わったぞ。

でも、私は天使と一緒に飛ぶよりも、死んだふりをして横たわっている方がずっと楽しかった。そうやってじっとしていれば医者は何度も注射を打ち、天使は足が痛くなるまで飛び回るのを止められず、芝居はいつまでも続くからだ。

母さんは花びらの形にくっきり口紅を引き、白くなった顔にもう一度、パフでおしろいをはたいた。

上の兄さんがさらに大きな声で本を読む。

ワット　アー　ユー　ドゥーイング？　アイム　リーディング　ア　ブック。

窓の下にある庭の畑の脇を通り過ぎていた人たちが、首を伸ばして中をのぞき込む。やけに熱心に勉強してるな。アメリカ人のしゃべり方にそっくりだ。

変声期に入ったばかりのかすれてざらざらした、それでいて女性的な声で兄さんは一生懸命舌を転がした。

兄さんは、高校入学資格試験の準備をするのだと言って日が暮れるまで窓辺に座って英語の本を読み、本を閉じて最初から暗唱したりもした。狭い部屋にはいつも、本を読む兄さんの声が響いていた。それは、絶え間なく繰り返される単調で小節の長い歌のようで、兄さんがいない時ですら、うんざりするほど聞こえてくる気がした。ワット

アー　ユー　ドゥーイング？　ワッツ　ユア　フレンド　ドゥーイング？

中学二年で学校を中退した兄さんが読んでいたのは、避難時の荷物の中に大切に入れてあった中二の教科書だ。

町に夜間中学ができると母さんは言った。家族全員が野宿することになっても学校に行かせてやると。

それなのに兄さんは二年以上も同じ本を読んでいて、表面が毛羽立ち、湿気で分厚く膨らんだその本にわら半紙でカバーをかけた。

みんなが言うように、いつか兄さんは成功するのだろう。

これで遊んでもいいわよ。

母さんは、きれいに使い切ったクリームの容器を私にくれ、唇の脇に美人ほくろを描いて立ち上がると、鏡に全身を映す。

行ってくるわね。

そう言うと、チョゴリ［民族服の上着］の袖にハンカチをそっとすべり込ませてしゃなりしゃなりと出ていった。

その途端に兄さんは本を閉じ、大げさに伸びをしながら上着を脱ぎ捨てた。広くなりはじめたばかりの肩の上に、まだひ弱でか細い首と小さな頭がアンバランスに乗っかっていたものの、すでに青年らしいしっかりした骨格が出来上がっている。兄さんは抑えつけようとするような、跳ね上がろうとするような身振りでもう一度腰をひねって伸びをし、手に力を込めてゆっくりと腕を内側に曲げた。硬い筋肉が、ぶるぶると震えるように盛り上がる。兄さんは黒っぽい脇の下を見せながらもう一度伸びをし、蒸し蒸しする部屋の戸を蹴飛ばした。

大きく開いた戸の向こうに、庭でふいごを吹いているお祖母さんが見えた。夕飯用のご飯を炊く火をおこしているのだ。なかなか火がつかないのか、片手で風を送りながらずっと、かまどの火口に顔を当ててふーっ、ふーっと息を吹き込んでいる。白い灰がかまどの上に舞い上がったが、まだ明るいので火の粉は見えない。

ノランヌン、味噌をひとさじすくってきておくれ。トウガラシもいくつか頼んだよ。けむたい煙と流れる汗に目をしょぼしょぼさせながらお祖母さんが叫んだ。甕《かめ》を開けると、味噌の表面にかぶせたカボチャの葉にウジムシがわいていた。

私はお祖母さんがいつもしているようにカボチャの葉をめくって投げ捨て、味噌をすくって表面をならし、甕のそばに生えているカボチャの葉を摘んで味噌の表面を覆った。毎朝、味噌甕のふたを開けるたびにカボチャの葉にウジムシがわいていた。どうしてこんなにウジムシがわくんだろうねえ。お祖母さんは舌打ちをしながらカボチャの葉を取り除き、塀の向こうに投げ捨てて新しい葉で味噌を覆う。それは、霜が下りるまで続いた。味噌をすくって戻る途中、ホウセンカやマツバボタンなどの一年草が咲いている庭の向こうの、母屋の台所とつながっている部屋にちらっと目をやった。

黒くて丸い錠前がかかったままで、静まり返っている。いつも庭を挟んで見ている部屋だが、前を通る時は目を伏せ、足音を忍ばせてそそくさと歩き、だいぶ通り過ぎてから盗み見るかのようにちらっと振り返るのが常だった。

日暮れ時の影みたいにひっそりした静寂の中、お祖母さんは赤くほてった顔で火をおこし、裏庭の花が散った柿の木には豆柿ほどの大きさの実が鈴なりになっていた。

艶があって青黒く、硬くて辛み成分がたっぷり詰まっていそうなトウガラシをひとつかみ採ってまくったチマの上に載せると、畑の脇で弟を背負い、首を伸ばして道の方をうかがっていた姉さんが急にしゃがみ込むのが見えた。そのせいで舌を噛んだのか、弟は息も絶えんばかりに泣き叫んでいる。畑は道に面しているものの、一段下がっていて桑の木の垣根で囲まれているので姿勢を低くしなくても十分隠れることはできたけれど、自転車が一台、橋の上に沈む太陽を反射させながら走ってくる頃には、姉さんは地面にうつ伏せになっていた。

　自転車の後ろに空っぽの弁当箱を載せて走っていた五年生の姉さんの担任は、いつものごとく姉さんには気づかず、チリンチリンとベルを鳴らしながら畑を通り過ぎた。自転車が遠ざかると、姉さんはようやく立ち上がって手の土を払い、泣いている弟のお尻をぴしゃりと叩いた。

　順子《スンジャ》の母さんが浮気をしていなくなっちゃったんだって。そのせいで、順子はご飯を作って洗濯して弟の面倒も見ないといけないから、学校に来られないのよ。先生はお酒を飲んでは子どもたちを殴って、お前たちが可哀想だ、一緒に死のうって言いながら泣くそうよ。疥《はたけ》［白い粉を吹いたような発疹］ができてがさがさの姉さんの顔が上気したようにうっすら赤くなる。姉さんと同じ学年の順子は、担任の先生の娘だ。浮気した順子の母さんが村の美容室でパーマをかけ、五人の子どもを捨てて都会に行ってしまったことは誰もが知っている事実だった。

　夜遅く、明かり窓の外から自転車の音が聞こえてくると、姉さんは寝ぼけながら小さくため息をつき、先生はまた泣いて、順子のことをむちで叩くんだわと嘆くようにつぶやいた。

　チマに載せたトウガラシの強烈な辛いにおいに鼻がむずむずし、ひとしきりくしゃみをすると涙がにじんだ。

　足元からかすかに暗闇が立ち上りはじめていたが、橋の上にはまだ白っぽく日が差していた。今にも涙があふれそうな目に、橋を越えてくる人たちの姿がぼんやり映る。男か女か、大人か子どもかはおぼろげに区別できた。大人たちは大きな荷物を背負っていた。彼らはこの村にやってきた避難民で、冬も春も、病気の子どもを負ぶった避難民たちが川に疲れた影を落としながら流れ込んできた。私たちも去年、彼らみたいにみすぼらしい姿でこの家にやってきた。今日、どこかの家の物置小屋が片づけられることだろう。

夕飯を済ませると私たちは皆、縁側に座った。その日は流しの散髪屋が来る日だった。最初に上の兄さんが首にタオルを巻いて座った。バリカンが動くたびに白い地肌が現れる。あっという間に坊主頭になった兄さんは、つるんとした頭をなでながら照れくさそうに笑った。

散髪屋が来るたびに逃げ回り、首から十センチも髪が伸びた姉さんは、もっと伸ばすのだと弱々しく抵抗したがそれも束の間、お祖母さんの険しい目つきに怖気づいて降参し、シラミの卵が所どころについた髪が足元に切り落とされるたびに大粒の涙をこぼした。姉さんは、髪を伸ばして背中にゆらゆら垂らすのが夢だった。

頭皮とうなじに赤い汗疹《あせも》がびっしりできた弟は、お祖母さんに抱かれて頭を刈られる間ずっと、ぴーぴーと笛の音みたいな声を上げて弱々しく泣いた。泣くと、小さな顔が老人みたいにしわだらけになった。

私がタオルを首に巻いて座ると、お祖母さんは姉さんを横目でにらんだ。

今度、ノランヌンの髪に火箸を当てたらただじゃおかないからね。

姉さんはしょっちゅう、お祖母さんの目を盗んでは熱くなった火箸を私の髪に当ててちりちりに焦がした。パーマをかけてやろうというのだった。

ちょきん、ちょきんとはさみが目の上を危なっかしく行き来する間、私は何度もまばたきした。

散髪屋のかばんには大きな櫛、小さな櫛、折り畳み式のひげ剃り用かみそり、ブラシ、石けん、バリカンなど何でもあった。私はそれらを素早く持ち替えながら手を動かす散髪屋の、たこのある手を見つめた。散髪屋の手からも傾けた頭からもポマードのきついにおいがして、私はふーっと深呼吸をした。吐き気のする、馴染みのあるにおいだった。前回もその前も、そのにおいは初めて嗅いだ気がしなかった。どこで嗅いだんだろう。私はもどかしさを覚えながら考えた。でもそれは、過ぎ去った時間のどこか遠く向こうに隠れていてまったく思い出せなかった。

髪を切り終えた散髪屋は刷毛で髪の毛を払い、口で吹き落とした。ぶくぶく泡を立てた石けんをたっぷりブラシにつけ、うなじとおでこに塗って産毛を剃ると天花粉をはたく。散髪屋が来ると近所の子どもたちはみんな、大根みたいに青白く切りそろえられた後頭部を露《あらわ》にして安っぽい天花粉のにおいを漂わせていた。大人の男も、髪を一本一本ポマードで整えてぴたっとセットし、きついにおいをぷんぷんさせていた。

お祖母さんは、川に行って髪を洗ってきなさいと言って私たちを追い立てた。髪を切った後は頭部白癬ができるからだ。

黄ばんで艶のない髪の毛が足元に落ちていた。風に吹かれて飛んでいったりもした。そこに唾を吐き、足で擦《こす》るようにして踏みつけた瞬間、ふと思い出した。散髪屋の馴染みのあるにおい、それはまさに父さんの頭から漂っていたポマードのにおいだった。風に乗って堆肥のにおいが流れてくる。夏が始まっていた。


八月に入ると柿の木の葉が艶やかな濃緑色になって厚みを増した。葉の陰に隠れるようにぶら下がっているまだあまり色づいていない実は、小さなジャガイモほどの大きさになっている。

庭は、生い茂った木のせいでいっそう蒼々《あおあお》としていた。梅雨が明けて以来、久しぶりに湿気をたっぷり含んだ土の中ではミミズがうごめき、土塀の上をヤスデがせわしなく這っている。

便所は柿の木が植わった庭の隅っこにあった。姉さんやお祖母さんは井戸端の溝にまたがって小用を足したけれど、私は、柿の木の花が散ってからはいつもプネの部屋の前を通り、柿の木の陰を歩いて便所に行っている。

ノランヌンときたら、ああ見えてなかなか度胸があるじゃないか。

お祖母さんは、意外とやるもんだという顔でふふっと笑った。

庭を横切って生い茂った柿の木の陰に入ると、目を凝らしてさっき通ってきたプネの部屋を見つめ、そうっと母屋の方へと視線を移した。母屋の女［プネの母］は昼寝でもしているのか、何の気配もない。

私は、雑草の中に落ちている筆柿をすばやく拾った。片手でつかみきれないほどの大きさだ。

裏庭に古い柿の木が三、四本あることから柿の木の家と呼ばれるこの家に引っ越してきた時、母さんは私たちを集め、花が散りはじめた木を指差しながらしっかり言い聞かせた。

他人の物を欲しがったりするんじゃないよ。この家の人たちはほんとに意地悪なんだから……。お前たちを試してるんだ。騒乱の中、よそから来た人たちはみんな泥棒や物乞いだと思ってるんだよ。ただでさえ子どもが多いって嫌がられてるのに、手癖が悪いなんてうわさになったりしたら、牛小屋も貸してもらえなくなるんだからね。

枝がたわむほど鈴なりになった柿は重みに耐えられず、夏の間、風もないのにぽたぽた落ちつづけた。その音は庭を隔てた私たちの部屋にもしっかり聞こえてきた。

便所に行く途中、足元に転がっている柿を目にすると、私たちはつい母屋の部屋の方をちらっと見てしまう。すると決まって、部屋の戸についている小さなガラス窓からこちらをのぞき見ている母屋の女と目が合い、汚いものでも避けるかのように身震いをしてそれを飛び越えたり足で踏みつぶしたりした。

子どもは多いけど、みんな大人しいわね。

一定の試験期間を終えると母屋の女は満足げに言った。母さんは礼を欠いてはいないものの馬鹿にしたような笑みを浮かべて答えた。

子どもたちのしつけは最初が肝心なんですよ。三つ子の魂百までって言うじゃありませんか。

母さんは父さんの行方をあちこち聞いて回り、六回も七回も無駄足を踏んだ末に町の食堂に働き口を見つけた。私たちを見張る役割は上の兄さんに任された。

落ちた柿にちょっとでも触れてみろ、手をちょん切ってやるからな。

兄さんは低い声でぼそっとつぶやいた。

筆柿をひと口かじると、渋味がたちまち口の中いっぱいに広がった。こちらが翳《かげ》っているせいか、プネの部屋は日差しの中に明るく浮かんで見え、時々、静かに膨れ上がりながら揺れているようにも感じる。

戸の合わせ目には、いつものように錠前が重たげにぶら下がっていた。その重みで桟が垂れ下がり、今にも乾いた音を立てて崩れ落ちてしまいそうだった。

ぱさぱさした柿の実は、いくら噛んでもなかなかのどを通らなかった。私は、少し甘くてうんと渋い味に勇気を振り絞り、もう一つ柿を拾った。

あの戸の向こうには本当に、丸坊主で丸裸の、見とれるほどきれいだというプネがいるんだろうか。

人々は、プネの父親、あの年老いて寡黙な片目の大工が、どうやってあの浮気娘を真っ昼間に町のバス車庫から連れ帰ったのか、どうやって一気にいが栗みたいに髪を切り、小部屋に押し込め、まるでその時のために準備してあったかのように牛の金玉ほどの大きな錠前を掛けたのかと、飽きもせずうわさした。そして、プネが明かり窓を開けて夜中に逃げ出そうとすると、大工はプネを丸裸にして明かり窓に太い釘を打った。そのことに母屋の女はどれだけショックを受けたのか、大工が脱がせて投げ捨てた娘の服は、窓の前のザクロの木に三日間も引っ掛かったままだったという。さらに話題になったのは、町から犬みたいに引っ張ってこられた様子が想像どおりだったことだ。プネが、ああ、父さん、許してくださいと言うと、大工は怒りに息を弾ませることもなく、終始沈黙を貫き通したそうだ。人々は、とても理解できないという顔つきでひそひそささやいた。いつも寡黙で沈鬱な片目の大工は娘たちの中でも特にプネを大事にしていた。仕事をほっぽりだしたまま半月も一カ月もあちこち歩き回っていたのは、所帯を持ったというわさだけで家に帰ってこないプネを捜すためだったらしい。

部屋の戸はその日以来、一度も開かれることはなかった。少なくとも、開くのを見た人は誰もいなかった。

かなり日が経ってから人々は言った。

プネに赤ちゃんができたんだよ。今頃きっと、ずいぶんお腹が大きくなっているに違いない。ちらっと見た時、何か怪しいと思ったんだ。こっそり産んで、もし男の子なら、子どものいない家に養子にやって何事もなかったかのように生娘のふりをさせるつもりだよ。

そうしてさらに月日が流れ、人々はまたうわさした。

赤ちゃんができたんじゃなくて悪い病気にかかったんだよ。うわさになるのが怖くて隠してるんだ。ムンドゥンイ［ハンセン病患者］がいるってうわさになってみろ。もうここにはいられないさ。

そうじゃなくて……ひょっとして頭がおかしくなったんじゃないか。

そして、彼らはプネを忘れた。小部屋の戸が閉じられた瞬間、がちゃりと錠前が掛けられた瞬間から、プネは完全に別世界に入ってしまったのだ。もしかすると錠前は、彼女が連れ戻される遙か昔からしっかり掛けられていて、彼女は空気みたいに軽く、透明になって障子紙のわずかな隙間から入り込んだのかもしれない。

プネが部屋に閉じ込められたのは私たちが引っ越してきてからのことなのか、それよりも前のことなのか、記憶があやふやだった。引っ越してきた日、すでに錠前が掛かっているのを見たような気もするし、橋の上で父親に髪をつかまれ、うなだれて歩いていたプネの姿が昨日のことのように目に浮かんだりもした。

去年、片目の大工の娘たちが何度かやってきてずいぶんにぎやかだったが、あの中にプネはいたのだろうか。確か、名節《ミョンジョル》［仲秋や旧正月のこと］か大工の誕生日のことだったと思う。

彼女たちはみんな、都会に出て金を稼いでいるらしい。だから、大工は道具を壁に掛けたままでも生きていけるんだと言われていた。

あの年になって運が開けるとはな……。人々はひそひそと羨むように言った。

娘たちがやってくると、家の中には一日中、肉と油のにおいが漂っていた。プネはあの中の誰なのだろう。庭に出した七輪でヌルムジョク［肉や野菜を串に刺し、卵液に浸けて焼いたもの］を焼き、それをのぞき込む私をきつく睨んでいたくる病［骨軟化症］の女だろうか。

あるいは、塩水に浸けた筆柿をそっと持たせてくれた女だろうか。おねしょをした翌朝、罰として箕をかぶって塩をもらいに行かされた時、悪口を浴びせながら塩を頭に振りかける代わりに、寝る前に必ずおしっこをすればいいじゃないかと言った女なのか。

翌朝、彼女たちは母親のものと思われる着古しのチマを引きずり、タオルを頭にぎゅっと巻いて井戸端に出てくると、歯を磨き、何度も水を替えながら顔を洗った。そうして身じたくを整え、おしろいを塗った白い顔で帰っていった。

みんなが帰ると、母屋の女は着古した服に着替えた。酒に酔った大工は木枕を当てて横たわり、二日も三日もいびきをかいていた。

人々の言うとおり、プネはひどい病気を患っているのだろうか。頭がおかしくなって獣みたいにくつわをはめられ、手足を縛られて閉じ込められているのだろうか。

私は、すぐ目の前にありながら実在しないかのように遠くに感じられるプネの部屋に近づく代わりに母屋の方に目を向けた。母屋の越房《コンノンバン》［板の間《マル》を挟んで主婦の居室の向かいにある部屋］の軒下の壁には道具袋が掛かっている。

雨の日でなくても、麻糸で丈夫に編まれた道具袋はたいていそこに掛かっていた。

大工は、プネが帰ってきてからも、道具袋を掛けたまま半月から一カ月余り家を空けた。山に行って薬草を掘っていたのだ。だから、日がよく差し込む母屋の広縁では、名前も知らない草木の根が秘薬のにおいと苦味を漂わせながら干からびていき、母屋の女は汗をびっしょりかきながら密かに薬を煎じた。

大工は雨が降る日や山から帰ってきた後には、かんな、手斧、のみ、のこぎりなどの道具に丹念に油を差し、道具袋に戻してまた横になった。

庭まで聞こえるいびきの音に私たちは、ああ、大工が帰ってきたんだなと思いながら、疲れ切った彼を起こさないように足音を忍ばせた。

私は彼が仕事に出かけるのをほとんど見たことがない。それでも人々は、彼のことを片目の大工と呼んだ。

まだ熟していない柿をかじって種まで噛んでしまったが、何の味もしなかった。

プネ、私は彼女を一度は見たような気もするし、一度も見たことがないような気もする。なのに、障子紙一枚隔てた向こうで息をしている彼女のことを思うと、妙な恐ろしさと心の片隅が崩れ落ちるような悲しみに襲われるのはなぜだろう。私はそんな気持ちをなだめるように筆柿をまた一つ拾ってかじった。渋くて甘い味が私を慰めるようにじんわりと温かくのどの奥にあふれ、訳もわからず涙を浮かべた。

日が沈み、夕闇が立ち込めはじめると、上の兄さんはノートを閉じて立ち上がった。鏡をのぞいて首に包帯を巻き、右の手首にも何度か丁寧に巻いた。そうして真っすぐ伸ばした首を斜め後ろに回し、目だけ動かして私たちを見て——私たちというよりも姉さんに言い聞かせていたのだが——ほっつき歩いたりしないで家にいるんだぞと脅すように言って家を出た。

夏、日が暮れる頃になると兄さんは、にゅっと盛り上がったにきびをつぶし、血が出た所に米粒ほどの大きさに切った絆創膏を貼って何かに導かれるように出かけていった。町に行くのだ。

兄さんの脅しにもかかわらず、妙に浮かれた顔でお尻を振りながら部屋や台所、庭の畑の辺りを行ったり来たりしていた姉さんは、兄さんが川を越えたと思われる頃を見計らって家を出た。私は、姉さんの顔色をうかがいながらそろそろと後をついていった。

村の入り口に広い川が流れていて、橋を渡ると町だった。教会、鍛冶屋、飲み屋、旅館、美容室、そして、一日に二回走る循環バスの車庫がある町の大通りには五日に一度市が立つので市場通りと呼ばれている。

夜になると、夜間中学や教会から出てくる上の兄さんぐらいの年頃の学生たちが、三々五々連れ立ってうろついていた。

糊のきいた制服を着て髪をきちんととかしつけた女学生が澄まし顔で通り過ぎると、男子学生たちはひゅーひゅーと口笛を吹いた。

町の飲み屋では、毎晩けんかが絶えなかった。

あんたを殺して、あたしも死んでやる。

チョゴリのおくみ［チョゴリの襟の下に付いている長い布］をほどいて胸をはだけた酌婦がナイフを手に飲み屋から飛び出し、美容室と旅館の間の路地をぐるぐる回って逃げる男を追いかけていたかと思うと、急に気絶して泡を吹きながら道路の真ん中に倒れた。そんな光景に私たちは、手を叩きながら笑った。

市が立つ日は見せ物が多く、飲み屋と旅館では一晩中、歌声や怒鳴り声が止むことがなかった。だから子どもたちは、日が暮れると何かに引きつけられるように川を越えて市場通りに集まってくるのだ。子どもたちだけではなかった。年頃の娘たちは、ウエストをぎゅっと締めて尻を振りながら通りの端にある美容室からバスの車庫まで行ったり来たりし、木箱を担いだ少年は、アイスキャンディー、アイスキャンディーとにやにやしながら声を張り上げた。

よお、姉ちゃん。アイスキャンディー買ってやろうか。

ちょっと付き合ってくれよ。

上半身裸になったバスの整備工や助手たちは、筋肉を盛り上げて見せながら口笛を吹き、故障したバスやトラックを鉄パイプでがんがん叩いた。彼女たちはちらちらと振り返っては何やらささやき、くすくす笑いながらゆっくり通り過ぎていく。

兄さんに見つかることを恐れた姉さんは、同い年ぐらいの少女たちと一緒に物陰に隠れて座り、男の子たちのからかいに含み笑いをしたり、大きな声で歌を歌ったりした。

人が電信柱で歯をせせろうがせせるまいが、知ったこっちゃないわ。

人が便所で釣りをしようがしまいが、知ったこっちゃないわ。

すると決まって、荒っぽくて甲高い少年たちの合唱が始まる。

もしも百万ウォンが手に入ったら、赤い靴、先の尖った靴をたくさん買ってやるさ。

夜の市場通りはいつも楽しかった。私は、夜になってもおさまらない暑さにチマをまくり上げ、姉さんと同じぐらいの年頃の子たちの間に子ネズミみたいにじっと座り、夜の通りにわき上がる得体の知れない邪悪な熱気としつこい情念に満ちた甘ったるい空気を吸い込んだ。

私たちが座っている所からは兄さんの姿がよく見えた。母さんが働いている食堂の向かい側の、光に誘われたカゲロウの群れが風車みたいにめまぐるしく飛んでいる電柱に斜めにもたれ、すべての光景を軽蔑するように眺めながら、包帯を巻いた手に持ったハーモニカを舌を震わせて一人寂しく吹いていた。

姉さんもそのうち、年頃の娘みたいに尻を振りながらこの通りをそぞろ歩くようになるのだろう。いくら兄さんがきつく言ったところで、姉さんの夜の外出を止めることはできないはずだ。私も大きくなったらそうなるに違いない。太いベルトでおへそが飛び出るほどウエストを締め、ゆっくりとこの通りを徘徊するようになるだろう。

夜が深まり、物陰に注意深く隠れていた姉さんは、名残惜しそうに後ろを振り返りながら市場通りを後にした。

帰り道、人気《ひとけ》のない橋を渡っていると、そこはかとない水の音と、向かいの山の真っ暗な森でホーホーと野ネズミを探すミミズクの鳴き声が聞こえてきた。家が見えるところまで来ると突然気が焦りだした姉さんは、息を弾ませて帰りを急ぐ。足の速い兄さんがもう家に着いているかもしれないという恐怖心で、私の手をぎゅっとつかんだ手のひらは汗でじっとりしていた。

慌てて家に帰り、息を整えて寝ているふりをしていると、一足遅れて帰ってきた兄さんが戸の前に仁王立ちし、においでも嗅ぐかのように鼻をひくひくさせながら言った。

また出かけたな。出かけただろう？

姉さんはいったい何を言っているのかととぼけたふりをしながら、寝ぼけ声でむにゃむにゃ答える。

何のこと？　私がいつ……何をしたって言うのよ。

姉さんの声はか細く、おどおどしていた。

夜に出歩くんじゃないぞ。今度はただじゃおかないからな。

兄さんはそう言ってから疑いの目で姉さんを見つめた。その時、眠っていた弟が弱々しくぐずりはじめ、壁の方を向いて横たわっていたお祖母さんが弟の方に寝返りを打つと、胸をはだけて乳の出ない乳首をふくませた。兄さんは靴を脱ごうともせず、戸に手をついて立ったまま部屋の中を見回している。姉さんは弾む息を抑えて眠っているふりをしていたが、私は、兄さんは姉さんを見ているのではなく、空っぽの母さんの寝床を見つめていることに気づいた。

兄さんはまた姉さんを殴るのだろう。今、ああやって黙っているのもきっと、どう言いがかりをつけてやろうかと考えを巡らせているからだ。夜、母さんが帰ってこないと、兄さんは決まって姉さんを殴り、お祖母さんは止めようともせずに弟を負ぶって出ていって川辺をうろうろしていた。

兄さんの折檻は怖かった。小さな暴君だった。父さんがいなくなって以来ぐんぐん大きくなった兄さんの体は、いつの間にか父さんの不在を埋めていた。そして、母さんが町の食堂で働くようになり、怪しい外泊が頻繁になると、暗黙のうちに父さんの地位を受け入れたことを公然と行われる折檻で示した。

兄さんは自分が家長であることを過度に意識していた。いつも沈鬱で、緊張のせいで不自然なほど堅くなり、その緊張に抑えつけられて膨らませることのできない欲望や募らせることのできない悲しみと憤りのようなものが、突拍子もない残忍性や暴力という形で表れた。

だから、体が大きくて堂々として見えるにもかかわらず、時々、幼い子どものようにか弱く、幼く感じられ、私たちを殴る時ですら、どうしたらいいのか戸惑っているように見えた。兄さん自身もそのことに気づいていたのだろう。うなじまで真っ赤にすることが度々あった。

私は兄さんが恐ろしかった。時々、理解できない哀れみと同情に満ちた目で私を見つめたり、寝転んで私と弟を足の裏に乗せて枕みたいに軽々と持ち上げる時ですら——弟はきゃっきゃっと息を弾ませて喜んでいたけれど——恐ろしかった。恐ろしさのせいで兄さんの体はますます大きくなり、やがて私たちの部屋は兄さんの体でいっぱいになって息が詰まるほどだった。

しばらくぼんやり立って部屋の中をのぞいていた兄さんが、ばたんと戸を閉めて暗闇の中にさっと消えると、姉さんはふーっとため息をついて私にささやいた。

ノランヌン、あたしが出かけてたこと、言っちゃだめよ。

夕飯の膳を下げたお祖母さんは、姉さんに皿洗いをするよう言いつけると弟を負ぶって外に出た。弟は、日が暮れる頃になると決まって泣き出すので、お祖母さんは毎日、夜遅くまで弟を負ぶってうろうろ歩き回り、夜露で服や髪の毛がじっとりする頃になるとやっと帰ってきた。だから、弟はいつも風邪気味で、微熱のせいで手足が温かかった。

クモみたいにやせ細った弟は、乳の出ないお祖母さんの乳首を吸う時以外はいつもか細い声で弱々しく泣いていた。泣き疲れて寝てしまっても、力なく開いた口からすすり泣きをもらしていて、私は時々、眠っている弟の、いつもよだれを垂らして赤くただれているあごを不思議そうに見つめた。

下の兄さんは、川に小瓶を沈めてドジョウを捕まえたり、しなる柳の小枝でカエルを捕まえてきた。お祖母さんがそれをせっせと煮て食べさせても、弟のただれた肌は治らなかった。

畑の真ん中や土手にはよく、小さな石が積まれていた。子どもの墓だという。

私たちは、弟はそのうち死ぬだろうとわかっていた。ある日の夜、お祖母さんと母さんが声を殺して泣く中を、小さな風呂敷包みのように背負子に載せられてこの家を出ていくのだろう。

一日中、川に小さな瓶を仕掛けて水浴びをしていた下の兄さんは、大の字になってアレンモク［オンドルの焚口に近い暖かい場所］で眠りに就いた。暗い台所で洗い物をしながらがちゃがちゃ音を立てていた姉さんは、町に出かけたのか静かだ。上の兄さんは夕飯の前にすでに出かけていなかった。寝返りを打った下の兄さんが蹴飛ばしたせいで、母さんのためにお祖母さんが用意してあった足元の真鍮《しんちゅう》の飯わんが転がってふたが取れた。私はふたをしかけた手を止め、飯わんの中の米粒をつまんで口に入れた。白くて滑らかな飯粒はすぐにのどを通り過ぎてしまう。私は急いでもう一度つまみ食いし、ばれないように表面をならした。

下の兄さんが歯ぎしりをしながら寝返りを打ち、ひひっと笑う。私は慌てて飯わんにふたをし、壁にもたれて座った。暗い部屋は怖くて何度も飯わんに手が伸びた。米粒の甘さが口に残っている間は、恐怖を忘れることができた。

無意識にそろそろと手が伸びるうちに、飯わんのご飯はずいぶん減ってしまった。上の方をうっすら覆っている白飯の下は、私たちが食べている麦飯だ。お祖母さんはひと目で見抜くだろう。私はついつい伸びる手と闘いながら飯わんから目をそらそうと努力した。お酒を飲んできた日は、母さんはたいていご飯を食べない。私は、これで最後よと自分に言い聞かせながら手を伸ばし、そっとふたを開けてご飯をひと握りすくうと、取った跡が残らないようにして兄さんのそばに横になった。

眠りたかった。母さんが帰ってくる前に、怒りに燃えて市場通りから帰ってきた上の兄さんがむやみに私たちの腕や足を踏みつけながら部屋を横切り、壁にもたれてぜいぜい息を弾ませるのを見る前に、いや、姉さんの髪の毛をつかむ前に寝てしまいたかった。

母屋の裏庭で熟した柿の落ちる音が聞こえた。

プネは眠っているだろうか。暗い夜、一人眠れずに横たわっていると、恐ろしい考えばかりが次々と浮かぶ。恐怖を忘れるために一粒ずつ大事に大事に噛みしめても、ひと握りのご飯は嘘のようにすぐになくなってしまった。足の指を動かすと、足元で飯わんが転がった。

私は起き上がって手探りで台所に行き、背伸びして戸棚の中をあさった。お祖母さんが毎晩夜泣きする弟をなだめるためにゆでてあるサツマイモは、戸棚の中の鍋に隠されていた。お祖母さんがサツマイモがなくなったのを知ったら、真夜中でも寝ている姉さんと下の兄さんを揺り起こすだろう。

お前が食べたんだろう？　そうなんだねと。

私はネズミのしわざに見せかけるために鍋のふたを床に落とし、少しすえた臭いのするサツマイモをひと口ほおばった。

台所の板壁の外でお祖母さんの足音がして、私は慌ててサツマイモをのみ込んだ。のどが詰まって胸が破裂しそうなほど苦しかったが、水を探して飲む余裕もない。焦って蹴飛ばした鍋のふたがころころ転がる。

部屋に入る時に敷居にぶつけた足がひどく痛んだ。

お祖母さんは長いため息をついてランプの火をつけた。石油の臭いが漂い、煤が舞い上がって部屋の中が明るくなる。ランプをつけてもよく見えないのか、お祖母さんは手探りで私を壁の方に押しやって弟を寝かせた。

私はそっとポケットに手を入れた。ポケットにくっついたサツマイモがべたべたする。

お腹が空いただろう。さあ、お食べ。

夜遅く母さんが帰ってくると、座ってうとうとしていたお祖母さんが食膳を運んできた。私は胸がどきどきした。

構わないでください。食堂で賄いを食べてきましたから。

母さんからは酒のにおいがぷんぷんしている。

だめだよ。体を壊しちまう。少しおあがり。

母さんはポソン［朝鮮の伝統的な靴下］を片方ずつ、やっとの思いで脱ぐとウィンモク［オンドルの焚口から一番離れていて寒い所］に投げた。

こりゃあいったい、どういうことだ。

母さんにスプーンを持たせ、飯わんのふたを開けたお祖母さんが驚いた。

私はおしっこがしたくてお腹がぱんぱんに張ってきたけれど、じっとしているしかなかった。

とうとう母親のご飯にまで手をつけて……。ノランヌンのしわざに違いないよ。ネズミみたいに何一つ残しちゃいない。母屋からは、目を皿のようにして探しても落ちた柿のへた一つ見つからないなんて言われて。恥ずかしいったらありゃしないよ。

お祖母さんは声を張り上げて大げさに怒ってみせた。お祖母さんの母さんに対する口ぶりにはいつも面目なさそうにへつらう感じがあり、母さんは母さんでそれを当然のことのように受け止めていた。

すぐにお腹が空くんですよ。麦飯じゃ力が出ないわ。食べ盛りなんだもの……。目についたものは何でも食べてお腹をいっぱいにしないと。

母さんが適当に吐き出す言葉は酔っ払いの戯言のようでもあり、愚痴のようでもあった。

それじゃあ、まるであたしが飢えさせてるみたいじゃないか。上の子たちよりたくさん食べてるよ。あの体を見てごらん。姉ちゃんより丈夫だ。

お祖母さんは今すぐにでも私を揺り起こしそうな勢いだった。

起こさないでください。

母さんは手をつけないまま食膳を押しやった。そして、服も脱がずに腕に頭を載せて横になった。

罰当たりなことを言うようですけど……私はなぜかあの子が自分の産んだ子だと思えないんです。

寝ているとばかり思っていた母さんが、酔いの覚めた声で独り言のようにつぶやいた。お祖母さんは黙って足にエゴマ油を塗っている。石油の臭いとエゴマ油のにおいが混ざり、煤のように部屋中に充満していた。お祖母さんは騒乱の中で何かの破片を踏んでけがをした足に毎晩エゴマ油を塗り、油紙で巻いている。

母さんは特に返事を期待している様子でもなく、話を続けた。

笑いもしないし、口数も少なくて……。ほかの子たちとは違う。ぼんやりしてて、食い意地が張っていて、いつも食べることしか考えていなくて……。ちょっと頭が足りないのかも。七つになってもおねしょをして、来年は学校に行かせないといけないのに……。幼い子があんなに太って、何か病気なのかもしれませんね。体に水が溜まるとあんなふうにむくむことがあるっていうから。

ノランヌンよりも末っ子の方が心配だよ。

お祖母さんがかさかさと油紙の音を立てながら母さんの話を遮る。

どうやら先は長くなさそうだ。日増しに元気がなくなって……。負ぶうと枯れ葉みたいに力がないんだよ。男の子なのに。

母さんはまたため息をついた。

部屋の中は静かだった。お祖母さんも母さんもそれ以上何も言わなかった。父さんのことを考えているんだろうか。日ごとに薄れ、遠ざかっていく父さんの姿は、暗い夜になると亡霊みたいにひょいと壁のすき間から入ってきて堂々と私たちの間に割り込んでくる。

私は父さんの顔を覚えていない。思い出すのは、汗でびっしょりになったシャツの背中と、濃い汗染みのついた脇を見せながらトラックから降りた姿だけだ。母さんはあの時、手を振りながら泣き叫んだ。

この近くで家を見つけますから。必ず帰ってきてくださいよ。

母さんが体を起こした。大きな影が壁に揺れる。母さんはふーっとランプの火を消した。影が一瞬揺れて消える。

上の子がまだ帰ってないんだよ。

お祖母さんが慎重に言った。

そのうち帰ってくるでしょう。

私は眠れなかった。草むらの虫が澄んだ声で鳴き、その音に耳を澄ましていると、私の皮膚はとても薄く、透明になって敷物の下にささっと入っていくゲジゲジの足音も聞くことができた。

夜が更けると、じめっとした夜露のにおいを漂わせて兄さんが帰ってきた。よくわからない罵詈雑言をつぶやきながら、私たちをまたいで壁側に横たわる。

私は音を立てないように、ポケットにくっついたサツマイモを少しずつはがして舌で溶かし、べたべたする指を付け根までしゃぶり尽くした。

ゲジゲジの足がせわしなく暗闇を引っかき、枕をせずに寝ている私たちは激しく歯ぎしりをした。

母さんは夢うつつに苦しそうにため息をつき、お祖母さんはよくわからないことをつぶやいている。

台所では、お腹を空かしたネズミが休みなく音を立てながら空っぽの器をあさっていた。

私は目を見開いて小さな声で言った。

自分の家にお帰り。食べるものは何もないよ。

私は私を眠れなくさせているものの正体を知っていた。敷居にぶつけた足はもう痛くない。でも、私は体を丸めて足を抱え、大げさに顔をしかめた。暗闇の中で何度も顔をしかめた。

激しい歯ぎしりの音の中に汗の臭い、ふけの臭い、無遠慮に放つおならの臭い、生臭くて純粋な情欲の臭い、それらすべてが息づく私たちの臭いが黒くわき上がる。

私はそっと手を伸ばし、母さんの枕元を探った。母さんは、酔っていても必ず財布を布団の下に隠して寝ている。私は財布から紙幣を一枚抜き出し、布団の下に財布を戻した。母さんは酔っているからか、財布からお金がなくなっていることに気づいていないようだ。でも私は、母さんは知っているのに知らないふりをしているだけかもしれないという考えを拭えなかった。だから、失敗することはないだろうとわかっていながら、財布からお金を抜き出すまでいつもびくびくしていた。

私は、お金をべたべたするポケットの奥に入れて寝る姿勢を整えるとようやくまどろみ、眠りについた。

裏庭からぽとり、ぽとりと柿の実が落ちる音が断続的に聞こえてきた。虫の鳴き声がひときわ近く感じられる。

プネが泣いている、声を立てずに。遠のいていく意識の中で私は、とりとめもなく、ふとそんなことを思った。夢だったのだろうか。

残暑はなかなか去ってくれなかった。朝からトタン屋根を溶かすように日差しが強く照りつけている。

ノランヌン、ちょっとおんぶしておくれ。

私に弟を負ぶわせてひもでしっかり縛りつけた後、お祖母さんはよいしょと大きな洗濯桶を頭に載せた。

真っ裸の子どもたちがバタ足で遊んでいる浅い所を過ぎ、洗濯をしたり、青菜を洗っている女たちのいる所を過ぎ、川沿いの道を上へ、上へと上っていく。

川の上流の、人の行き来が少なくて水のきれいな所を見つけると、お祖母さんは洗濯物を水に浸した。私は川辺にあるサンシュユの濃い木陰に弟を下ろし、ただれたあごと頭にたかるハエを追い払った。

クモみたいにか細い弟は、木の葉の間から零れ落ちる日差しに何度もまばたきをして顔をしかめた。夏の間ずっと汗疹がたくさんできて膿が出ているのに、長袖の下着を脱がせると痩せた青白い肌にたちまち鳥肌が立った。

ハエを追い払うのに嫌気が差した私は、スベリヒユで草人形を作って水に浮かべ、川に足を浸けた。

お祖母さんは洗濯を済ませると、強い日差しに熱く焼けた平たい岩に洗濯物を広げた。川の流れが速くてチマが濡れてしまった私は、服を脱いで川の中に入る。川底の丸い砂利の間からにょきっとのぞいた足は、とても白くてきれいに見えた。

お祖母さんは、流れる水を手でかき混ぜてわらくずや草の葉をすくうと、櫛を抜いた。

きっちり編んだ髪の束が一気に腰の辺りまで垂れ下がり、髪の先にしっかり結んだテンギ［三つ編みなどをした髪の先に垂らす長い布飾り］がほどかれた。油の染みたテンギは、いつも汚れててかてかしている。

昔の癖が抜けないんだから……。お祖母さんは妓生だった。

花模様の刺繍が入ったお祖母さんのテンギを指差しながら、母さんは軽蔑するように言った。

お祖母さんの名前はポンジだった。

どれだけ美人だったのだろう。ポンジ、ポンジ、花みたいなポンジと呼ばれていたらしい。

母方のお祖父さんは大きな瓦屋根の家を建ててやり、お祖母さんを妾として迎えたという。

お祖母さんはよく湯浴みをした。真冬でも真っ暗な台所で白い湯気を上げるたらいの中に入り、ちゃぽちゃぽと音を立てながら体を洗った。もちろん、誰も入ってこられないように戸の鍵をしっかり掛けて。部屋の中でお祖母さんが体を洗う音を聞きながら、母さんはまた言った。

昔の癖が抜けないんだから……。哀れっぽいったらないわ。一緒に床に入る旦那様もいないのに。

三年前だったか、お祖母さんが初めてうちに来た日の光景は、今も一幅の絵のように私の頭の中にしっかりと刻まれている。

あの時の前後の状況は、何かひどく落ち着かなかったということ以外、ぼんやりとしか覚えていない。

父さんは庭の片隅を掘っていて、傍らには、陶器やガラスの器がたくさん積まれていた。それらを割れないように土の中に埋めておいて、私たちはどこかに行くのだと言った。父さんは屈み込んで額を流れる汗を拭きながら庭を掘っていたけれど、硬く凍った地面はなかなか掘れず、つるはしの刃が弾き飛ばされるように折れてしまった。

冷たい雪が風で舞い上がった。門の外にはトラックが止まっていて、臨月の母さんはアヒルみたいによたよたと風呂敷包みを一つずつ運んでトラックに積んでいた。

その時、開いた門から誰かがそっと入ってきた。白い雪にくっついてきた、季節外れの花びらみたいだった。

額の上に五色の房を垂らした黒の防寒帽を粋にかぶって紫色の絹のトゥルマギ〔民族服のコート〕を着たお祖母さんは、雌鶏みたいにちょこちょことしとやかに歩いて入ってきた（その歩き方が、騒乱の最中にけがをした足を引きずっているのを隠すための必死の努力によるものだと知ったのは、しばらくして、最初に着いた避難先で出産した母さんの世話をお祖母さんが任された時のことだった）。

私たちはお祖母さんを見た瞬間、訳がわからず、しばらく門の辺りをじっと見つめていた。母さんですらそうだった。

荷物を減らすのと防寒を兼ねて何枚も重ね着をして歩くのも難しいほどだった私たちにとって、その大騒ぎの理由が不当で馬鹿ばかしく思えるほど、雪の中に化粧気のない明るい顔で恥ずかしそうに立っているお祖母さんの姿は衝撃的だった。

私たちはお祖母さんが現れるまで一度も会ったこともなければ、お祖母さんがいるという事実も知らずにいた。後で母さんから聞いた話によると、お祖父さんが財産を使い果たして（母さんは妾に吸い取られたという言い方をした）死んだ後、花柳界の女たちによくあるように、子どもを産めないお祖母さんはずっと一人で暮らしてきたらしい。

お祖母さんを見た父さんは、しばらくぼうっとしていたかと思うと、手に持っていた刃の折れたつるはしを放り投げた。そして、誰に向かってということなくぶっきらぼうに吐き捨てた。早くここを発とう。

お祖母さんは、きまり悪そうな顔でそっとトゥルマギの裾を持ち上げ、トラックの荷物の間に乗り込んだ。その後、すぐに私はお祖母さんの膝元に乗せられたのだが、どうしてあんなにお祖母さんの頭の上の防寒帽が怖かったのだろう。私がひどく人見知りをして泣きやまないものだから、お祖母さんは防寒帽を脱ぎ、一晩中、冬の冷たい風の中を凍えそうになりながら、頭のてっぺんに雪を積もらせて行かなければならなかった。

お祖母さんの小さな風呂敷包みの中には、銀のスプーンとお箸が二組あった。それは夫と自分のもので、赤と青の房飾りのついた、頭を突き合わせた鳳凰の刺繍が金糸と銀糸で施された赤い絹の巾着袋に入っていた。

お祖母さんは、麻糸のように黄ばんだばさばさの髪を水の中に浸けて長いこと洗っていた。濡れた髪を編み、紫色のテンギで結んできちんとまげを作ると、私を捕まえて脇に抱え、水の中に頭を浸けた。

頭が水の中に浸かると、急に頭のふたが開いて中がだんだん空っぽになっていくような気がして気持ちよかった。

夏でも冷たい水はしびれる。空と雲と木が真っ逆さまに落ちるみたいにぐるんと回って逆立ちした。いきなり水の中に頭を逆さに突っ込まれた時は、本能的な恐怖心と拒否感で激しくもがいたけれど、すぐに頭の下を流れる水の感触に慣れた。

私は腕をだらんとさせ、逆さに映る風景を静かに見つめた。空とそれを支えているのっぺりした稜線、木、草むらなどが見え隠れするように揺れていて、小さなメダカの群れが矢のごとくまつげの上を過ぎていく。一本一本ばらばらになった髪は、水草みたいにゆらゆらしながら水の中の石のすき間に入っていった。

髪がすっかり絡まって塊になってるじゃないか。

お祖母さんはごしごしと容赦なく頭を擦る。

真昼の日差しが静かに熱くわき立ち、水の流れる音でさえ気だるくまどろんでいった。

お祖母さんの腕の力が緩むと、私はもっと深く頭を突っ込んだ。川底や石の角にビロードのように柔らかい青い苔がひっそり伸びているのが見えた。水中から見る逆さまの風景は、いつか見たことがあるような見慣れたものだった。

チョゴリを脱いだお祖母さんの脇からは酸っぱい汗の臭いがし、頭を擦るたびに汗に濡れた豊かな脇毛が私の肩をくすぐる。

私の髪を洗い終わると、お祖母さんは後ろを向いてチマを脱いだ。そして、滑る石に体をぐらつかせながら危なっかしい足取りで水の中に入ってきた。

お祖母さんの裸を見るのは初めてだった。たるんで乾燥した手足とは違い、衣服で隠されていた肌は白く、特に、母さんみたいな多産による醜いしわのないお腹は丸くてふっくらしている。お祖母さんの黒っぽい股の間から泡を立てていた水は、川下に立っている私の腰に絡みついて流れていった。

私は川の真ん中に茫然と立っているお祖母さんの姿にふと、舞い散る雪にくっついた花びらのように現れた日の驚きを生々しく思い出した。

お祖母さんは美しかった。私の視線を感じたお祖母さんは、歯茎を見せて大きく笑う。日差しの下で口を開けて笑う姿は乾いた花びらのようだった。ポンジ、ポンジ、花のように美しいポンジ。お祖母さんは本当に、黒く熟した花の種がいっぱい詰まった巾着袋みたいだった。

足の傷のせいで毎晩皮がむける薄桃色の足が、水流によって溜まった砂の中に埋もれていく。

川の真ん中に立ったお祖母さんの姿は、水彩絵の具のように淡く溶けてしわくちゃになり、私のみすぼらしい股間で泡を立てながら流れていった。

顔の上をクモでも這っているのか、弟がか細い声で泣きはじめた。水の音に混じって、まるでそれは川底に砂が溜まっていくように、草むらの虫の鳴き声のように自然に響き、早く見に行かなきゃという気にならなかった。お祖母さんも同じだったみたいで、弟がいる草むらから現れた私の腕ほどもある青大将が頭を水に浸けてのろのろと泳いでいるのを黙って見ていたかと思うと、ふと思い出したようにつぶやいた。

あの子は気絶しそうなほど驚いただろうね。

母さんは遅くまで寝ていた。姉さんと下の兄さんが学校に行ってからだいぶ時間が経っていた。化粧を落としていない顔に日が当たると母さんは、昨晩飲み過ぎたせいでむくんだ顔を手の甲で隠しながら寝返りを打った。

いつものように、上の兄さんが座って英語の本を音読しはじめると、私は母さんの枕元を通って部屋を出た。

村の入り口の、町に出る道と反対の方向に店があった。

私が店の入り口に立ってきょろきょろ中をのぞくと、チマをまくって座り、うちわやハエ叩きでハエを捕まえようとしていた若い女は、何も言わずに口の広いガラス容器の花の形をしたゆがんだブリキのふたを開け、飴を二つ取り出した。時には無表情で、瓶の底に溜まった飴のかすをひと握りくれる気前の良さもあった。出てくるのが面倒なのか、ガラス越しにちらっとこっちを見やると物憂げにあくびをしながら、そこにお金を置いて飴を持っていきなさいと言うこともあった。彼女はいつも、私のポケットの中のお金はぴったり飴二個分だと知っていた。私は今まで飴以外のものを買ったことがないからだ。

店の女が出てこない時、私は飴を二個取り出した後もすぐにふたを閉めずにぐずぐずしていた。こっちを見ている気配がなければ、すばやくもう一つ取り出してポケットに入れ、お金はここに置いておきますと大きな声で言って出てくるのだ。牛の目玉ほどもある飴を口に入れると、ほっぺたが裂けそうなほど大きく飛び出た。私はその二個の飴でお昼ご飯の時間をとうに過ぎるまでしのぐ方法を知っていて、飴が溶けきるまでは家に帰ることもできなかった。

私は、ぶらぶらと新道に沿って歩いた。道端のトウモロコシの葉は、うっすら土埃をかぶったままだらんと垂れ下がり、黄色いひげは色褪せていた。

甘い飴を大事に味わうように、できるだけゆっくりなめ、埃がもうもうと立つ道を歩く。ドーン、ドーン。大砲の音が聞こえてきた。遠くに見える、幾重もの稜線の向こうから聞こえてくると人々は言った。私はしょっちゅう足を止めて飴を口から出し、目の前に持ち上げてどれだけ小さくなったかを確認してはポケットに入れた。十歩ほど歩いて口の中に残った甘さがなくなるとまた、飴を口に含む。そのせいで指がべたつき、水かきみたいにくっついて離れなかった。

新道の端に姉さんの通う学校があった。平屋の木造の建物だ。運動場を囲むカラタチの木の垣根の間に校門があり、その前で綿菓子売りがふわふわと雲みたいな綿菓子を巻き取っていた。じょうごの形をした機械の中に白い粉をひとつかみ入れ、細い棒を挿し込んでからペダルを踏むと棒に綿みたいなのが薄く巻きつけられ、あっという間に本物の綿のような白い綿菓子が出来上がる。見ていると、いつまでも飽きることがなかった。しばらくそこに立って五個、六個と次々膨らんでいく綿菓子をじっと見つめていると、綿菓子売りのおじさんが、食べたいか？　食べたきゃお金を持ってくることだなと言って見せつけるように目の前に十個並べる。コールタールで黒く塗った古い木造校舎の開いた窓から、元気な歌声が聞こえてきた。

学校の裏山の中腹にある鉄条網が張り巡らされた所は孤児院だ。鉄条網の中には高い所に窓のついた倉庫みたいな掘っ立て小屋と二つの軍用テントがあり、工事が始まるのか、角材とれんがもあちこちに積まれていた。日差しが強くて陰がなく、女の子たちは角材を互い違いに重ねた隙間にできた狭い陰で互いにシラミを取り合っている。上半身裸になった男の子たちは、水を汲んで天秤棒で運んでいた。

下の兄さんはいつもその子たちを羨ましがった。釘で鋭い刃物を作り、傷口から血が出ればぺろりと舐め、夜な夜な三、四人で群れを成して誰もいなくなったらまた同じぐらいの人数をどこからか集めてくるという。姉さんはそんな話を聞くと身震いした。帰りに会おうぜ。低い声でぼそっと言う彼らのひとことを怖がらない子なんて、兄さんのクラスには一人もいなかった。そんな警告を受けた後は必ず、家に帰る途中の人気《ひとけ》のない道でその子たちが待っているからで、その気になれば、便所に頭をぶち込むぐらい朝飯前というわけだ。

粉ミルクを舐めていた女の子が鉄条網の近くに寄ってきた。

ほしい？　ちょっとあげようか？

私は手を差し出した。すると、その子は粉ミルクが少し残っていた手のひらを私の顔に向けてふーっと吹き飛ばした。

さっさと消えな、この太っちょ。

掘っ立て小屋の前に置かれた酸素ボンベが、かん、かん、かんと何度も鳴った。

お腹が空いたよ。かん、かん、かん。

ご飯だよ。かん、かん、かん。

子どもたちは素早く立ち上がり、長く垂らした髪を揺らしながら競い合うようにして建物の中に消えていく。

私は残りの飴を口に入れて来た道を引き返し、村を抜けて町に出た。

市の立たない日で、閑散とした真昼の市場通りに鍛冶屋の槌音だけが甲高く鳴り響いていた。

私は通りの端までのろのろ歩き、客を数人降ろして出発するバスを追いかけたり、死んだように静まり返った美容室や飲み屋、安宿のある路地をのぞいたりした。

その通りを歩いていると、いつも父さんのことを思い出した。戦闘服を着た人たちにトラックから引きずり降ろされたのは、ここから少し離れた所だっただろうか。おぼろげな記憶ながらも、私たちは父さんが降ろされた所からそれほど遠くに来ているようには思えなかった。

鍛冶屋は、赤々と燃えるコナラの炭火で焼いた鉄を力強く打っていた。槌を振るうたびに二の腕の筋肉が盛り上がる。農機具の修理に来て鍛冶屋の前に寝そべって眠りこけている、真っ赤に日焼けした農夫たちのそばを通りかかった私は足を止めた。彼らの中に、見覚えのある道具袋を枕にして丸くなっている片目の大工がいたからだ。

日がだいぶ暮れると、ようやく私は家に帰った。母さんが町に出かける時間だ。弟を負ぶって庭の畑をうろうろしていた姉さんが、込み上げる笑いをこらえて唇を突き出した。何かいいことがあった印だ。

しようがない子だね。どこをほっつき歩いてたんだい。

井戸端で石臼を洗っていたお祖母さんに叱られた。部屋の中にいた兄さんは、本を読みながらも外の様子をつぶさにうかがっていたらしく、洗い上がった石臼をさっと台所に運び込む。

蒸し器みたいに暑くて暗い台所には、すでに火をおこした七輪が運び込まれ、お湯が湯気を立てて沸いていた。何があるのか、ようやくはっきりした。にこにこ顔で台所と裏庭を行ったり来たりしていた私はお祖母さんにげんこつを食らわされた。化粧をして出かける母さんにお祖母さんがさりげなく言う。

夕飯は必ず家で食べるんだよ。

お祖母さんがまた、誰のものかわからない鶏を捕まえてきたのだ。お祖母さんの洗濯桶は洗濯物の量に比べてものすごく大きかった。そして時々、その桶の中では、大きな鶏が座り込んで目をぎょろつかせていた。その日もお祖母さんは、家から少し離れたところにある畑をうろうろしていた鶏を捕まえてきたらしく、最後まで持ち主のわからない鶏だと言い張った。

お祖母さんが鶏の頭を翼の付け根に押し込んで石臼に入れて杵でつくと、鶏は悲鳴一つ上げずに死んだ。

服がべたべたへばりつく暑い日でもお祖母さんは台所の戸を閉め切って、流れ落ちる汗に目をしょぼつかせながら鶏の羽根をむしる。

私たちは戸を固く閉め、汗をぽたぽた落としながら熱い鶏汁を食べた。

お祖母さんは私たちが手をつけるよりも先に、鶏のもも砂肝を上の兄さんのご飯の上に載せた。

後始末も手早かった。兄さんは庭の隅に深い穴を掘り、風に飛ばされないように灰と混ぜておいた鶏の羽根を埋め、台所の床に黒く固まった血も土をかけて掃くと跡形もなくなった。

お祖母さんはお祖母さんで、肉をきれいに取った骨を食器棚の後ろに置いた。ムカデをつかまえて薬にしようというのだ。

私たちは、油でてかてかした口元を手の甲で拭い、部屋の戸を開けて縁側に座った。引っ越してきたばかりの頃、近所ではしょっちゅう鶏がいなくなるといううわさが流れ、鶏の持ち主はいなくなった鶏を探してうちの部屋の方をしきりにのぞき込んだ。よそから来た避難民のしわざに違いないと人々はささやいたが、お祖母さんが実際に大きな洗濯桶を頭に載せて出かけはじめたのは、ここに来てから一年も過ぎた後のことで、私たちは物乞いと変わらない流れ者だった。

上の兄さんは最初、鶏に口をつけもしなかった。自分の分のスープをこれ見よがしに米の研ぎ汁の中にぶちまけて私たちを驚愕させたが、育ち盛りの食欲に長く目をそむけていることはできなかった。

鶏を食べた後、お祖母さんは弟には重曹を、私には粗塩を舐めさせた。日頃食べていないものを食べて胃もたれしては大変だからだ。粗塩はしょっぱくて苦く、飲み込む時はのどがひりひりした。

真夜中、焼けつくようなのどの渇きに目を覚ました私は、手探りしながら寝ている家族をまたぎ、部屋の戸を開けた。

塩を舐めておいて水をがぶ飲みするなんて。

まだ起きていた母さんは酒の臭いを漂わせながらふふっと笑い、お祖母さんは、おねしょするんじゃないよ、箕をかぶせて近所のさらし者にするからねと脅した。

井戸は深かった。丸く沈んだ暗闇はつるべの縄をどこまでも吸い込み、油断していると、ぼちゃんと音を立てて水面が千々に砕け散った。

細かいガラスの破片のようにきらめく夜露がしっとりと降りていた。私はひとしきり水を飲み、足の甲に水をぶちまけ、再びつるべを落としながら井戸をのぞき込む。井戸の中は静かで、得体の知れない音に満ちていて、ため息にも似た誰かの息づかいが聞こえてくるようだった。

プネの部屋の縁側の下からネズミが一匹さっと走り出た。縁側の板のすき間から月明かりが深く差し込んでいる。私は近づいて縁側の下をのぞき込んだ。さっきまでネズミがいたずらしていたかのように、靴の片方が横向きに、もう片方は逆さまにひっくり返っている。私はそれを引っ張り出した。靴の中は土埃でいっぱいで、かかととつま先は刃先のように鋭く尖っている。土を払い、手のひらで擦って磨いてから、そっと濡れた足を入れたが、足をくじきそうになってふらっと前に倒れた。私は靴を脱いで沓脱ぎ石の上に並べた後、部屋の戸に顔を近づけた。中は暗く、細かい桟の間からは何も見えない。不思議なことに、いつものような怖さは感じなかった。

赤くなりはじめた柿が、時折思い出したようにぽたっ、ぽたっと落ちて転がった。

真夜中にこうしてプネの部屋を見つめていると、あまりにも静かなせいだろうか。昼間のことがまるで夢の中のことのようにおぼろげで、遠く感じられる。毎晩、酒に酔って帰ってくる母さんのことや汚い布団の中でネズミのように指をなめることなどが、一幕の長い夢のように思えた。本当の私は、切ない思いでたどった先にある遠い記憶のすき間に断片的な感覚として残っているのではないだろうか。父さんのように。父さんはとても背が高かった。いや、それは、体格のいい兄さんに向かってお祖母さんが言っていた、父さんとそっくりだという言葉から連想したことかもしれない。

夕飯を食べた後、風が涼しくなると父さんは私を肩に乗せて外に出た。父さんの肩の上はどれだけ高かったことか。まるで、自分の体が風船みたいに宙に浮いているようで視界が目まぐるしく揺れた。

もうすぐ弟が生まれるぞ。父さんは私の太ももをぎゅっとつかんで歌を歌うように言った。母さんのお腹の中に赤ちゃんがいるんだ。

しっかりつかまってろよ。言われたとおりに父さんの頭をつかむと、ポマードで手がべたべたした。

私にとって父さんは、か細い私の太ももや足首をつかんでいた握力、何となく温かくて柔らかいもの、より大きいもの、汗に濡れた背中として記憶されていた。だが、そのすべての記憶も私の想像が生み出した遠い夢の中のことだったかもしれない。

戦争が終われば父さんが帰ってくる。二年経っても便りはなかったけれど、お祖母さんは根気強く待っていた。しかし、父さんに対する温かい記憶と待ち焦がれる気持ちにもかかわらず、帰ってくるという事実に私たちは皆、いくばくかの不安と恐れを抱いていた。毎日、酒に酔って帰ってくる母さんに向かって、父さんが帰ってきたら何て言いますかねと、冷たく脅すように言う兄さんでさえも。

私たちが飼い主のいない鶏の味に慣れるように、母さんの財布を探る私の手癖が次第に大胆になって抜き取る金額が増えるように、お祖母さんが断末魔の叫びなしに鶏を絞める秘技を習得するように、そして、ついにはお祖母さんがひとにらみしただけで鶏が自ら翼の付け根に首を埋めてぐったりするように、父さんもまた変わっていることだろう。父さんが私たちと離れていたその長い時間と、煙のようにぼんやりと立ち込めたぎこちなさが新たな戦争として私たちの間に出現するなら、いっそのこと父さんが永遠に帰ってこない方がいい、もう帰ってこない人なのだと思っていることに対して懐かしく温かい気持ちで父さんの帰りを待つふりをしながら言い訳し、許しを請うていたのではないか。

遠く、尾根の向こうから聞こえてくる大砲の音は静まり返ったこの村にふと戦争を思い起こさせ、ぽつぽつと流れて込んでくる避難民たちは、村の外ではまだ戦争が続いていると言った。

赤トンボが一匹、味噌甕の上を飛んだ。昼寝をしている間に雨が止んだみたいだ。照りつける日差しに澄み切った風の気配が潜んでいる。

一年草が植わった味噌甕の周りは、秋の花で赤く染まっていた。夕暮れだった。水のたまった味噌甕のふたに淡い日差しが浮かんでいて、赤トンボは止まろうかどうしようかと迷うかのようにくるくる回っている。

お祖母さんはまだ川から帰ってきていないのか、姿が見えなかった。この時間になると井戸端で米を洗う母屋の女の気配も感じられない。

私は雨水のたまった長靴に足を入れて板の間に座り、ぼんやりとプネの部屋の方を見つめた。

秋の日は短い。次第にプネの部屋は淡い日差しにしっとりと沈んでいった。私は、水に浸かったように沈んでいくプネの部屋を見つめながら、訳もなく悲しみが胸に込み上げてくるのを感じた。

突然、閉じた部屋の戸の向こうから歌声が聞こえてくる気がした。弱々しいため息のようでもあり、声を押し殺したうめきのようでもあった。

ああああああー。

ああああー。

その瞬間、部屋の戸の黄ばんだ障子紙が膨れ上がり、その向こうで揺れる影がちらっと目に映ったような錯覚に陥る。

あああああー。

その声はもう聞こえてこなかった。そこにあるのは、淡く落ちかかる日差しだけだった。私が聞いたのはそら耳かもしれない。でも、口の中のように生温かくてじめじめした感覚が私の体を包み込んでいるのを、温かい悲しみが込み上げてきて体じゅうがスポンジのように柔らかくなっているのを感じた。それは、飛び回っていた赤トンボがしばし、水面をかすめるように尾っぽを浸けた瞬間だっただろうか。

変わったことは何もなかった。日差しが弱まったこと以外は。

プネの部屋は薄明りの中にぼんやりと沈んでいた。日差しはもはや、私たちの部屋の西の窓に少し残っているだけだ。飛び回っていた赤トンボは、塀の向こうのトウゴマの葉に止まっていた。

私は部屋に戻って服を脱ぎ、鏡の前に立った。鏡の中のぽっこり飛び出たお腹と、小さくてしわの寄った股をじっと見つめてむせび泣いた。

深夜、母屋で突然、慟哭が上がった。

娘が死んだそうだよ。舌を噛んで自殺したらしい。薬を煎じて持っていったら、すでに死んでたって。

外に出て戻ってきたお祖母さんがひそひそ声で言った。

ほんとに娘を閉じ込めてたってことですか？

母さんがランプに火をつけて起き上がった。

翌朝、私たちは庭から聞こえる音で目が覚めた。

プネの年老いた父親が、かんながけをする音だった。

棺なんていりませんよ。むしろで包んで市場町に埋めましょう。あんな娘は、行き交う人に踏まれればいいんです。

母屋の女が沈み切った声で言ったが、片目の大工は黙々とかんながけをした。節目のところは力を入れて何度も削った。町の鍛冶屋で研いでもらったかんなの刃は、新品みたいな輝きを放ちながら滑らかに木目を整えていく。

私たちは目やにのついた目をしょぼしょぼさせながら彼を取り囲み、松やにのついた、まだ乾ききっていない松の木肌が薄く削られてどんどん白くなっていくのを見つめた。生木の香りが強く鼻を刺激する。大工の顔は酒に酔ったみたいに赤く、手の甲と額にミミズみたいな太い筋が浮き出た。次から次へとかんなくずが出て、あっという間に私たちの足元に積もっていった。

夕飯時、棺に釘を打つ音が聞こえてきた。そして、暗くなるのを待ってから気力の尽きた母屋の女がむせび泣く中を葬儀用のテントも、弔問客にふるまわれる酒もククス［うどんやそうめんのような麺料理］もなしにプネはひっそりと家を出ていった。その間、私たちはずっと部屋に閉じ込められていた。お祖母さんは、何度も障子戸の穴から外をのぞく姉さんの首根っこをつかみ、頭にげんこつを食らわせた。

子どもが縁起の悪いものを見るもんじゃないよ。将来、苦労したって知らないからね。

錠前は外されたけれど、プネの部屋の戸は固く閉じられたままだった。

プネの死は、松の木の真っ白な木肌と香りとして残り、長いこと頭から離れなかった。

みんな何て言ってるか、知ってるんですか？

真っ白に拭き上げたコムシン〔伝統靴の形をしたゴム製の靴〕に足を入れようとしていた母さんの前を兄さんが遮った。

何て言ってるの？

母さんはチマの裾をつかみ、兄さんの方を見ずに聞き返す。

娼婦だって、年増の娼婦。

母さんの目元が一瞬赤くなったが、すぐに平然と答えた。

好きに言わせておけばいいわ。

父さんが帰ってきたら何て言うでしょうね。

さあ、どうかしら。

兄さんは戸を蹴飛ばして出ていった。台所から外の様子をうかがい、はらはらしながら足音を忍ばせていたお祖母さんが不安そうに顔をのぞかせ、また中に入っていく。

行ってきます。

母さんは歯を食いしばって埃一つついていない白いコムシンを拭くふりをし、何事もなかったような顔をして家を出た。

最近になって母さんは、酒量が減った代わりに家に帰ってこないことが増えた。兄さんは何かにつけてひどく姉さんを殴り、姉さんは死んだように横たわって大人しく殴られると鼻血が止まるまで顔を上に向け、涙のあふれた目で宙を見つめていた。母さんと兄さんの間の緊張の糸は日ごとに張りつめていき、今にも切れてしまいそうだった。

夏が過ぎ、町の市場通りは市日以外はひときわ寂しく閑散としていた。毎晩私たちを得体の知れない興奮と熱気で浮かれさせ、群れさせていた夏が終わった。

秋が終わる頃、都会に出ていた大工の下の娘、つまり、プネの妹のソブンが帰ってきた。

英語を勉強してるの？

帰ってきたその日、彼女は、明かり窓にふっくらした胸を押しつけて気さくに聞いてきた。兄さんはうなじまで真っ赤になった。

めかし込み、きらきらした布でパーマ髪を結んで顔におしろいをはたいたソブンは、十八歳だった。

完全に韓国式の発音じゃないのよ。

彼女はけらけら笑う。母さんによると、ソブンはアメリカ人の家で家政婦をしているらしい。

ソブンの言葉に兄さんの顔がまた赤くなる。

あたしが働いているハリソンさんのところはね、あんたみたいな子を何人もアメリカに遣ってるの。英語の勉強、頑張るといいわ。あたしが話してあげる。あの人たちは、あんたみたいに貧しくて意志の強い子がほんとに好きでね。どうにかして助けてあげたいって、心を砕いてるわ。

兄さんの目が期待に輝いた。

ソブンは気兼ねすることなく私たちの部屋に出入りした。兄さんはつっかえながらも聞かれたことに大きな声で答え、すぐに顔を赤らめたが、ソブンの不意の来訪をそれほど嫌がってはいなかった。

毎晩、お尻を振って歩き回っている町の女たちとは比べ物にならないぐらいソブンはおしゃれだった。普段でもスカートに肌が透けて見えるストッキングを合わせ、かかとの高い靴を履いていた。ソブンは私たちにガムとチョコレートをくれ、母にはにおいのきつい香水をあげた。

何てきれいな手……。

お祖母さんは雪のように白いソブンの手に感嘆した。もちろん、「家政婦をしてるって聞いたけど」という後に続く言葉は飲み込んだ。

特に仕事もないそうなんですよ。洗濯も掃除も機械がするとかで。

母屋の女は自慢げに言った。

最初から信頼を得るのは難しいわ。初めはみんな泥棒だと疑って見るからね。まずは試験をするそうよ。とりあえず、いいお天気ですね、気持ちのいい朝です、私は絶対盗んでいません、私は嘘つきではありませんって言えれば何とかなると思う。

ハリソンさんがもっとも嫌うのは、盗みと嘘だと言う。ソブンは半月近く家にいた。その間に兄さんは彼女から、自分を雇ってくれるかもしれないハリソンさんの性格、趣味、家族構成、食べ物の好みなどを聞いて一つひとつ覚えた。私たちは、米軍の文官で少し太った中年の白人男性が、朝には紅茶を飲み、完全に火の通っていない血の滴るようなビーフステーキを好んで食べるということを知った。

兄さんはハリソンさん一家に関することなら何でも熱心に耳を傾けた。ハリソンさんが自分を雇うだろうという確信はなかったが、ソブンが気安く請け合ったとおり、遠からずアメリカ人の家に行くことになるだろうと期待していた。なぜなら、アメリカ人はみんな親切なハリソンさんにほかならなかったから。

私たちも兄さんがアメリカに行くことになるだろうと思っていた。そして、成功して帰ってくるのだろうと。

ソブンは兄さんの実の姉にでもなったかのように気安く接した。兄さんが長い竿で柿の実を落とすと、彼女はスカートを広げてそれを受け止めた。時にはするすると柿の木に登って枝の間に足を広げて座り、柿をもいで兄さんに投げながら大声で笑った。

スカートの中に風がたっぷり入ったわ。

お祖母さんは舌打ちをしながら気に食わなさそうな顔をした。兄さんは、夜になると市場通りに出かける代わりにソブンと一緒にどこかに消え、夜中に乾いた草のにおいを漂わせながら音も立てずに帰ってきた。半月の休暇を終えたソブンは、近いうちに連絡するど約束してハリソンさんの家に戻っていった。

アイム　ノット　ア　ライアー。

アイム　ア　オネスト　ボーイ。

兄さんはアメリカ人との生活に必要だという、新しく覚えたいくつかの文章を一生懸命、なるべく舌を巻いて練習した。

柿は大豊作だった。三、四本の古い柿の木は最後の結実であるかのように衰えた気力を振り絞り、色鮮やかに、豊かに実をならせた。裏庭には赤く熟した柿がたくさん転がり落ちて腐っていき、プネの死に気を落とした母屋の女は、私たちが柿を拾って食べても黙って見つめるばかりだった。秋の間、私たちは硬い便に悩まされ、布団や衣服に柿の果汁をこぼしてお祖母さんに叱られた。母屋には時々、見知らぬ老婆が出入りし、人を立ててプネの婿候補［韓国では、未婚のまま死んだ男女を死後結婚させる風習がある］を探しているというわさが密かに、口から口へと広がった。

秋が深まり、めっきり寒くなった。沓脱ぎ石の上に脱いだコムシンは、夜の間に鉄のように硬く冷たくなり、朝、あくびを噛み殺しながら部屋の戸を開けると、母屋の屋根と庭に霜が降りている。

今にも折れそうな痩せこけた柿の木のてっぺんには実が二、三個、冷たい霜の中で弾けんばかりに真っ赤に熟し、毎朝、カササギが飛んできた。カササギがついばんだ跡は、昼の間に日差しと風にさらされて黒ずみながら乾いていき、翌朝になるとまた痛々しげに中身を見せながら赤くどろどろに腐っていった。

死んでから百日になる日、プネは赤と青の絹糸で結んだ四柱単子《サジュタンジャ》［婚約後、新郎側が新郎の生年月日を書いて新婦側に送る書状］を受け取って嫁入りした。

日が暮れる頃、花ござが敷かれた大庁《テチョン》［比較的大きい家にある広い板の間］に餅のせいろが置かれ、絹のチマチョゴリを着た母屋の女がチマを広げ、結納品として青、赤、黄、白、黒の五色の絹織物を受け取った。新郎は、去年の夏にヘビに噛まれて死んだ、山の向こうの村の墓位畓《ミョウィタプ》［祭祀を行う費用を捻出するために耕作する田んぼ］の小作管理人だった。傾きかけた家の息子だったので、新婦側が嫌がったといううわさもあった。

庭に日よけ用のテントが張られ、母屋の女は始終、おくみで涙を押さえながら酒とククスを運んだ。何人もいる彼女の娘は、一人も姿を見せなかった。

めでたいことでもないんだし……。

母屋の女が言葉を濁しながら涙を押さえると、人々もそれらしい表情でうなずいた。婚礼の時に使うような中ぐらいの大きさの豚をつぶしてあったので、男の子たちは豚の膀胱に水を入れてボール代わりにし、一日中、キムジャン［冬の間に食べるキムチを一度に大量に漬けること］用の白菜を収穫し終えた畑でそれを蹴って遊んだ。

夜が深まり、庭のたき火が燃え尽きると、新婚夫婦のための部屋が用意された。萌黄色のチョゴリに赤いチマで着飾ったプネと新郎は、並んで布団の中に横たわった。たき火の火が消えると、それまで火の周りに集まって酒を飲んでいた人たちは急に静かになった。そうして約束でもしたかのように、青紗《チョンサ》提灯《チョンノン》［赤と青の布を貼った婚礼用の灯ろう］を吊るした、大きく開かれた門の方を見つめた。何かがひやっと背筋を通り過ぎていくのは冷たい風のしわざだろうか、一面を白く染めた霜のせいだろうか。

声を殺してむせび泣く母屋の女の声が夜通し聞こえてきた。片目の大工は酒に酔い、宵の口から人事不詳だった。

不思議なこともあるもんだ、翌朝、新婚夫婦の部屋に入ると、わら人形の二人の足が絡み合ってたそうだよ。

まさか、そんな。

いくら未婚のまま死んだ娘とはいえ、せめて魂だけはきちんと葬ってやろうと思ってやったことだったが、やっぱり不気味だから新郎から少し離れたところに寝かせたのに、布団をめくってみたら、ぴたっとくっついて足が絡まってたんだとさ。母屋の女は、驚いて気を失ったらしい。

朝、枕元でお祖母さんと母さんがひそひそささやいた。

なんで、わら人形の足がもつれるの？

姉さんが首をひねりながら口を挟む。

お前たちは知らなくていい。

お祖母さんが言ったが、姉さんはわかっていると言わんばかりにちらっと兄さんをにらんだ。兄さんは顔を赤くして慌ててスープを飲んだ。

初夜を過ごした新郎と新婦は、風を避けて山のひっそりした所で焼かれた。初夜に使った、オシドリを色とりどりの糸で刺繍した布団と枕も燃やされた。初冬のよく晴れた寒い日だった。

陽光の中、炎は透明に揺らめき、黄泉国《よみのくに》で寂しくさまよっていた魂は黒い煙となって散らばり、混ざり合って跡形もなく消えていった。

獣だろうと、人間だろうと、二度とこの世に生まれてくるんじゃないよ。

母屋の女は、燃え尽きた灰の上に酒を振りまきながら泣いた。

遠い空に消えていく一筋の煙となった理由を理解できない子どもたちは、山の尾根で豚の膀胱を高く、高く蹴り上げながらにぎやかに遊んでいた。

秋が終わり冬になっても、すぐに連絡すると言っていたソブンからは何の知らせもなかった。ハリソンさんは兄さんを連れて行くつもりはないようだ。

母が何の連絡もなく二日家を空けると、三日目に兄さんは姉さんを殴った。でも、黙って殴られていた今までとは違い、姉さんはまっすぐ顔を上げて叫んだ。

あのほら吹き女が嘘をついたのよ。あたしは、兄さんがあの女と何をしたのか知ってる。汚らわしいまねをしたって知ってるんだから。

壁に立てかけられた鏡は、幾筋もの血を流している疥だらけのやせ細った少女と、悲しみと憎悪と羞恥心で惨めにゆがんだ十六歳の少年のみすぼらしい姿を映しながら威圧するように光っていた。兄さんはものすごい形相で鏡をにらんで蹴飛ばした。一瞬にして部屋は、足の踏み場もないほど粉々に砕けた鏡の破片と、きらきら輝いて弾ける光でいっぱいになった。毎夕、化粧をしていた母さんの顔が千々のかけらになってしまった。兄さんはその千々のかけらの顔に別れを告げるかのように、侘しく、悲し気に肩を落としてじっと見つめていた。

稜線の向こうからはまだ大砲の音が聞こえてきたが、戦争はもうすぐ終わるだろうというわさが流れ、避難民たちは一人、二人と村を離れはじめた。ほかの避難民たちのようにすぐにここを離れるわけにはいかなかった私たちは、寒くて長い冬を部屋の中にこもって過ごした。

四方を山に囲まれた盆地だから、冬はとりわけ寒く、長かった。日が落ちるとすぐに夜がやってくる。夕飯を食べると私たちは火鉢を囲んで座り、下着を脱いで火鉢の上の方にぴんと広げた。すると、縫い目に隠れていたシラミが熱さに負けてのろのろと這い出てくる。私たちはそれをひょいとつまんで火鉢に落とし入れた。夕飯後しばらくは、シラミを焼く脂っぽい臭いが消えなかった。

夜、服を脱いで板の間に放ったまま寝ると、シラミは寒さに凍えて赤くかちかちになって死んでいた。

冬が終わる頃、私たちは近くに引っ越した。プネの両親が、娘たちの住む都会に行くために家を売ったからだ。

季節外れのぼたん雪が激しく降る日だった。私は、雪の上に残された足跡がしんしんと降り積もる雪に覆われて消えていくのを残念な思いで振り返って見ながら、荷物を載せた荷車の後をついて歩いた。

引っ越しの日に雪が降ると、金持ちになって福が舞い込むって言うよ。

足の傷が凍傷で悪化したお祖母さんが、ひどく足を引きずりながら言った。

どうでしょうね。

母さんは苦笑いした。

嘘だって言うのかい？　嫁に行く時も雪が降れば縁起がいいって言うだろう。過ぎたことはみんな雪の中に埋もれてしまうから、まんざら嘘じゃないと思うけどね。

お祖母さんはちょっと強引に、もどかしそうに言った。母さんは何も答えず、もの寂しげな顔で町の市場通りを見つめる。化粧気のない青い顔は、ずいぶん老けて疲れて見えた。

市場通りを見つめていた母さんの視線が、私たちがトラックに乗ってやってきたという都会へと向かう新道へ、そして、遠く重なって見える稜線の上へと移ろいながら遠のいていく。

新しく間借りすることになった精米所の家の庭には、楽につるべを引き上げられる滑車が設置された深くて大きい井戸があるのに、お祖母さんは相変わらず、たらいを頭に載せて川に出かけた。

過酷な冬の寒さに凍り付いた滑車が動かないのに、精米所が閑散期だったので家主が修理を急がなかったからだ。そのせいで、お祖母さんが赤くかじかんだ手で帰ってくるまで、私は部屋に閉じこもって弟の面倒を見なければならなかった。

日当たりのいい庭に草木が芽吹きはじめた時も、私たちが暮らしている、北向きの舎《サ》廊棟《ランチェ》［家の主人の居室兼応接間がある棟］の裏門の外には分厚い氷が張っていた。春一番が吹き、分厚い氷が解けはじめる頃、精米所の主人は、冬の間放ったらかしにしていた精米機の埃とクモの巣を払いのけて井戸の滑車に油を差した。そうして私はやっと部屋から解放された。お祖母さんは、頭巾のような形の帽子をかぶせた弟を背負い、ぎしぎし音を立てながら滑車を回して水を汲んで井戸端で洗濯をした。

部屋から解放された私はまた、ぶらぶらほっつき歩きはじめた。たどり着くのはいつもたいてい、前に住んでいた家の辺りだった。

プネの家の母屋には知らない人たちが住んでいた。庭でままごと遊びをしていた女の子たちが、私に気づいて警戒の目を向ける。

私たちが住んでいた部屋は壊されかけていた。地神様がやかましいので、便所と納屋の場所を移して建て直すという。私たちが書いた壁の落書きやこっそりつけた傷跡はまだ残っていたけれど、その脇に兄さんの本箱が置かれていた窓はすでになかった。兄さんは、いつの頃からかもう英語の本を読まなくなっていた。

空き部屋はとても小さかった。こんなに狭い部屋で私たち家族全員が暮らしていたのかと思うと不思議なぐらいだ。

家の新しい主人は、床板をめくって床下の土を掘り出しはじめた。私たちが暮らしていた痕跡はもうどこにもない。男の力強いシャベル使いによってだんだん深くなっていく部屋の真ん中のくぼみを見つめながら、私は言いようのない恥ずかしさと寂しさに涙を浮かべた。土を掘り進めるにつれて、庭の片隅から、灰まみれの鶏の羽根や割れた鏡の破片が土と混ざって出てくるだろう。

四月になると、私はお祖母さんに手を引かれて姉さんが通う学校に入学した。風が吹き、土埃が舞う日も、綿菓子売りのおじさんはくるくる、くるくると綿菓子を作った。母さんと町の肉屋の男はできているといううわさが近所に広まった。母さんがその男の妻に髪をつかまれて町を一周させられたという日の夜、お祖母さんは初めて母さんを問い詰めた。

子どもたちを放って逃げるつもりかい。恥ずかしくて顔を上げて歩けやしない。

上の兄さんは私たちを集めてきっぱり言った。

俺たちは別れて暮らすことになる。お前たちは孤児院に行ってろ。俺が一人前になったら迎えに行くから。靴磨きもして、新聞も売って、盗みだってやるさ。アメリカに行って何としてでも金持ちになってやる。

だが、母さんは相変わらず夕方になると町の食堂に仕事に行き、兄さんは春も夏も市場通りで暮らすように過ごした。

兄さんは、舌を震わせて寂しくハーモニカを吹く代わりに、車引きの助手たちみたいにぴゅーぴゅーと粋に口笛を吹いた。私は次第に、母さんの財布からもっと多くのお金を引き抜くようになった。

夏が来て、戦争が終わった。その時まで残っていた避難民の二つの家族が最後にこの村を去った。

夏が終わる頃になっても父さんは帰ってこなかった。

晩夏の朝、手のひらほどの大きさの鏡を窓枠にもたせかけて髪をといていた母さんがお祖母さんの方を振り返った。

昨日の夜、変な夢を見たんです。髪をといていたら、麦粒ほどの丸々太った真っ黒なシラミが何匹も落ちるんですよ。

お祖母さんの顔色がさっと変わる。

髪をほどくのはよくないけど、夢にシラミが出てくるのは縁起がいいって……。とにかく、どんな知らせがあるのか待ってみよう。一度お前が捜しにいってごらん。死んだのか、生きてるのか……。

お祖母さんが力なく言った。

母さんのまぶたが一瞬、震える。

ノランヌンは学校に行かないのかい？

沈んだ雰囲気につられて不安げな顔つきになり、学校に行く準備をしていた手を止めてしまった私をお祖母さんが怒鳴りつけた。

私はすばやく本を包んだ風呂敷を腰に巻いて部屋を飛び出した。日はすでに高く昇り、強く照りつけていた。

始業の鐘が鳴ってからだいぶ時間が経ったのか、運動場に子どもたちの姿はない。

つき　つき　どんなつき　おぼんみたいな　まるい　つき
私のクラスの開いた窓から、声をそろえて国語の本を読んでいるのが聞こえてきた。

おい、太っちょ。今日は買わないのかい。

綿菓子売りのおじさんが呼び止めたけど、私は答えずに運動場に走っていった。その時、一限目が終わる鐘の音が鳴った。

その日の最後の授業は図工だった。私たちは教科書にあるとおり、花瓶に生けられたチューリップを描いた。

ろうに染料を混ぜて作ったクレヨンはやたらと折れてばらばらになり、上手く描けなかった。子どもたちは下を向き、洟をすすりながら一生懸命色を塗っていたが、私はぼんやり座って前の席の子の抜けそうなほどきつく編まれた髪の毛と、その下の白い皮膚ににじむ汗を何となく見つめていた。

太陽の光がほの白く黒板を照らし、チョークの字がよく見えなかった。蒸し暑い日だった。私は、ポケットの中に手を突っ込んでお金をいじり、無駄な心配だとわかっていながら、家に帰る時まで校門の前に綿菓子売りはいるだろうかと考える。

窓の外に見える、太陽がじりじり照りつける新道を麦わら帽子をへこませてかぶった男が物乞いみたいに足を引きずって通り過ぎた。暑さのせいだろうか、酒に酔っているのだろうか。顔が赤くて背の高い男で、一瞬目が合ったような気がした。男は何かを探しているかのように、一つひとつ窓の方を注意深くうかがいながら歩いている。

さあ、時間だ。描き終えた人は持ってきなさい。

先生が物差しで教卓を叩いた。

私はやっと洟をすすり、真っ白のまま残っている、半分も描けていない絵を赤と緑のクレヨンで塗った。

終業の鐘が鳴ると、年寄りの用務員が紙きれを持ってそっと入ってきた。先生が私を呼ぶ。

校長先生がお呼びだ。早く行きなさい。

私は用務員の後をついて廊下の突き当たりにある校長室に入った。

校長先生はちょうどお客さんを見送っているところだった。

六年生のキム・ジョンニムの妹だな?

お客さんを見送って戻ってきた校長先生の質問に、私は小さな声で返事をした。

お父さんが帰ってこられた。家がわからなくて、学校に姉さんを訪ねてこられたんだ。校門の外で待っているそうだから、早く家にお連れしなさい。

日差しが校長先生の眼鏡を横切り、その後ろの黒板でちらついていた。

お父さんが帰ってこられた。家にお連れしなさい。

校長先生の言ったことを、私は何の感慨もなく真似してつぶやいた。

私の目は、クリームを塗ったケーキが二つ載っている、テーブルの上のお皿に釘付けになった。お皿の周りをハエがぶんぶん飛んでいる。校長先生、もうすぐ会議が……。用務員が校長室の入り口に立っておずおず言った。校長先生はまだ何か言い足りないかのように私の肩に手を載せたが、さあ、お父さんのところに行きなさいとひとことだけ言って先に部屋を出た。

校長先生が出ていくと、すぐに私はテーブルの上のケーキを一つ口の中に押し込んだ。急いで飲み込んだせいでむせ返り、涙が出た。私は残りの一つをさっとポケットに入れて校長室を出ると、廊下を走り抜けた。

便所の窓から、両腕を振ってガチョウのように運動場を横切っていく姉さんの姿が見えた。男の子たちが指の間に挟んだカミソリで女の子たちが持っているぴんと張ったゴムひもを切ると、女の子たちは悪態をつきながら土をつかんで投げつけた。その子たちをかき分けて姉さんは走っていた。校門の外で父さんが待っているのだ。カラタチの垣根の上に、綿菓子が雲のようにふわっと浮き上がった。

私はそんな光景を見つめながら、ポケットの中のケーキを取り出してほお張った。食べ終えると急に吐き気がしてきて、我慢できずに吐いた。甘いケーキが次々とのどを伝って出てくる。訳のわからない悲しさが込み上げてきて、涙が止まらなかった。

私は脚の間に頭を突っ込んで吐きながら、肥溜めの中をのぞき込んだ。暗い肥溜めの中にどこからか一筋の光が差し込み、涙でにじんだ視線の先にぼんやりと何かがわき上がるのが見えた。何かが光の中で叫びながら一斉にわき上がっていた。

中国人街

市を南北に分けて走る線路は、港の端まで来てようやく途切れる。石炭を載せてきた貨車は、あわや海に落ちるところでかろうじて頭をすくめるように急停車し、その反動で石炭の粉をぽろぽろこぼした。

家に帰ったところでノロジカの尻尾ほど冬の日は短く、昼食が待っているわけでもない。私たちは、学校が終わると通学かばんを放り投げたまま群れを成して波止場を通り抜け、港の北端にある製粉工場へと急いだ。

製粉工場の日当たりのいい庭いっぱいに敷かれたむしろにはいつも、まだ乾ききっていない小麦が広げられている。私たちは、守衛がしばらく持ち場を離れているすきを狙って庭に入り、むしろの角を踏みながら小麦をひと握りつかんで口に入れてはまた歩いた。歯に当たっていた麦粒の硬い皮がむけ、実も柔らかくなって口の中いっぱいに広がると糊のような粘りが出てくる。そうして、まるでガムみたいな食感になった頃には線路にたどり着いた。

私たちはその小麦ガムで風船を作ったり、枕木の間に敷き詰められた小石でピサチギ［立てた石を標的とし、別の石を少し離れた所から投げたり蹴飛ばしたりして倒す遊び］をしたり、前の日に磁石を作るために線路の上に載せておいた釘を探したりしながら貨車が来るのを待った。

ついに貨車がやってきて何度かがたついた末に完全に止まると、すばやく車輪の間に入り込んで石炭の粉を落とし、扉のすき間に腕を突っ込んで熊手のように豆炭をほじくり出す。線路の向こうの貯炭場から手押し車を押した作業員たちが真っ黒な姿で現れる頃には、私たちはたいてい靴やポケットに、大きくてすばしっこい子たちはセメント袋いっぱいに豆炭を詰め込み、低い鉄条網をまたいで越えた。

波止場の簡易食堂の扉を押して入り、隅っこのテーブルを占拠すると、その日の収穫によってうどん、ギョウザ、蒸しパンなどが運ばれてきた。

豆炭は、時には焼き芋、めんこ、砂糖の類いにもなった。とにかく、豆炭が波止場の辺りでは何にでも換えられる現金と同等のものであることを私たちは知っていて、近所の子どもたちは一年中、真っ黒な子犬のようだった。

海岸村、または中国人街とも呼ばれるうちの近所一帯は冬の間、北風が運んでくる石炭の粉のせいでいつも薄暗く、太陽は、黒ずんだ空気の中で昼間の月のように霞んでいた。

お祖母さんはいつも、わらで作ったたわしに焚き口からこそげ取ったきれいな灰をすり込んで、ぴかぴかになるほど金だらいを磨いた。父さんのYシャツだけ別に洗うためだ。でも、いくらきれいに洗って風の入らないひさしの奥の方に干したところで、何度もすすいで糊づけをやり直さなければならなかった。

ああ、もう石炭の粉にはうんざりだ。こんな所、住めたもんじゃないよ。

そう言ってお祖母さんが舌打ちした後はいつも、お決まりの昔話を聞かされた。

広石川《クァンソクチョン》という川はね、もちろん戦争になる前の北の地方のことだけど、洗った物は白いのを通り越して真っ青になったもんさ。こわいほど青くてね。

冬休みが終わると、担任の女の先生は、中国人街に住む子どもたちを呼び出して学校の宿直室に連れていった。宿直室の台所の土間に上半身裸で四つん這いにさせると、生ぬるい水を容赦なく浴びせた。耳の後ろ、首筋、足の指と爪の間まで、石炭の粉がないのを丹念に確認すると、鳥肌の立った背中をぴしゃりぴしゃりと叩いて検査が終わる。私たちはくすくす笑いながら、垢がこぼれ落ちる下着を頭から引っかぶった。

　春になると私は三年生になった。午前班［一九五〇年代から九〇年代初めにかけて、教室不足の解消策として、小学生は午前班と午後班に分かれて授業を受けていた］だったので、真昼の通りを私はチオギと肩を組み、悠々と歩いて家に帰った。

あたし、大きくなったら美容師になるんだ。

三叉路の美容院を通り過ぎる時、チオギが力なく言った。

虫下しを飲む日だから朝ご飯を抜いてくるようにという先生の言いつけどおり、チオギも私も何も食べていなかった。

　空腹だからだろうか。サントニン［虫下しの薬］を飲んだからだろうか。それとも、海《かい》人草《にんそう》［虫下しの薬のほか、石灰と混ぜて建築材としても使われていた］を煮るにおいのせいだろうか。日差しも、通り過ぎる人たちの顔も、チマの裾をなびかせながら入り込んでくる荒っぽい春風も、何もかもが黄色く見える。

道の両脇は、仮設の商店をのぞくとほとんど空き地だった。砲撃で崩れた建物の残骸が点々と、みそっ歯みたいに立っているだけだ。

いちばん大きい劇場だったんだってよ。

反射板や舞台の白い幕みたいに漆喰が塗られた一方の壁だけがそっくりそのまま残っている建物を指差しながら、チオギがささやいた。だが、それももうじき壊されるだろう。並んで立っている作業員たちが、つるはしをどこから振るうべきかと考えを巡らせている。一瞬にして、あの白くて巨大な壁は轟音と共に崩れ落ちるに違いない。

反対側では、すでに壊した壁から傷ついていないれんがと鉄筋をより分けているところだった。

すっかり焼け野原にしちまって。

チオギは、大人たちの口ぶりを真似て焼け野原という言葉を何度も繰り返した。

人々はアリのように熱心に家を建て、空き地を埋めていった。道のあちこちに置かれた、半分に切られたドラム缶で海人草が煮えている。

チオギと私はしょっちゅう足を止めてぺっぺっと唾を吐いた。

回虫が薬を飲んで大騒ぎしてるみたい。

違うよ。回虫がおしっこをしてるんだよ。

それでもまだ吐き気は治まらなかった。煮え立つ海人草の泡も、豆炭から立ち上る煙も、海藻と混ざり合う石灰のにおいも、どれもこれも黄色の嵐だった。

どうして家を建てる時に海人草を使うんだろう。あたし、あのにおいを嗅ぐと髪の毛を根元から引っこ抜かれるみたいに頭が痛いんだ。

チオギが私の肩に載せた腕をだらんと下ろす。私はもたもたしながらゆっくり歩き、海人草の、あの黄色のにおいを吸い込んだ。

うちの家族がこの都市に引っ越してきたのは、去年の春だった。

お前の父さんが職に就きさえすれば……。母さんは、きちんと重ねたタバコの葉に口いっぱいに含んだ水を吹きかけながら言った。そして、ぎゅっと押さえながら袋に詰めたタバコの葉を担いで明け方に出ていくと、二日か三日後に今にも死にそうな姿で帰ってきた。

肝臓が十個あったってタバコの商売はもう無理だ。取り締まりが厳しすぎるよ。お前の父さんが職に就きさえすれば……。

先に北から南に来て定着していたり、戦争からいち早く抜け出した友人や同級生を訪ね歩いて仕事を探していた父さんは、石油配給所の所長として就職した。引っ越しのトラックが来るという日、私たちは朝早くからご飯を炊いて食べ、布団の風呂敷包みとひもでざっとくくった生活道具を車道に出した。なのに、昼食の時間になってもトラックは来ず、延々と繰り返される近所の人たちとの別れの挨拶も終わった。

日が暮れる頃になると母さんは、陣取りや石蹴りにもうんざりしてぼんやり座り込んでいた私たちを町の食堂に連れて行き、うどんを一杯ずつ食べさせた。家を出る前に着替えた服なのに、ひっきりなしに垂れてくる鼻水のせいで兄さんと私、弟の袖口と手の甲はてかてかしていた。

すっかり暗くなっても、母さんは乳飲み子を抱いて布団の風呂敷包みの上に座ったまま、トラックが来るであろう橋のたもとの方ばかりをじっと眺めていた。

トラックが現れたのは、日が暮れてずいぶん経ってからだった。ヘッドライトをつけたトラックが騒々しいエンジン音と共に橋のたもとに姿を現すと、母さんは、車が来たと叫び、それぞれ一つずつの風呂敷包みの上に座っていた私たちきょうだいは、飛び跳ねるように立ち上がった。トラックは新道にしばらく止まり、駆け寄っていった母さんに窓から顔だけ出した助手が何か叫ぶと、トラックは行ってしまった。私たちはきょとんとして互いに顔を見合わせた。高い囲いの荷台の上に黒いシルエットを作ってぬっと立っていたのは牛だった。先の尖った曲がった角《つの》と、暗闇の中から流れるように聞こえてきた湿っぽい反芻の音も鮮明だった。

牛を下ろして来るんですよ。荷物を下ろして空っぽのまま帰るトラックに乗っていけば運賃が半分で済むから、うちの人がそうしたんです。

母さんの説明に、一度も父さんや母さんに異議を唱えたことのないお祖母さんは心配そうな表情だったが、まあ、あんたたちがそう言うならというように何度もうなずいた。

しかし、トラックが私たちの前に再び現れたのは二時間も経ってからだった。三里も離れた都市の屠殺場で牛を下ろし、荷台の汚物を掃除していて遅くなったという。

引っ越し荷物を全部載せ、最後に母さんが乳飲み子を抱いて運転手と助手席の間に座

ると トラックは出発した。遠くから南に向かう列車の汽笛が聞こえたので、午前零時頃のことだったと思う。

私は引っ越し荷物のすき間から顔をのぞかせて、暗闇に埋もれてだんだん遠ざかっていく村を見ていた。村と裏山の雑木林が一つになり、さらに深い暗闇の中で手のひらほどの大きさに揺らめいたかと思うと、一つの点になってトラックの後をついてきた。

町を抜けると山道だった。道が悪いうえに乱暴な運転のせいでトラックは激しく揺れ、荷台の荷物の間にシラミの卵みたいに挟まっていた私たちは、ばね仕掛けの人形のように何度も何度も飛び跳ねた。

お祖母さんはアグググと骨がきしむような声が出そうになるのを奥歯を食いしばってこらえていた。道の脇は川だった。車が飛び跳ねるたびに、今度こそ川に真っ逆さまだと思いながら私はぎゅっと目をつむり、四歳の弟を力いっぱい抱き寄せた。

春だとはいえ、夜風は刺すように冷たい。水面をかすめて猛々しく唸っていた風は、その鋭い爪で私たちの荒れた肌をえぐり、トラックにまだ残っている牛の糞の臭いを少しずつさらっていく。

さっきのあの牛たちはみんな、死んじゃったのかな。

私はふと、暗闇の中から聞こえていた牛たちの反芻の音を思い浮かべながら姉さんに聞いた。姉さんは立てたひざの間に深く顔を埋めたまま何も答えなかった。もちろん、とっくに解体され、皮をはがれ、内臓を取り出されていてもおかしくなかった。

月はずっと頭の上に丸く浮かんでいて、四歳の弟はたどたどしい口調で、こんにゃろ、なんでついてくるんだよと叫びながら月に向かって拳を振り上げた。

トラックはしょっちゅう止まった。五人の子どもが入れ替わり立ち替わり尿意を催したからだ。荷台と運転席の間の、手のひらほどの大きさのガラス窓を叩くと助手が座席横の窓を開けて頭を突き出し、後ろを振り返って何だ、と大声を上げた。

おしっこがもれそうだって。

助手はそこで済ませろという手ぶりをし、お祖母さんはとんでもないと騒いだ。すると助手は、渋々車を止めて子どもたちを一人ずつ抱き下ろしながら、全部出すんだ、一滴も残すんじゃないぞとつっけんどんに言った。私たちは、すぐさま道端にしゃがみ、ぶるっと体を震わせながら長いこと放尿した。

行政区域が変わったり、道が曲がりくねったところには必ず哨所があり、そのたびに検問を受けなければならない。戦闘服を着た警察がトラックの荷台を懐中電灯で照らすと、タバコ売りをしたせいでもう肝っ玉はほとんど残ってないと言っていた母さんが窓の方に首を伸ばして声を張り上げた。

好きなだけごらんなさい。いくら探したってみすぼらしい風呂敷包みと子どもだけですよ。

トラックはガソリンを入れるために止まり、二度故障し、くねくね曲がるたびに何度も検問所を過ぎた。川と山と眠りについた町を夜通し走って夜が明ける頃にようやくこの都市に入り、私たちが乗ったトラックの古いエンジンの騒々しい音に、通りは目を覚ましはじめた。

市の果ての、わずかに海に突き出た海辺の村に到着すると、私たちは荷物と一緒にトラックから降ろされた。夜通し追いかけてきた月は光を失い、円盤のようにぺちゃんこになって西の空にかかっている。トラックが止まったのは古い木造二階建ての家の前だった。一階の通りに面したところは商店みたいにガラス戸になっていて、土埃で曇ったガラスに赤いペンキで石油配給所と書かれていた。

　これから私たちが住む家だった。

　私は、襲いかかってくる冷たい空気に歯をがちがち震わせながら、いつも決まって面倒を見させられる四歳の弟を負ぶった。

　私たちが騒々しく横切ってきた末にたどり着き、トラックの荷台の荷物のすき間から好奇心と期待に身を乗り出すようにして見つめたその市街地は、避難先の田舎で夢見ていた都会とは違っていた。私は自分たちが住むことになる都会のことを、ストローの先にふくらむ七色のシャボン玉か、うわさに聞く遠い国のクリスマスツリーのように考えていた。

　狭い道路の両脇に、小さな物干し台のある同じ形の木造二階建ての家が立ち並んだ通りは貧相でむさくるしく、一番鶏の羽ばたきのような気ぜわしい活気に満ちていた。それは、朝早く埠頭に魚を買いに行く商売人たちの自転車のペダルの音と、港の端にある製粉工場の労働者たちの足音のせいだった。彼らは、道を塞いで止まっているトラックと乱雑に下ろされた引っ越し荷物を避けて坂道を上っていく。

昨夜、後にしてきた田舎とは何もかもが違っているにもかかわらず、私たちは本当に引っ越してきたんだろうか、見知らぬ土地に来たんだろうかと、しばし混乱に陥った。それは、空気中の靄《もや》のように濃く立ちこめる、内容は忘れたけれど雰囲気だけ残っている夢にも似た、ひどく懐かしいにおいのせいだった。これは何のにおいだったか。石油配給所のガラス戸を開けて出てきた父さんは、約束が違うと言って運転手に大声で訴えた。運転手は、好奇心とどうしようもない不安できょろきょろしている私たちと荷物を代わるがわる指差しながら、父に向かって拳を振り上げた。

うなじに青いそり跡のあるおかっぱ頭に、綿が飛び出た黄色の人絹のチョゴリを着た疥だらけの九歳の私は、弟を負ぶってそわそわしながら自分たちが暮らすことになる家の周辺を見回した。

引っ越しの騒動に近所の人たちはやっと目を覚まし、明かり取りを開け、通りに面した出入り口から寝ぼけ顔を突き出した。

道を挟んでそれぞれ十軒ずつほど並んでいる木造二階建ての家は、うちの家を最後に突然途切れている。そして、そこから緩やかな坂になっていて、その坂道には色褪せたインクみたいな色や白のペンキで壁を塗った大きな二階建ての家々が道の両脇に立っていた。

うちの前を通る道は坂道に続いていて、坂道が始まるところの最初の家は、ほとんどうちと隣接している。だが、広い壁に比べてひどく小さい窓や出入り口はすべて木の雨戸が固く閉じられていて、きっと空き家か倉庫なんだろうなと思った。

大きな図体の割に屋根の勾配が急でてっぺんの幅が狭く、バランスが悪くて見慣れない感じのする洋式の家だった。それらの家はある種の敵意をもって冷ややかに、興味なさそうに坂の下を見つめるように立っている。坂を越えて波止場に向かう人たちが行き来するにもかかわらず、坂は島のように遠くぽつんと感じられ、甲殻類のように固く口を閉じた家々は、たいていの古い建物がそうであるように、やや悲壮な感じで海に向かって立っていた。

引っ越し荷物を全部下ろしても、トラックはエンジンをかけたまま出発しなかった。要求したとおりの運賃をもらえなかった運転手は、持久戦に入ったかのようにハンドルに両腕を載せて目を閉じている。

ああ、うるさいわね。また戦争でも始まったの？　朝っぱらから何の騒ぎよ。

若い女の歯に衣着せぬ金切り声が威嚇するかのように唸っているトラックのエンジン音をかき消し、私たちの頭上に飛んできた。母さんと私たちは呆然として顔を上げた。太ももまでむき出しにして軍服の上着だけを肩に掛けた若い女が、金髪に染めた長い髪を揺らしながら、向かいの家の二階の物干し台から部屋の中に入ろうとしていた。

父さんは、トラックの下に入ったり出たりして遊んでいる兄さんの首根っこをつかんで引っ張りだし、げんこつを食らわせた。そして、そそくさと一カ所に集まった私たちを見て、まるで一個小隊だなと呆れたように笑った。

早朝の雲が晴れ、日差しが少しずつ透き通りはじめても、坂の上の家々は固く戸を閉ざしたまま眠りから覚めることはなかった。あちこちから押し寄せる早朝の薄明が、雨雲のように不吉に坂の上の空に押し寄せていた。

空が白むと、夜の繊細な空気の中で弱々しく漂っていたにおいが、やっとの思いで我慢していた深呼吸のように通りのあちこちから立ち上りはじめる。

あ、とその時、私はあのにおいの正体に気づいた。気づいた瞬間、それまで私が感じていたよそよそしさは一瞬にして消え去り、通りは馴染みあるものとして具体的に私に迫ってきた。それは気だるい幸福感であり、前の日に離れた避難先の村に染みついていた色であり、幼年の記憶だった。

タンポポが咲く頃になると私はいつもめまいと吐き気に襲われ、沓脱ぎ石の上に座ってぶくぶくと泡の立った唾を吐き、弟は庭を這い回って土をつかんで食べた。お祖母さんは長い春の間ずっと海人草を煎じていた。その汁を嫌々と頭を振りながらやっとのことで一杯飲むと、辺り一面が黄色で埋め尽くされた、春のけだるさみたいな昏迷に陥り、今は朝なのか夜なのかと何度も聞いた。お祖母さんは、この子ったら、回虫がのたくってるみたいだねと答えながら、ふふと笑った。

私は、忘れられた夢の中を歩いていくように黄色い昏迷の中に深く陥っていった。すると、坂の上の二階建ての家の固く閉じられた雨戸の一つが開き、若い男の青ざめた顔が現れた。

母さんは七人目の子を身ごもっていて、私は毎朝、学校に行く前に、大きな器を手に坂の上にある中国人の家の前を通って埠頭に行った。新鮮な牡蠣と貝だけが母さんのつわりを紛らすことができたからだ。私は、得体の知れない恐怖と好奇心に辺りの様子をうかがいながら、固く閉ざされた門の前を走り過ぎた。坂のてっぺんから二十歩ほど進むと、中国人街は突然途切れて埠頭が眼下に広がる。下り坂に入ったところで息を弾ませながら振り返る頃には、坂の入り口にある店の雨戸を開ける音が聞こえてきた。

それは週に一回ぐらい、豚肉半斤［約三百グラム］か四分の一斤を買いにいく肉屋だった。母さんは、お金を持たせてお使いにやる時は必ずこう言って聞かせた。

量が少なかったら、子どもだからってごまかさないでって言うんだよ。それから、脂身じゃなくて赤身をくださいってね。

肉屋では、片方の頬に熟した栗の実ほどのこぶがあり、そのこぶに引っ張られているかのようにひげが長く伸びた男やもめの中国人が店番をしていた。

子どもだからってごまかすつもりですか？

背が低い私は、つま先立ちでかろうじて陳列台の上にあごを載せ、お金を差し出すと同時に勢いよく言った。

壁に掛かった革砥で包丁を研いでいた中国人が、何を言っているのやらというむっつりした顔で私を見つめる。私は、母さんに言われたとおり、脂身ではなく赤身をくださいと言う前に中国人が肉を切ってしまうのではないかと慌てて言い足した。

お肉をくださいって、母さんが。

中国人はくすくす笑いながら、肉をざっくり切って寄こした。

肉だけなもんか。毛も皮もついてるぞ。

肉屋の隣には胡椒や黒砂糖、量り売りの中国茶などを売っている雑貨店があった。近所の人たちは時々、豚肉を買いに肉屋に行くだけで、雑貨店には行かなかった。服や靴につける装飾用のビーズ、染料、爆竹遊びに使う火薬などは必要なかったからだ。天気のいい日も片方の雨戸しか開けていない店の中は暗く、埃をかぶっているかのようにどんよりしていた。

でも、夕方になると、買い物かごを腕に提げた中国人たちが集まってきた。髪をぎゅっと巻き上げて後ろに牛の糞みたいにくっつけた頭を軽く揺らしながら、うんと厚い耳たぶに銀の輪っかをぶら下げて纏足《てんそく》でよたよた歩く女たちは、幾筋にも分かれた道から、まるで地グモみたいにそろりそろりと中国人街にやってきた。

男たちは、店の前に置かれた椅子に座って黙ったまましばらくきせるを吸うと、来た時のようにそっと消えていった。彼らはたいてい年寄りだった。

私たちは車道と歩道を分ける低くて狭い縁石に並んで座り、足をばたばたさせながら彼らを指差した。

阿片を吸ってるよ。汚らわしい阿片喫《の》みめ。

とても長い竹のきせるを通して出てくる煙は、すさまじい黄色になって消えていく。

年寄りの中国人たちは時々、そんな私たちに笑顔を見せた。

中国人街と呼ばれるところに彼らとすぐ隣り合わせで住んでいながら、中国人に関心を寄せるのは子どもたちだけだった。大人たちは無関心を装いつつ、軽蔑するような口調で「トゥエノム」［中国人の蔑称］と呼んだ。

私たちは彼らとまったく接触はなかったが、坂の上の二階建ての家に住んでいる人たちは、限りない想像と好奇心の的だった。

彼らは私たちにとって密輸業者、阿片中毒者、ぼろ着の縫い目に金を隠し縫いする苦力《クーリー》だった。さらには、馬のひづめの音を響かせながら凍った荒野を駆け抜ける馬賊団や抜き出した敵の肝臓を分け合って食べるオランケ［蛮族。女真族の蔑称］、人肉で餃子を作る賤民であり、振り向けばズボンを上げる前にかちかちに凍ってしまうという、北満州の荒野の糞の塊だった。固く閉じられた戸の向こうにあるのは、十年付き合ってもなかなか見せてもらえないという懐に深くしまった金なのか、阿片なのか、疑心なのか。

うちで宿題しない？

家の前まで来るとチオギが、布団と毛布が干された二階の物干し台を見上げながら私を引っ張った。布団が干してあるのは、マギー姉さんが家にいないという証拠だ。マギー姉さんは、家にいる時はいつも毛布をかぶってベッドに入っていた。私は、向かいのわが家をちらっと見てためらった。お祖母さんと母さんはチオギの家をパンパンの家と呼んだ。でも、この通りの敵産家屋《チョクサンカオク》［日本の統治時代に建設された日本風住宅］の中でパンパンに部屋を貸していないのはうちだけだ。彼女たちは、通りに面した戸を開け放したまま構うことなく米軍の軍人に腰を抱かれ、日当たりのいい物干し台にレースのついた色とりどりの下着や汚れた毛布を干して前夜の奔放でじめついた空気を払い飛ばした。女の衣類、特に下着は部屋の中にひもを渡して干すものだと思っているお祖母さんは、天下のあばずれめと頭を振った。

チオギの両親は下の階を使い、上の階の大きい部屋はマギー姉さんが黒人と一緒に間借りしている。チオギは、その大きい部屋を通らなければ入れない押し入れみたいに狭くて長細い部屋を使っていた。だから、私が毎朝チオギを呼びにいくたびに、まだベッドの中で髪を乱して寝ているマギー姉さんと、鏡台の椅子に窮屈そうに座って小さな銀色のはさみで口ひげを整えている大きな黒人の姿を目にすることになる。マギー姉さんは寝そべったまま手を動かして入れと合図したが、私は半分ほど開いた戸の前に立ったまま、部屋の中をちらちら盗み見ながらチオギを待った。私の目に彼は憂鬱な男に映った。だらんとたるんだ厚い胸や暗く窪んだ目、もぞもぞしたしゃべり方に加えて一度も私に笑いかけたことがないからそんな印象を持つようになったのだ。

学校に行く時は下から呼んで。黒人が、あんたに朝来られるのが嫌なんだって。

チオギがそう言ったものの、私は毎日、ぎしぎし鳴る階段を上って二階に上がり、マギー姉さんの部屋の前をうろうろしながらチオギを呼んだ。

マギー姉さんは夜まで帰ってこないって。ベッドで遊んでもいいよ。

つわりがひどい母さんは何もかも面倒だという顔で部屋に横たわっていて、兄さんはオケラを探しに行っているだろう。今、家に帰ったら、お祖母さんが、待ってましたとばかりに乳離れしたての末っ子を私に負ぶわせて追い出すに違いない。

カーテンで日光を遮った暗い部屋のベッドには、マギー姉さんの娘のジェニーが寝ていた。チオギが押し入れの戸を開けてビスケットの箱を取り出し、二つだけつまみ出して元に戻した。ビスケットは甘く、ほのかに歯磨き粉のにおいがした。

これ、きれいだね。

私が鏡台の香水瓶を指差すと、チオギはそれを傾けて脇の下にふりかけるふりをしながら、アメリカ製だよと言う。チオギはもう一度、押し入れの中に手を入れてがさごそ手探りすると、飴を二つ取り出して私にくれた。

これ、すごくおいしい。

アメリカ製だからね。

チオギがまた澄まし顔で答える。ジェニーがぱっちり目を開いて私たちを見ていた。かわいいでしょ。ジェニー、いい子だから、もうちょっと寝ててね。お姉ちゃんたちは宿題をしないといけないから。

チオギが優しく言いながら手でそっとまぶたを閉じさせると、ジェニーは、まばたき人形みたいにぎゅっと目を閉じる。

マギー姉さんの部屋にあるものはどれも物珍しかった。チオギは、私がいつもため息をもらして見つめているガラス瓶、化粧品、ペチコート、つけまつげなどを少しずつ触らせてくれた。そしてすぐに、触った痕跡を残さず元に戻した。

いいものがある。

チオギがベッドの枕元の棚から、緑色の液体が半分ほど残ったひょうたん型の瓶を取り出した。緑色の液体がゆらゆら揺れるところに爪を当ててラベルに印をつけた後、ふたを開けて液体をそこに注いで、私にくれた。

飲んでみて。甘くてスカッとするから。

私がひと口で飲むと、チオギはもう一杯ふたに注いでごくりと飲んだ。すると、印をつけたところから指二本分ほど緑色の液体が減り、減った分だけ水を足してふたを閉めると、棚に戻した。

完璧ね。どう？　おいしいでしょ。

口の中は薄荷の葉をひと口噛んだように爽やかで、ひりひりしていた。

内緒だよ。

マギー姉さんの部屋では何もかもが秘密だった。洋服たんすから引っ張り出したビロードの箱の中には、三連の真珠のネックレスと色とりどりのガラス玉のブローチやイヤリングが入っていた。チオギは、その中から大きなガラス玉のネックレスを手に取って着け、鏡の前できっぱり言った。

あたし、大きくなったらパンパンになるんだ。マギー姉さんがネックレスも靴も服も全部くれるって。

手足の指先がしびれるようにだるく、力が抜けてきた。まぶたが重くて息が上がるのは、部屋の中がとても暗いからだろうか。息をするたびに薄荷のにおいがほのかに漂う。私は物干し台に通じるガラス戸のカーテンを開けた。ぎらぎら燃えるような黄色い日差しが入ってきて埃を舞い上がらせ、部屋の中は温室みたいだった。私はガラス戸の金具に火照った頬を当てて外を眺めた。するとまた、中国人街の二階建ての家の開いた窓からこちらを見ている若い男の顔が見え、知りようのない悲しみが波打つように胸から全身へと広がった。

どうしたの？　ふらふらする？

緑色の液体の性質とその効果を知っているチオギが近づいてきて、並んでガラス戸にもたれる。私は頭を振った。ただそうするだけで二階建ての家の窓を見るたびに込み上げる感情を理解することも説明することもできないのは、一瞬にして木の雨戸が重々しく閉じられて男の姿が消えてしまうからだ。

ガラス玉のネックレスに日差しが反射して色とりどりに、にぎやかに弾けた。ガラス玉の一つを口にくわえてチオギが言う。

あたし、パンパンになる。

私はカーテンを閉めてベッドに横たわった。あの人は誰なんだろう。思い出したいけれど思い出せない夢に業を煮やすような気分で考えにふけった。秋にも私は彼を見た。

散髪屋でのことだった。まだ背が低く、椅子に渡した板の上に座った私は母さんが教えてくれたとおりに言った。

短くしてください。ただでさえ不細工だから、おかっぱ頭はだめですよ。

ところが、切り終わった後に鏡の中に映っていたのはおかっぱ頭だった。

もう切ってしまったんだから仕方ないだろう。次はちゃんと切ってあげるから。

一生懸命やらないで、おしゃべりばっかりしてるからでしょ。

私はかっとなって抗議した。散髪屋のおじさんは椅子を起こしながら言った。

何てこましゃくれた子だ。困ったもんだよ。母さんのお腹から出てくる時、口から出てきたんだな。

ほっといてよ。だったら、おじさんはお腹の中から出てくる時、手にはさみを持っていたから散髪屋になったの?

店内にどっと笑いがあふれる。私は得意げに周りの人たちを見回した。笑わないのは散髪屋のおじさんと、あごにタオルを巻いて隅の席に座っている若い男だけだった。彼は鏡の中からじっと私を見ている。私はふと、あの中国人だと思った。道の向こうの、通りの斜め向かいで見かけただけで一度も近くで見たことはなかったけれど、不思議な視線の感じが同じだった。私は、首のタオルを外してぽんと鏡の前に投げた。そして、ずんずん歩いて出入り口に向かい、両手を腰に当ててドアのそばで言った。

死ぬまで髪を切ってな。

そうして家に走って帰った。父さんは、避難時代の間借り暮らしや橋の下やテントで子どもたちを抱いて夜を明かした思い出に復讐でもするかのように、せっせと家の手入れをした。手のひらほどの小さな庭をなくし、針仕事を初めて習った女の子がかばんの中や服のどこかに秘密のポケットを作るように、部屋を作っては床を張った。そのせいで、家の中にはアリの巣みたいに狭くて複雑で長い通路が突然現れ、一度隠れたら誰も捜し出せない場所がいつも一つぐらいはあったものだ。

私は家に駆け込み、古着や生活用品などのがらくたが入った便所の隣の小部屋に隠れた。小部屋の隅に置かれた空っぽの甕の狭い口に顔を押し込んでも、体中の骨がばらばらになりそうな、どっと押し寄せるような悲しみは消えなかった。

その後も私は、窓を開けてこちらを見ているその男の視線を何度も感じた。たいてい、配給所の戸の前にしゃがみこんで夕刊を待っている時だった。

ジェニー、ジェニー、起きて。ママが帰って来たよ。

チオギが柔らかく甘い作り声でジェニーを呼ぶと、ジェニーが目を開けて起き上がる。チオギがたらいに水を汲んできた。ジェニーは石けん水が目に入っても泣かない。私たちはジェニーの髪をとかし、香水をふりかけ、たんすをあさって服を着替えさせた。白人との混血であるジェニーは、五歳になっても言葉ができなかった。一人で服を着るのはもちろん、スプーンも上手く使えず、ご飯をすくってやるとぼろぼろこぼす。黒人がいる時は、ジェニーはいつもチオギの部屋にいた。

獣の子だよ。

お祖母さんは、時々物干し台に出ているジェニーを物珍しいものを見るように、いちばん嫌いな毛むくじゃらの獣を見るように言った。私はジェニーを見るお祖母さんの目つきが怖かった。いつだったか、家にネズミが棲みついて猫を一匹飼ったことがある。やがて、小さい部屋で七匹も子猫を産むと、お祖母さんは母猫にワカメ汁［産後の体力回復を促すとされる］を作ってやった。そうして、猫の目をまっすぐ見つめながら、猫がネズミの子を産んだ、ネズミの子を七匹も産んだと歌のサビ部分みたいに何度も繰り返した。その日の夜、母猫は子猫を頭だけ残して一匹残らず食べてしまい、血の付いた口でにゃあにゃあと夜通し泣いた。お祖母さんは待っていたかのように、七つの小さな頭を新聞紙に包んで下水溝に捨てた。お祖母さんが人一倍きれい好きで冷淡なのは、子どもを産んだことがないからだと母さんは言う。お祖母さんは母の生母ではなく、そう遠くない親戚だった。嫁に行って三カ月で旦那と妹ができちゃったんですよ。それで一切縁を切って、うちで面倒見てるってわけです。母さんは、親しくしている近所のおばさんにそうささやいた。

ジェニーはチオギの生きた人形だった。体を洗って、三十分ごとに服を着替えさせてもマギー姉さんは叱らなかった。ジェニーは赤ちゃんになり、時には患者にも、天使にもなった。私は心底、チオギが羨ましかった。

あんたも弟がいるじゃない。

チオギが意外そうに言った。

新しい母さんが産んだ子だもの。

じゃあ、ほんとの母さんじゃないの？

私は生唾をごくりと飲んだ。

うん、継母。

チオギの目にたちまち涙があふれる。

そうなんだ。もしかしてそうなのかなとは思っていたけど。秘密だけど、実はあたしの母さんも継母なんだ。

チオギは秘密だと言ったが、近所でチオギが継子だということを知らない人は誰もいない。私たちは互いの秘密を守ることを指切りして誓った。

じゃあ、あんたの母さんも叩いたり、出ていけ、死んじまえって言うの？

うん。誰もいないとね。

チオギは、ズボンを下ろして太もものあざを見せながらまたきっぱりと言った。あたし、家を出てパンパンになる。

私は、本当に自分が継子で、好きな時に家を出ることができたらどんなにいいかと何度思ったか知れない。

母さんは七人目の子を宿していた。私たちの住む貧しい中国人街に、赤ちゃんは真夜中に天使が抱いてくるのだとか、にっこり笑っておへそから出てくるのだと信じている子は一人もいない。女の開いた両足の間から悲鳴を上げて出てくるということぐらい、誰だって知っていた。

ランニングシャツ姿の米軍兵士が、部隊の中のテニスコートに集まってナイフ投げをしていた。同心円が描かれた的に向かって、ナイフが銀色の針のように、光のように鋭く光りながら一瞬にして空を裂く。

ひゅーっと口笛みたいな音を立てながら飛んでいくナイフが同心円の真ん中の黒い点にぴたっと刺さると、彼らはうおーっと獣みたいな喚声を上げ、私たちは熱い唾を飲み込みながら、わーっとのどを震わせた。

狙いを定め、一歩ずつ下がって標的との距離を広げながらナイフを投げていた白人兵士が、手からナイフが放たれる瞬間に急に足の向きを変えた。ナイフが風を裂く鋭い音を立てながら私たちの方に飛んできて、思わず、うわーっと悲鳴を上げながら鉄条網の下の方にうつ伏せになった。足の間を生温かいものが伝うのを感じた。しばらくしてから顔を上げ、けらけら笑う兵士の手が示している方を青ざめた顔で見つめると、私たちの二、三歩後ろで、胸にナイフの刺さった猫が硬直した四本の足を上に向けてひっくり返っていた。小さい犬ほどもある大きな黒猫だった。部隊のゴミ箱をあさる野良猫だったのだろう。私たちが近づいて取り囲んだ時はまだ、獰猛そうなひげをぶるぶる震わせていた。突然、兄が猫を拾い上げた。そして、走った。私たちもその後を追って走りはじめる。濡れた下着が肌にまとわりついた。

米軍部隊の兵舎が見えない所まで来ると、兄は息を弾ませながら足を止めた。そして、やっと手にしているものの正体に気づいたかのように身震いし、それを放り投げた。黒猫は鈍い音を立てて地面に落ちた。

何で持ってきたんだよ。

一人の子が非難するように言った。けんかをふっかけられた小さなナポレオンはいきり立つように、猫の胸に刺さっている錐のように先の尖ったナイフを抜いて草むらでさっと血を拭う。そして、刃先を隠してポケットに入れた。

棒きれを持ってこい。

一人の子が、春の植樹の日に植えた記念樹の枝を折ってきた。

兄はベルトを抜いて猫の首に巻き、その端を枝に縛りつける。そして、私たちは黙って通りから離れた。

猫は完全にぐったりしていて足が地面に引きずられ、その重みで兄の肩に載せられた枝が弓のようにしなっていた。

中国人街に着いた時、夏の長い日はだらんと伸びた猫の腰を斜めに横切るように傾いていた。

頭にうっすらと小麦粉をかぶった製粉工場の労働者たちが、空っぽの弁当箱をがちゃがちゃいわせながら坂を越えてきて私たちのそばを通り過ぎる。

猫の長い胴体と自分たちが作り出す、果てしなく長くて恐ろしい夕方の影を踏みながら、私たちは埠頭に向かって歩いた。その時、私はまた見た。二階の雨戸を開け、彼は悲しそうに、悔しそうに、あるいは微かに笑っているような目で私たちを見ていた。

埠頭に着くと、私たちは枝を下ろして猫の首からベルトを外した。兄はぺっぺっと唾を吐き、ずり落ちるズボンの腰にベルトをしっかり締める。

そして、ゴミと空き瓶と白い腹を見せて浮いている死んだ魚が押し寄せる、堤防の下に猫を投げ落とした。

日が暮れていたので、私たちは公園に行くことにした。

いつもなら、長い公園の階段に寝転がって階段を上っていくパンパンのスカートの中をのぞいては、クジラのひげを縫いつけてかごのように丸く膨らませたペチコートの中が剝き出しの足だけだということに嘆声をもらしたり、じめじめした草むらに座り込んで、年老いた娼婦の人生の嘆きを歌った流行歌をのども裂けんばかりに歌っただろうが、その日は黙々と、空の果てまで続くような階段を一段ずつ上っていった。

公園のてっぺんには、伝説として長く歴史に残るだろうと言われる上陸作戦の総指揮官だった老将軍［朝鮮戦争の時、仁川《インチョン》上陸作戦を指揮した米軍のマッカーサー元帥］の銅像があった。そこからは、市街地全体がひと目で見渡せる。

波止場に停泊している大小の船の旗が色紙のようにはためく中で、クレーンが休むことなく貨物を持ち上げていた。波止場から遠く離れて島のように、年老いた鯉のように静かに浮かんでいるのは外国の貨物船だろう。

公園の裏側の教会からは、休むことなく鐘の音が聞こえてくる。猫を海に投げ落とした時から、いや、その前から私たちの後を追いかけていた音だった。一定の響きと間隔で延々と繰り返される音、極度に節制された、あらゆる欲望や怒りを同心円状の波動として単純化したような音には、真夜中に夢から覚めた時にふと耳にする夏の夜の遠い雷鳴や、疲れたように走っていく夜更けの汽車の車輪の音にも似た得体の知れない恐ろしさと秘密めいたものがあった。

修道女が死んだみたいだね。

誰かが言った。教会の鐘の音が鳴りやまない時は、修道女が静かに死んでいくのだということを私たちは皆、知っていた。

線路の向こうの製粉工場の煙突からもくもくと吐き出される黒い煙は、戦争によって崩壊した都市の空に戦塵のように押し寄せていた。

戦史に長く残るであろう熾烈な艦砲射撃にも負けずその姿をそっくり保っているのは、中国人街と呼ばれる坂の上の二階建ての家と私たちが暮らす古い敵産家屋だけだ。

市街地の方にはまだ日があるのに、火山灰のように舞い落ちた、爆風で飛ばされた貯炭場の石炭のせいだろうか、中国人街は煙が立ち込めたようなじめじめした暗闇に沈んでいた。

市内の最も高い所から見下ろす、黒く煤けた木造の敵産家屋の物干し台に毛布とレースの下着が所々に干された中国人街は、この都市の風物であり、影であり、不可思議な微笑であり、秤の片方に載せられてどこまでも傾く水銀の重りだった。もしくは、ぐらりと沈みはじめた船の、すでに水に浸かった船尾だった。

市の東にある公設運動場で、暗くなる前に松明が焚かれた。日暮れの残光の中で、それは単なる揺らめきにほかならなかった。人々はわーっと喚声を上げた。チェコ、ポーランドは撤退せよ。操り人形と傀儡集団は撤退せよ。わーっ。夏の間じゅう、日暮れ時になると一軒に一人ずつ指名された人たちが公設運動場に集まり、足を踏み鳴らしながらそう叫んだ。お祖母さんはデモに行って帰ってくると、夜通し腰の痛みを訴えた。

中立国監視委員会のうち、共産側が推薦したチェコとポーランド（両国はソ連の衛星国家である）が、自らの任務を放棄して国連軍側の軍事機密を探り出し、共産側に報告するスパイになったからです。

全体朝礼で校長先生がそう説明した。

ひざを立てて座り、その間に深く顔を埋めると、喚声は瓶の口に息を吹きこんだ音みたいに遙か遠くからうなるように聞こえてきた。地中深く鳴り響く地層の動く音、津波の前兆として微かに揺れる波、屋根の上をかすめる風のように。

家に帰ると、母さんは流しのところにうずくまってえずいていた。八人目の妊娠の兆候だ。もう弟も妹も産まなくていいのにと思いながら、私は初めて女の動物的な生に同情した。母さんの吐き気は悲痛ですさまじいものがあった。また子どもを産むことになったら、母さんは死ぬだろう。

夜が更けても私は寝つけなかった。ふくらみはじめた乳房をお祖母さんがチマの腰の部分を切って作ってくれた帯できつく締めた姉さんは、布団が触れても痛む胸を抱えるようにして寝返りを打ち、唸った。夜通し絶えることなく聞こえてくる夜警の拍子木の音や貨車の車輪の音を一つひとつ数え、夜が明けると私は埠頭に出かけた。波に押されて堤防にぶち当たる汚いゴミや腐った魚の間にも、錨もなく浮いている廃船の下にも猫はいなかった。

どこか遠い港で子どもたちが垂らした竿に、傷ついた体を引っぱり上げられるのかもしれない。


秋に差しかかっても、南京虫の勢いは衰えなかった。晴れ間が広がると私たちは畳を運び出して物干し台に干して乾かし、南京虫の卵を探した。手首と足首にゴムの入った服を着て寝ていても、いつの間にか南京虫は服の中でもぞもぞし、生大豆のような生臭さを漂わせた。人々はたいてい、電気が消える十二時までは灯りをつけたまま寝ていた［朝鮮戦争後、北朝鮮からの電力供給が停止されるなどして激しい電力不足に陥った韓国では、電気の使用時間が制限されていた］。部屋が明るければ、南京虫がわきにくいからだ。しかし、十二時を過ぎると、南京虫は畳のイグサの中や床板のすき間から這い出てきて総攻撃を開始した。

浅い眠りの中で、爪を立てて引っかきながら南京虫と闘っていた私はふと、木切れが砕けるような鈍くて乾いた音に目を覚ました。兄は、いつの間にかズボンをはき、弾丸のように階段を駆け下りていた。外が突然、騒がしくなった。何かあったみたい。私はどきどきしながら物干し台に出た。電気が消えてからだいぶ経った通りは真っ暗で、チオギの家とわが家の前に大勢の人が集まって騒いでいた。やがて、隣近所のガラス戸が開き、物干し台に出た人たちは何事だと大声を張り上げている。死んだという声が、ざわめきの中からお告げのように聞こえた。集まった人たちは、歌を歌い継ぐかのように口から口へと死んだという言葉を伝え、身震いをしたり、人だかりの間に顔を突っ込んだりしている。私はあごをがくがく震わせながら、チオギの家の二階の、真っ暗なマギー姉さんの部屋とランニングシャツ姿で物干し台の手すりに手をついて下を見下ろしている黒人を見た。

しばらくすると、けたたましいサイレン音を響かせながら米軍のジープが走ってきた。重なり合うように群れていた人々が一瞬にして道の両側に分かれる。降り注ぐヘッドライトの明るい光の中に、マギー姉さんがまっすぐ横たわっていた。明るく染めた、長く豊かな髪が乱れ、後光のように顔を包んでいた。上から投げ捨てたらしいよ。

黒人は酒に酔っていた。MPが裸の黒人の体に軍服を掛けてやると、彼はボタンも留めず、声を立てて笑いながらジープに乗せられていった。

チオギは、口からだらだらこぼれる水にも腹を立てず、丁寧に拭いてやりながらジェニーに水を飲ませていた。いくら水を飲ませてもジェニーのしゃっくりは止まらなかった。

孤児院に行くことになると思うんだ。

そうつぶやいたチオギは、春になったらマギー姉さんはアメリカに行くそうよ、黒人が国際結婚してくれるんだってと言っていた時のように、ちょっとしょんぼりしていた。

あの頃、マギー姉さんは幸せそうに見えた。ベッドに腰掛けた黒人の足を拭いてやるマギー姉さんの、染めた髪を高く結い上げて露になったきれいなうなじをぼんやり見ていると、彼女は化粧を落とした眉毛のない顔で私の方を振り返り、優しく手招きした。

入っておいで。構わないから。

ジェニーは教会の孤児院に行っちゃった。

孤児院に行くことになると思うと言っていた二日後、チオギは赤く腫らした目で、ひどいしかめっ面をして言った。マギー姉さんの弟が来て荷物を全部持っていき、ジェニーだけがぽつんと残されていたという。チオギの家の二階は、それから長い間空いたままだった。でも、私はチオギの家に宿題をしに行ったり、遊びに行ったりしなかった。朝は、通りから大声でチオギを呼んだ。

これ以上子どもを産んだら母さんは死んでしまうという予感は信念のように強くなっていったが、母さんのお腹はチマの下で慎ましく膨らんでいった。代わりに、てきぱきと仕事をこなし、低い声できつい悪口を言って日ごとに達者になっていたお祖母さんが倒れた。洗濯をしていて倒れたまま、寝込んでしまったのだ。いつもお祖母さんの背中に負ぶわれていた末っ子の面倒は、姉さんが見ることになった。

下の世話が必要になると、母さんと父さんは、お祖母さんを夫である親戚のお祖父さんがいる田舎に送ることで合意した。

二十年寝込むこともあるそうですよ。脳卒中っていうのは長引くらしいから。

母さんは小声でささやいた。そうして少し大きい声で、何だかんだ言ったって年を取ったら旦那のそばがいちばんだと言い、やがて、タクシーを貸し切って連れていかないとと大声で言った。

お祖母さんは赤ちゃんに戻った。私は、チオギがジェニーにしていたように、誰もいない時はお祖母さんの部屋に入って髪をとかし、水を飲ませ、時にはおしっこをしていないかと、下着をずらしておむつにそっと指先を当ててみたりもした。

お祖母さんが去る日、母さんはお祖母さんの服を脱がせて新しい服に着替えさせた。

一生、子どもを宿したことのない体だから、こんなにきれいなんだわね。

親戚のお祖父さんが、お祖母さんの妹との間に作った子どもたちと住んでいる田舎にお祖母さんを連れていって帰ってきた父さんは、ため息をつきながらぼそぼそと言った。

ひどいことをしたような気がするよ。あの家じゃ誰も歓迎してくれない。邪魔者扱いされるだけだ。それにしても、夫婦って何なんだろうな……。意識のはっきりしない人が興奮して胸をはだけて、旦那の手を引き寄せてそこに載せたんだ……。

だから、私が言ったでしょう。これでよかったのよ。これまで、もつれにもつれた恨［挫折感を抱きながら、実現できなかった望みをかなえたいと願いつづける気持ち］があるんでしょう。

母さんはお祖母さんが使っていた半閉櫃《パンダジ》［朝鮮伝統の家具の一つで、衣類や寝具を収納するもの。

上半分だけが開くようになっている」の取っ手を引いた。普段、お祖母さんが触らせないようにしていたものだったから、私たちも興味津々だった。母さんは、きちんと重ねられた衣服を一つずつ取り出して床に置いた。足の部分を短くしてお祖母さんがはいていた父さんの古い下着、着古したもんぺなどが積まれていく。亢羅《ハンナ》［綿、麻、絹などで粗く織った夏用の生地］や熟庫紗《スッコサ》［縦糸に生糸、横糸に一度お湯で煮出した熟糸を使って織った春夏用の絹地］のような昔の生地で作った服も出てきた。母さんの手によって引っ張り出される、お祖母さんが一度か二度しか着ずに大事にしまってあった服を見ているうちに、もうお祖母さんは帰ってこない、この服を着る日は来ないんだということに思い至り、心の底に風が通り過ぎるような寂しさを感じた。お祖母さんはいつ、あの服を着たんだろう。いつかまた着るつもりで大事に大事に、半閉櫃の奥深くにしまってあったのだろうか。

最後に母さんは、カワウソの毛皮の褙子《ペジャ》［チョゴリの上に重ねて着るチョッキのような上衣］を手に取り、半閉櫃の底を手探りした。そして、手拭いでしっかり包まれた小さなものを取り出した。母さんの手が動いている間、私たちきょうだいは息を殺し、穴が開くほどじっとそれを見つめていた。

母さんは怪訝そうに眉を寄せた。その中には、割れてばらばらになった翡翠の指輪、青く錆びて今にも壊れてしまいそうな銅のバックル、日本の植民地時代の白銅銭、どの服についていたのかわからない大小さまざまのボタン、いろんな色の糸くずなどが入っていた。

割れた翡翠なんて瀬戸物のかけらと同じなのに。

母さんは舌打ちをしてそれをまた手拭いで包み直し、空っぽの半閉櫃に放り込んだ。下着は雑巾用に選り分けられ、服は母さんのたんすに移された。カワウソは高級品なので襟巻きに仕立て直すらしい。

翌日、私は一人でこっそり半閉櫃を開け、手拭いの包みを取り出した。そうして丘の上の公園に行き、マッカーサーの銅像から森の方へお祖母さんの年の数と同じ六十五歩だけ進むと、森に入って五本目のハンノキの根元深くに包みを埋めた。

冬が終わる頃、私たちはお祖母さんの訃報を聞いた。タクシーに乗せられていってから季節が二つ巡っていた。

臨月を控えた母さんは、お祖母さんの半閉櫃をなでながらあらためて泣いた。今やそこには、私たちの着古しがぐちゃぐちゃに突っ込まれていた。

夕方、誰にも見つからない小部屋のがらくたのすき間で息を殺していた私は、夜になると公園に行った。とても暗かったけれど、六十五歩を数えなくても五本目のハンノキにたどり着くことができた。

地中深く、二つの季節にわたって埋められていた手拭いは、腐ったわらみたいにじめじめと指の間にくっついた。割れた翡翠の指輪と錆びたバックル、数枚の白銅銭の土を払い、そっと手で握りしめる。同じだった。どれも前と変わりなかった。しばしの温かさに続いて冷たさが蘇った。

私は再び、手の中の物を木の根元に埋めて土をかぶせた。手の土を払い、しっかり踏み固めた後、一定の歩幅を保つのに神経を使いながらマッカーサーの銅像に向かって歩いた。六十を数えると銅像だった。私は首をひねった。確かに、最初に埋めた時は六十五歩だった。また季節が二つ過ぎたら、今度は五十歩でたどり着けるのだろうか。一年過ぎたら、十年が過ぎたら、たった一歩で飛ぶようにたどり着けるのだろうか。

まだ冬だし夜も更けていたので、私は人目を避けることなくマッカーサーの銅像に登ることができた。背丈よりも高い台座に爪を立ててよじ登り、将軍のお腹の辺りにぶら下がって右手に握られている望遠鏡のところに足を載せ、ぽつぽつと灯りのともる市街地を見下ろした。去年の夏、戦塵のようにもうもうと沸き上がっていた喚声はもう聞こえてこない。ただ静かだった。耳を傾け、暗闇の中に優しく流れる音を追いかけると、地中の最も深い所で流れる水脈に手が届きそうな静けさだった。

私は真っ暗に横たわる海の方を見た。東シナ海から夜通し吹いてくる風を感じ、風に乗って運ばれてくる海のにおいを深く吸った。そして、中国人街の坂の上にある二階建ての家の雨戸が開き、長方形の影を落とす灯りと一緒に青ざめた顔が現れるのを見た。冷たい空気の中に淡い春の息吹が潜んでいた。

私は、温かい血の中から芽が吹き出すのをむずむずと感じた。

人生って……。

そうつぶやいた。でも、それに続く適切な言葉が思い浮かばなかった。あやふやで複雑で不明瞭な色が入り混じった、そんな混乱に満ちた昨日と今日と限りなく近づいてくる明日を束ねるひとことを見つけるなんてことは可能なのだろうか。

再び春が来て、私は六年生になった。兄さんがどこからか子犬を一匹もらってきて飼い慣らしているところで、お祖母さんのいない家の中で、犬は好き勝手に毛をまき散らし、糞をした。

一年の間に指尺［十五ないし二十センチ］ほども身長が伸びた私が、姉さんが使っていたバラの刺繍が入ったオックスフォード地のかばんを持つようになったのは去年のことだ。私たちは、冬の間ずっと貨物車から豆炭を盗みつづけ、今も夜になると通りをネズミの群れのように歩き回って騒いでいたが、時には小部屋に閉じこもって貸本屋で借りてきた恋愛小説などを読んだりもした。

土曜日だから授業は午前だけだった。前の日、先生が言った。虫下しを飲む日だから、朝ご飯は抜いてくるように。満腹の回虫には薬は効かないからね。

家はもうあまり建てられなくなったが、海人草を煮るにおいは抜けない毛染め剤みたいに空気を黄色く染めている。私は、日差しが黄色く燃えたぎる通りで何度も立ち止まり、唾を吐きながらつぶやいた。

回虫が大騒ぎしてるみたい。

チオギは缶詰の空き缶にパーマ液を溶かしていた。

製粉工場に通っていたチオギの父さんがベルトコンベアに巻き込まれて足を切断してから、チオギの両親は三叉路の美容院をチオギに任せ、去年の冬にこの通りを離れた。私は毎日、登下校の時に美容院の前を通り、ガラス戸越しにチオギを見た。チオギは、しょっちゅうずり上がってくる小さいセーターを引き下ろしてははだけた腰を隠しながら、床に落ちた髪の毛を掃いていた。

私は美容院の前を離れた。数千の羽毛が舞い上がるように、通りは黄色い日差しに満ちている。いつだったか、いつだっただろう。私は、思い出そうとしてもなかなか思い出せない遠い夢にじれったさを感じながら、頭を振り振り家に向かって歩いていた。家の前に着くと、坂の上にある二階建ての家の開いた雨戸を見つめた。彼が窓から体を乗り出して私に向かって手招きしていた。

導かれるように坂を上ると、彼は窓から消えていた。そして、しばらくすると、閉じられた門を重そうに押して出てきた。鼻の低い黄色い顔に、相変わらずあやふやな笑みをたたえている。

彼は私に紙の包みを差し出し、私が受け取ると中に入っていった。開かれた門から、暗くて狭い母屋へとつながる通路と、突然現れる日当たりのいい庭と、歩くたびに彼の素足の上でゆらゆら揺れる透明な日差しが見えた。

私は小部屋に入って鍵を掛けた後、紙の包みをほどいた。中に入っていたのは、中国人たちが名節の時に食べる三色のパンと、龍の絵が描かれた小さな提灯だった。

私はそれを、ひびが入って使わなくなった甕の中に入れた。内房では、母さんが産みの苦しみの叫び声を上げていたが、私は二階に上がった。そして、かくれんぼをする時のようにこっそり押し入れの中に隠れた。真昼でも押し入れの中は一筋の光も入ってこず、真っ暗だ。私は、いっそ殺してくれと叫ぶ母さんの悲鳴と、いつからか鳴りはじめた教会の鐘の音を聞きながら、死んだように眠りに落ちた。

昼寝から覚めると、母さんはひどい難産ではあったものの八人目の子を産み落としていた。暗い押し入れの中で私は、言いようのない絶望を感じて母さんを呼んだ。そして、下着の中に手を入れ、クモの巣みたいにねばねばと全身を締めつけているむっとする熱気を、その熱気の正体を探し当てた。
初潮だった。

冬のクイナ

「寝てしまえば世の中のことを忘れられるかと思ったら、まあ、夢の中までやかましいこと」

このところめっきり眠りが浅くなった母が目を覚まし、枕元のタバコをがさごそ手探りする音が聞こえてきたが、私は寝ているふりをした。

しゅっ。マッチを擦る音がして炎が上がるのが一瞬まぶた越しに感じられる。

「己丑《つちのとうし》年生まれは、三災《サムジェ》［生まれ年の干支による、災難や病苦に見舞われやすいとされる年。日本の厄年のようなもの］が終わる年なんだね、きっと」

一人で愚痴を言っているのではなく、明らかに聞こえよがしにつぶやく母の言葉に、熟睡しているふりをしてむにゃむにゃ言いながら寝返りを打った。

「本来、出ていく時は威勢がいいもんだよ。入ってくる時はそっと入ってきても、出ていく時は後ろ足で乱暴に戸を閉めるってね」

そう言うと母は、ふうっとタバコの煙を吐き出した。

どうやら兄の夢を見たらしいが、私はわざと知らないふりをした。年老いた母親とい い年をした娘が朝っぱらからぐちぐち言い合って、結局は、ため息をつきながら身の上 を嘆いて終わるような会話を交わすには、まだまだ寝足りなかった。特に、兄の話をす るのには。母の繰り言をひとことふたこと聞いているうちに私も、数日前に受け取った 兄の手紙の話を持ち出すことになるだろうし、そうなれば収拾がつかなくなるかもしれ ない。まあ、離れて暮らす兄が、痛いよ、ずきずきすると悲鳴を上げているのだから、 母の夢見がいいはずがない。顔色をうかがいながらやんわり遠回しに言う母に乗せられ て下手に相づちでも打とうものなら、最近すっかり老けて分別のなくなった母はたちま ち、恩を仇で返す奴だの何だのと言いながら涙を流して兄の家族を連れ戻そうと言い出 すに違いないし、そうなれば、兄の家族も私たち母娘も路頭に迷うことになるだろう。

同じ根から出た幹だって、ある時期になると枝分かれしてそれぞれの葉を開かせるも のよ。私たちにはもう何の力もないじゃないの。心の中で答えながら辛抱強く目を閉じていた私は、タバコを二本立て続けに吸った母が長いため息をついて火をもみ消した頃、ようやく浅い眠りについた。

目まぐるしい夢の中で、六つか七つの女の子は日が傾くまでゴム飛びをしていた。「花郎《ファラン》の煙の中に、消えた戦友よ」［朝鮮戦争が勃発した一九五〇年に作られた戦時歌謡の一節。ユ・ホ作詞、パク・シチュン作曲。花郎は当時の軍用タバコの銘柄］。そう歌いながら、路地の電柱と門柱の下の方に結んだゴムひもの上を、チマをなびかせながらいつまでも飛んでいた。小さな男の子は白癬の頭を垂れたまま、ぶんぶんとプロペラのような音を立てて飛び回っているコガネムシを見ていた。

一人でゴム飛びをしながら元気よく歌を歌っていた女の子が、急につまらなさそうに門の前に座り込む。男の子はすでに動かなくなっているコガネムシを手のひらに載せて女の子の目の前に突き出し、硬い鞘翅《さやばね》の中に隠れた灰色のはねをめくって見せた。

「これを土の中に埋めて七日経ったら、きれいなチョウチョになるんだぞ」

女の子は冷ややかな表情で頭を横に振った。毎回、男の子の言うとおりに死んだコガネムシやトンボなどを布切れに包んで埋めたけれど、七日が過ぎてもチョウチョが舞い上がることはなく、じめじめした土の中で分泌液やカビのにおいを漂わせながら朽ちていった。

「外に出たら、車にも人にも気をつけるんだよ」

朝ご飯を食べながら母がまた言った。

「子どもじゃないんだから」

私は無愛想に答えながら黙々とスプーンを動かす。

「夢見が悪くてね。ただでさえ物騒な世の中だし……。今日はきっと日が悪いんだね」

母はどうも必要以上に、昨晩見た夢の不吉さを払いのけたい衝動に駆られているようだった。額にしつこく突き刺さる視線を無視して黙りこくっている私の態度に、母の精気のないぼんやりした目にはどうしてそんなに薄情なんだという非難の色が浮かび、久しぶりに光を帯びていた。だけど、あたしはそうだとしても、お前には時々連絡があるはずだろう。たった一人の兄さんにそんなに冷たくしていいのかい。こんな年寄りのあたしよりも世の中のことをよくわかってるお前が、人づてに聞くなりして事情を確かめるべきだろうと言う代わりに、伸ばした左足のひざをぐっぐっと力を込めて押す。

私はほとんど食欲を感じなかったけれど、ご飯を茶碗一杯、意地になって平らげ、伸ばした母の足をまたぎ、背中を向けて服を着替える。

かまどの上に置いてあったブーツを手に取り、乾いた雑巾で丁寧に磨いて足を締めつけながらジッパーを上げた。そんな私を母は、台所の練炭の臭いに咳込みながら、部屋の敷居に手をついて座ったまま見つめている。

「今日は病院に行ってきてよね」

ブーツを履いた足を軽く踏み出し、特に出勤を急いでいるわけでもないのに急いでいるようなふりをしてコートの襟を立ててから、千ウォン札を五枚、母の前に差し出した。ひざが腫れて痛いと言い出してからすでに何日も過ぎていた。私がそう言うのを待っていたかのように、母はお金の方を見ずにさっと答える。

「晩年を幸せに暮らすには、子どもに恵まれてないとね……。あたしの人生はついてないって初めからわかってはいたけど……」

明らかにそれは、兄や私、そして、早くに亡くなった父のことまで合わせて言っているのだと知りつつも、私は行ってきますとひとこと言って家を出た。

家を出るとしばらくは肩の荷が下りたように心が軽くなったが、すぐにまた、神経質で怠け者の母屋の若い女が子どもを叩く音を聞きながら、暗い部屋の中でなすすべもなくタバコを吸い、ひざを揉みながら過ごす母の一日が頭に浮かんだ。もはや、はっきりとした輪郭すら忘れてしまい、やたらと無邪気に、見ようによっては泣いているようでもある笑顔だけが記憶に残った兄のことも思い出し、私は肩をすくめて頭を振る。

寒い日だった。息をするたびに吐き出される白い息は、空気中でそのまま水滴となってガラスみたいに凍ってしまいそうだった。

石油ストーブは、大して暖かくもないくせに臭いばかりがやたらときつかった。それを取り囲んで雑談をしたり、花札占いをしていたセールスマンや集金人が三々五々出ていくと、事務所の中にはいつものように主任と私だけが残った。

昨日の夕方に入金できなかった集金額を帳簿に記入し、そこから三万ウォン引いたものを仮払い請求書と一緒に主任の机の上に置いた。

かれこれ十年近く勤めてきた職場ではあったものの、仮払いする時はいつもばつが悪い。何だかんだと一日に十回以上も現れる社長は来るたびに帳簿をのぞき込み、赤いボールペンで書かれた仮払いの金額に顔をしかめた。

出版社の社是は成文化されてはいないけれど、一にも二にも仮払い禁止だった。

悪評高い薄給を半月分ずつ分けてくれるのは、社員の生活保護という名分だったが、実際は仮払いを防ぐためだ。

「今日は勘定が出ますか？」

半月ごとに受け取る給料を社員たちは勘定と呼んだ。明細書の一枚もなく名前だけが書かれた薄っぺらい封筒を受け取るたびに、私は自分が日雇い労働者になったような気がして、それが半月間の生活を約束してくれるものであるにもかかわらず、物足りなさを感じた。

アルコール依存症の気があり、陰でイチゴ鼻と呼ばれている主任はゆうべも酒を飲んだのか、さっきからずっと胃をさすり、麦茶を何杯も飲みながら朝刊をめくっている。私が仮払い請求書を差し出すとちらりと横目で見やり、慈悲を施すように黙ってはんこを押した。

若い女の給料なんてどうせ、わずかな預金以外はコーヒー代や映画のチケット代、それに服や靴を買うのに消えるに決まってる。そんな通念から逃れられるという点において婚期を逸した女というのは気楽なもんだと、私は自嘲しながら事務所を出た。

冬の日差しが眩しかった。

郵便局に行く間、ずっと地面ばかり見ながらそそくさと歩いた。ちょうどお昼時だったので、予備校が立ち並ぶ狭い路地は浪人生たちでいっぱいで、彼らとぶつからないように身をすくめて急ぎ足で歩くしかなかった。

再修路《チェスロ》と呼ばれるこの路地の風景は、目を閉じても想像できた。わずかな日差しも逃したくないうららかな日に囚人のように窓辺にもたれて実際よりも老けて見える青白い顔で外を見下ろしている姿も、梅雨時になるとあちこちのビルに何フロアにもわたって入っているビリヤード場で憂鬱な顔をしてキューにチョークを塗っている姿も、かばんを足の間にはさんで日向に寝そべってタバコを回し吸いする姿も、私が初めてこの通りに足を踏み入れた十年前から変わっていなかった。通勤時の見慣れた光景だが、私はこの路地に入るといつも、うつむいて足を速める。それはたぶん、彼らが、ぴったり三年間ここで暮らしていた兄の姿とあまりにも似ていたからかもしれない。

社会に出て十年にして虚しくも三十歳のオールドミスになり、酸いも甘いも嚙み分けたみたいにすっかり達観したふうを装ってはいた。それでも、眠れない夜に暗い天井を見つめていると、夢うつつに吐き出される母のつらそうなため息やよく聞き取れない寝言が払いのけることのできない罪業のように重くのしかかり、人生とはこういうものなのか、その果てはどんなものなのだろうと私は漠然と考えたりした。

いつのことだったか、春、もしくは秋の日の夕暮れだったかもしれない。仕事に出かけた母はまだ帰らず、兄と私は間借りしていた家の板塀に座ってミルゲトック［小麦粉やふすまを蒸した餅］を食べていた。兄は軍用毛布を黒に染めて作った私のセーラー服を着ていて、私は兄のセーターにズボンを合わせていた。私たちはかなり大きくなるまで互いの服を交換して着る遊びをしていた。

近所の空き地にテントを張ったサーカス団で一日中大騒ぎしていた大道芸人や漫談家も休む時間帯だからか、風の吹く音が聞こえるだけで周囲は静かだ。

「どこまで来たの？」

「峠を一つ越えたよ」

「どこまで来たの？」

「川まで来たよ」

「どこまで来たの？」

「新道まで来たよ」

それは兄が考えた遊びだった。家路を急いでいるであろう母の姿を思い浮かべながらその後をついて峠を越え、川を渡り、新道をとことこ歩く間は空腹と、もしかすると母が私たちを捨てて逃げてしまったのかもしれないという不安な気持ちを忘れることができ、私たちはほとんど毎夕、そんな問答遊びをした。

「どこまで来たの？」

「すぐそこまで来たよ」

兄がそう言うと塀から飛び降り、宵闇の中に突然現れた母のところに駆け寄っていくのがその遊びの終わりだった。時には、私たちが一度も行ったことのない遠い所から家までの間を、時々休み、餅を買って食べ、できるだけぐずぐずしながら何十回も行ったり来たりしても母は帰らず、母さんは川に落ちたんだとか山で虎に食われたのかもしれないなどと言う兄の答えに、私はわっと泣き出した。宵闇は濃さを増し、村の向こうの新道が広げて干した木綿の布のように白く浮かんだ。どこまで来たの、どこまで来たのと私が何度急かしても、兄はまるで、「近くの大きな木のところまで来たよ」という答えを忘れたかのように息を殺し、じっと目を凝らしていた。

どこからかラッパの音が聞こえてきた。夕焼けも燃え尽き、青黒く沈んでいく空を引き裂くような甲高い音だった。私も息を殺し、不意に鳴り響く音に耳を傾ける。音が通り過ぎた空と地にはもう何も残っていないかのようにその音は悲しく、もの寂しかった。それは私たちが住んでいる所ではない、深い地中や遠く離れたほかの星から聞こえてくる音のようにも思えた。そして、その音は語っていた。母さんを待つんじゃない、お前の母さんは帰ってこないと。それは、絶え間なく私たちに訪れる悲しみと死と別れの前ぶれのようにも思えた。

その音は、日の暮れた荒野に休むことなく響きわたり、熊手のように山と荒野をかき落として私たちの小さな胸の中に冷たく染み込んだ。

「逃げよう」

兄が一陣の風のように冷ややかに言った。私は恐ろしい気持ちを隠し、子どもらしい狡猾さを発揮してわざと無邪気に笑いながら大きな声で聞いた。どこまで来たの？実際、あの時のことは色褪せたカラー写真のように暗示的で妄想のようなイメージとして残っていて、子どもの頃の記憶がたいていそうであるように、本当にあったことなのか、単なる空想だったのか定かではない。それでも、あの日の夕暮れを思うと今でもなぜか寂しさと懐かしさに襲われ、一人悲しみに暮れた。

兄はとても物知りだった。死んだコガネムシを土に埋めて七日過ぎるとチョウチョになると言い、花の種を食べて日向ぼっこをするとお腹の中で木が育つと言った。

ワカメの束や海苔などをいっぱい担いで行商に出かけた母が帰ってこなかった夏の日の夕方、私は、にぎやかに鳴き立てるクイナの声を聞きながら、「クイクイ　クイクイクイナ」と歌い、「絹の靴を買ってくるって言ったのに」〔崔順愛《チェスネ》作詞、朴泰俊《パクテジュン》作曲による韓国の童謡『兄を想う』の一節〕という部分を何度も繰り返しながら、早く兄が成長し、母が行商に出かけなくても済むようになってこの歌みたいに私に絹の靴を買ってきてくれる日を切実に望んでいた。

束草《ソクチョ》郵便局の消印が押された兄の手紙が会社に届いたのは一昨日の午後だ。

貧しい境遇にある者同士、互いに侘しさを分かち合うことにしたというありきたりな短い文面の最後に、金を送れという追伸が書かれたはがきを受け取って以来ほぼ二年にわたって何の便りもなく、今度兄の知らせが届いたら訃報か遺書の類いではないかと覚悟していたので、封を開ける手が震えた。

しかし、手紙は遺書でも訃報でもなかった。二十歳になったばかりの義姉は子どもを産み、乳腺炎で寝込んでいて、お腹の中にいる時から栄養不足だった赤ちゃんは乳を吸うこともできず、八カ月が過ぎても寝返りを打てないこと、イカの季節になったら必ず返すから五万ウォンだけ、いや三万ウォンでもいいから急いで送ってくれという内容が悲鳴のようにしたためられていた。

「時間を作って俺が一度訪ねていくか、お前に来てくれと頼むのが道理だとは思うが……」と付け加えられている。仕事があるのだからわざわざ来る必要はないし、貧しい暮らしを見せたくもないから金だけ送れというのだ。そして、いつものように「お前を助けてやれないうえに、厄介なことばかり頼む出来損ないの兄を許してくれ」と書き添えることも忘れなかった。

久しぶりに書く手紙だからか、酒を飲んだからか、つらつら書かれた長い手紙は酔っ払いの繰り言みたいに取り留めがない。三年前、兄が母の金の指輪をもらって家を出て以来、私は彼から三通の手紙を受け取ったが、内容はいつもそんなふうに切羽詰まっていた。

私は、バランスを失って乱れた字から、幾晩も迷った末に酒の力を借りてようやくうつ伏せになって書きなぐったであろう慙愧《ざんき》の念に満ちた兄の顔と、ボールペンを握った見苦しいほど荒れているだろう手を、かつては細くてひときわきれいだった手を思い浮かべながら胸を詰まらせた。

母の言葉を借りるなら、兄は「頭はいいけれど試験運が悪くて」中学入試にも高校入試にも落ちた。だがそれも、クラスで真ん中ぐらいの成績を維持していた兄の志望校が秀才ばかりが集まるという、いわゆる一流校だったから当然だ。

大学の場合はちょっと違っていた。大きな船の船長になって遠洋航海するのが兄の夢だった。しかし、海洋大学に願書を出した兄は二年続けて身体検査で引っかかり、筆記試験も受けられずに不合格となった。母は第二志望の大学の比較的入りやすい科を選ぶよう勧めたが、兄は頑として聞き入れず、二浪生活に入った。だからといって勉強をするわけでもなく、夜遅くに酒のにおいをさせながら帰ってくることが度々あった。ビリヤードのスコアが三百だ、四百だと言っているのを見ると、予備校よりもビリヤード場で過ごす時間の方が長いみたいだった。真っ昼間から一杯引っかけて赤ら顔で私の勤め先の近くをうろうろし、わずかなお金を受け取って仲間の待つ飲み屋に入っていくこともしょっちゅうだった。そろばんを弾きながら集金人たちと入金額のことで軽い押し問答をしていてふと顔を上げると、窓の外を通り過ぎる兄の顔がちらっと目に入るのも珍しいことではなかった。

三年目は誰かが教えてくれた妙策に従い、パンツの中に重りを隠し入れてどうにかこうにか身体検査には合格したものの、筆記試験で落ちてしまった。

母はそんな兄のことを「自分の実力と適性に合うところに、例えば薬学部に入って卒業したら薬局でも構えればいいものを。同じ薬剤師か教師と結婚して、力を合わせて稼げば安定した生活を送れるだろうに。あの子はとんでもない妄想に取りつかれて人生をだめにしたんだ」と言って胸を叩いた。

そんな母に兄はとても正面切って逆らうことはできず、私の脇腹を突くようにこっそり言った。

「たったそれだけの人生なんて、虚しくて侘しくてとてもやってられないさ」

人にはそれぞれ分相応というものがあり、人生は厳しいものである。何よりも生活の安定が最優先でなければならないという母の考えに概ね同意している私だったが、なぜか兄はそんなふうには生きられないというような感じがして、あいまいに笑ってみせるしかなかった。その感じというのも実は、責任を持って言えるほどの確信でもなく、はっきりした根拠があるわけでもなく、ただ、二十歳という年齢ですでに古着のようにみすぼらしいありきたりの人生の一つを歩きはじめた兄に対する私の希望——漠然としているけれど、私たち家族とはちょっと違う形の、違う色の人生を生きてほしいと願う——にすぎなかったかもしれない。

母の言うとんでもない妄想というのは、兄が高校に入った頃からすでに始まっていた。当時の兄は、いつも腰に短刀を五つも差していたという淵蓋蘇文《ヨンゲソムン》［高句麗末期の将軍］や昔の老革命家の自伝の中の少年を連想させ、笑ってしまいそうになるほどだった。

母の無知のせいもあったけれど、学齢期を一年過ぎてやっと国民学校に入るほど体が小さかった兄は、高校に入学する時もまだ背が低くて大人しい子だった。ところが、いつの頃からか兄は、自分の二倍ほどもありそうな体格のいい子たちとつるみはじめ、ヒトラー、ムッソリーニ、スターリン、スカルノなどの伝記を集め、刑場に連れていかれる全琫準《チョンボンジュン》［一八五四～一八九五。一八六〇年に創始された新興宗教、東学の指導者の一人］と金九《キムグ》［一八七六～一九四九。朝鮮の独立運動家。雅号は白凡］の写真を額に入れて机の上に立てていた。その頃、兄が仲間と一緒に決死隊のようなものを作ったということも、国家と民族のために人生を捧げるという意味の血書を懐に入れて持ち歩いていたことも私は知っていた。

でも、そんなことは決して、私が兄に対して持っていた運命的な感覚の根拠ではない。それはむしろ、ストーリーと合わない筋違いの不自然なエピソードであり、一瞬を捉えたスナップ写真みたいなものにすぎなかった。兄を思うたび、一緒に育ちながら見つづけてきた兄の顔と変貌ぶりを一気に吹き飛ばして鮮やかによみがえるのは、ある日の午後の一場面だ。

兄が国民学校四年生の時だったと思う。一学年下だった私は兄と同じ午後班だったが、一時間早く授業が終わり、四年生の教室の廊下で兄を待っていた。窓は教室の廊下側にもあって中の様子がよく見えた。

夕暮れ時で、西日が教室の奥まで差し込んでいた。兄の席は反対の窓側の一番前だった。担任の女の先生は、兄の席から数歩離れた所を行ったり来たりしながら本を読んでいたのだが、それはきっと夕日のせいだったのだろう。最終時限だからか、石炭ストーブの火は燃え尽きてからだいぶ時間が経っており、教室はひんやりしていたので、生徒たちは机の下でつま先をすぼめたり、音を立てないようにそっと足踏みしたりしていた。当時はダンスが一世を風靡し、猫も杓子もダンスに夢中で「ダンスの上手いインテリ」という言葉が流行していた。兄の机のそばを行ったり来たりする先生のステップは四分の四拍子で、テンポの遅いブルースだった。ステップするたびに黒く艶めくビロードのチマが静かに揺れ、兄の手がそのチマの揺れに合わせて動いていた。遠慮深くそっとビロードの柔らかい表面をなでていたのだ。その手つきは私の目に、あり得ないほどいかがわしく不届きに映ったが、決してそれは衝動的な行動ではなく、どれだけ長い間ためらい、待ち望んでいた瞬間であったかを緊張と喜びに満ちた兄の顔から知ることができた。兄はそっとチマの裾を持ち上げて頬に当てた。そして、まるで柔らかい毛の生えたヒヨコの胸に耳を当てて息遣いに耳を澄ますかのように顔を埋める。持ち上げられたチマの下の骨が出っ張ったひざと白い下着が露になった。足にひんやりした空気を感じたのか、遅いブルースのステップが止まり、先生がさっと振り返る。その時もまだ兄は、半分まどろんだような顔でチマの裾に頬を当てていた。先生が荒々しくチマをつかんで引っ張り、ほとんど本能的にそれを離すものかという兄との間でチマがぴんと張りつめた。チマの腰の部分がもろくも破れ、先生は思わず露になった脇の下を片手で隠し、持っていた本で何度か兄の頭を殴った。

兄はひとことの悲鳴も上げず、ただ罰を避けるためだとばかりにみっともなく頭をかばった。西日のせいか、兄と先生の顔は燃えるように赤い。肝心の先生と兄はひとことも発しなかったのに、教室の中は沸き上がるようにざわつきはじめた。「静かにしなさい！」。後ろで響く先生の鋭い怒鳴り声を聞きながら、私はすばやく廊下を抜け出した。

顔の引っかき傷が絶えないほど毎日のようにけんかし、手当たり次第に飛びかかって噛みついても相手の家まで行って門の内側に唾でも吐いてこなければ気が済まない。そんな負けん気の強い女の子だった私の目には、ビロードのなめらかさに癒されようとしがみつく兄の姿が哀れでもの悲しく、卑屈にすら映った。あの時兄が求めていたなめらかさや温もりは一種の夢や恋しさのようなものだったと理解するようになったのは、大人になってからだ。兄は大学入試に三年連続で失敗し、それを見守りながら私は、兄がひどく壊れていくという感覚を禁じえなかった。

いつだったか、私は友だちと一緒に、今は証券会社のビルになっている国立劇場に行ったことがある。チケットを買うために列に並んでいた時、ポスターなどが貼られたビルの片隅の暗い所でタバコを吸っている兄を見つけた。

そんなに寒い日でもなかったのに、コートの襟をしっかり立てて首筋を隠していたので、小さい体が服に埋もれているみたいで余計に小さく見えた。兄に近づいて別の場所に連れ出した私はうろたえた。コートの襟にソウル大学の古めかしいバッジが、しかも、結構いい具合に使い古した感じのバッジがついていたのだ。

それはとても小さかったけれど、はっきりと誰の目にも留まるものだった。私の視線がバッジから逸れると、うろたえている私に気づいた兄はしばらく困った様子だったが、突然、調子づいて言った。

「人生なんてどうせ芝居じゃないか」

本当に芝居のせりふみたいな言葉にぷっと吹き出してしまった。すると、兄はまた憂鬱そうに言った。

「女の子に会うんだよ。もうすぐ来るはずだ。これも一つの方法論さ」

何のための方法論？　私はそう聞き返したかったが、たちまち共犯者になったような気分になり、日向の方から私と同い年ぐらいの女の子が小さく手を振りながら兄の方に走ってくるのを見ると、頑張れと兄にささやいて列の元の位置に割り込んだ。

芝居が終わって劇場から出る時、私は、兄が自分よりも少し背の高い女の子の肩に腕を回して消えていく姿を声もかけずにじっと見守っていた。

私は兄を、時々新聞紙上をにぎわす偽物の大学生と結びつけて考えたことはなかった。偽のバッジなんて兄にとっては一時《いっとき》の好奇心と他人の中に紛れ込むための手立てであり、それによってもたらされるのは偽の慰めと一時的な保証にすぎず、他人に直接的、具体的な被害を与えることを意図したものではないと考えていたからだ。しかし、そんな否定にもかかわらず、私は兄が堕落していくという感覚を拭うことができなかった。堕落というのは当時の私の考えでは、死んだコガネムシからチョウチョが舞い上がるという夢、間違って飲み込んだ花の種がお腹の中で芽吹いて葉を伸ばし花をつけると信じること、世の中のすべての美しさに対するあきらめではないかということだった。だから私は、早く召集令状でも出て兄がこれ以上堕落する機会がなくなることを期待していた。

大学入試に失敗し、数カ月間、死んだように部屋に閉じこもっていた兄は、南の方からちらほらと花の便りが聞こえてくると、ついにリュックを背負って家を出た。その前にも兄は春が来るのを待ちきれず、残雪が解ける頃になると家を出ることがあった。その頃完全に小説にはまり、人生や人に対してやたらと虚しさを感じていた私には、登山用のリュックを背負い作業服を着て家を出る兄の姿が、自分でもどうすることもできない運命の力に引っ張られ、綿のチョゴリ姿で飴売りの箱を抱えて風のように流れ歩かなければならない小説の中の男［一九四八年に発表された金東里《キムドンニ》の短編小説「駅馬《ヨシマ》」の主人公ソンギ］のように見えもした。こちらのそんな感傷が作用したのか、兄からはその前年と前前年に見られた、二度と帰ってはこないという悲壮さの代わりにやたらと飄々とした様子が感じられた。母もまた同じだったのか、いつものように駆け寄ってリュックを奪って片づけてしまう代わりに、この子ったら、また馬鹿なまねをしてという程度の普段と変わらない態度を示すことで、内心の不安を何とか吹き飛ばそうとしているようにも見えた。そんな不安を確かな予感へと変えたのは、いつも母がしっかり折り畳んで下着に縫いつけてやる非常用資金を、しまってくださいというひとことで断った兄の態度だ。母としては、兄は本当にこの世に永遠の別れを告げるつもりなのだと考えるしかなかった。母の言うように、家からお金を強引に持っていき、湯水のごとく使っていた兄が何も持たずに旅に出るなんて、何か尋常でない気配を感じるのは私とて同じだった。

兄はその前年と同様に行き先を言わず（実際、本人もよくわからなかっただろうが）、死なければまた会えるだろうという言葉で私たち母娘の胸をもう一度どきっとさせ、ふらりと旅立った。

私はまた小説を読むことに没頭した。仕事が終わると、その頃見つけた静かな喫茶店でお茶を飲み、商業高校卒、経理職二年の私の前に置かれた未来を窓の外の風景のように寂しい気持ちで眺めて、人生で得られる慰めというのはただ、雨の降る日に大事そうに手に持っているカップの温もり程度ではないかと思いながら、お茶が冷めるまでぼんやり座っていた。そうして時々、空っぽの兄の部屋の戸を開け、本立てで埃をかぶっている「完全数学」「正統英語」「六十日完成」「三十日完成」といった本を眺めつつ兄は今何をしているだろうかと考えながら、見知らぬ土地の消印が押されたはがきにしたためられた感傷的な便りが届くのを待っていた。兄はきっとひと月も耐えられずに帰ってくるだろう。通りや飲み屋や喫茶店が輝くバッジを胸につけた入学したての大学生たちで埋め尽くされる頃になると、兄は新しい決意に満ち、やはりもう一度大学入試に挑戦しなければと言って「完全数学」「正統英語」などを手に予備校街に出かけていくのだろうと私は思っていた。

しかし、兄はすでに二十二歳だった。兄が冥土の使者のように、毒薬のように怖がっていた召集令状が近いうちに届くだろう。でも兄は、ひと月が過ぎ、レンギョウの花が咲く頃になっても手紙一通送ってこなかった。

女手一つで私たち兄妹を育てた、そこらへんの男よりも芯の強い母は、もうすぐ令状が出るだろうにと言いながら、令状を頼りに兄を待った。

私が時々お酒のにおいをさせながら帰ってきても、母はさほど咎めようとしなかった。行商をやめてから水商売を始めて十年になる母に飲んできたことがわからないはずはなかっただろうが、それほど兄のことが気がかりだったのだろう。

その年、兄が帰ってきたのは、春も過ぎて夏に差しかかった頃だった。三、四カ月の間、何の便りもなく、巫堂《ムーダン》［民間信仰の神霊に仕え、吉凶を占ったり、災厄除けの儀式を執り行う巫女］や占い師の盲人の家に通っていた母にあれほど気をもませておきながら、突然、軍の捜査機関から通知が届いたのだ。

母は、遠い親戚のおじさんと一緒に兄の身分を証明する書類を何通か用意し、急いで兄を迎えに行った。

兄は隠遁するつもりで雪岳山《ソラクサン》に行っていた。蛇を捕まえて売ったり、火田民の村に留まって朝鮮人参を掘る人たちの仲間に入ったりもしていたらしい。剃髪直前に連れ戻されたのを見ると、寺男みたいなこともしていたようだ。

後に、何であんなことをしたのかわからないと前置きをしてから話しはじめた兄によると、真夜中にリュックを背負ったまま、後先考えずに立ち入り禁止区域の山奥に入ったのがスパイ容疑をかけられた理由だった。薪を集めに来た住民の通報で出動した軍人に逮捕されたのだが、自分が見ても、スパイには気をつけろ、スパイはさりげなく近づいてくるというテーマで上映される啓発映画で見るスパイの姿、つまり、早朝に山から下りてくる人、泥まみれの靴や編み上げ靴を履いている人、トランジスタラジオを持った人など、不思議なほどそれらの条件を一通り備えていたというのだ。しかも、兄は身分を証明するものを何も持っていなかった。住民登録証は紛失していたし、学生証や除隊証などがあるはずもない。所属先がないというのが致命的だった。

その時の衝撃のせいだろうか。秋に令状が出ると兄はすぐさま軍に入隊した。似たような事情で年齢よりも老けて見える浪人生同士の深刻な公論《コンノン》は、どうすれば召集を免除されるか、インクを飲んで肺を真っ黒にしようか、わざとけがをして指を開かなくさせてしまおうか、いや、いっそのこと、ぐるぐる目の回るような度の強いめがねをかけて視力が悪いふりをしようかなどといった空論《コンノン》となった。兄は身体検査に合格し、パンツに非常用資金を縫いつけ、弁当の入ったかばんを担いで早朝の薄暗い中を幼い子どものように出ていった。

論山《ノンサン》訓練所から兄が着ていった服が送られてきた日、母はひどく泣いた。泣くのは、寡婦になって二十年目にして初めてだと言った。着古した服は小さく見え、すでにそれを着ていた人のにおいは失われて、まるでゴミ箱に捨てられていた服のように醜く、不吉で、邪悪な感じがした。

三年というのは三つ年を取るということで、めっきり老けた母の水商売の景気がさらに悪くなったこと以外は、これといった事件もなく過ぎていった。

除隊した兄は、その頃、政府が盛んに奨励していた養豚業に手をつけた。いつまで酔っ払いの相手をしながらこんな暮らしを続けるつもりだという兄の説得に従い、母は飲み屋を畳んで家を売り、小さな家に引っ越して安養《アニャン》郊外に五百坪の土地を買った。

足りない資金は働いて何とかすると言い、兄は早朝、夜間通行禁止令［一九四五年九月、米軍の仁川上陸によって始まった夜間通行禁止令は一九八二年一月まで続き、概ね夜十二時から早朝四時までが対象時間となっていた］が解除されるやいなやトラックを運転してソウルに向かった。飲食店で出る残飯を運ぶためだ。六カ月契約で契約金を渡し、交際費をたっぷり使っても、ドラム缶一本単位で価格が決められている残飯はなかなか順番が回ってこなかった。養豚業者同士の競争が激しかったのだ。金持ちの親戚がいるわけでも盗んだ金があるわけでもなく、頼るあてのない兄は、軍隊で一緒だった友だちの親戚の知り合いというふうにつてをたどって何とかコネを作ろうと走り回った。しかも、兄は浪人生活の虚しい三年を挽回するために早く金を稼ごうと欲をかき、餌のこともよく考えずに輸入種の豚を買い入れた。見た目と違って度量が広く、肝が据わっているというのは、商売人の間では無謀で愚かだという意味だ。かき集めた子豚たちは大きくならず、餌を十分に食べられない母豚は乳が出なかった。兄は豚の餌がなくなると母のところにやってきて金を無心し、母はそんな兄を罵倒しながらも借金をして金を工面した。

安養の豚舎を横切る道路ができたのと、養豚業が企業化するに従って零細企業が斜陽化の道を辿るようになったのは、ほぼ同時期だった。兄は最後の賭けとして、廃業する同業者たちが処分する豚をすべて買い取った。だが、飼料代は上がり、残飯は独占されて順番は回ってこない。もはや耐える力を失っていざ売り出した時には、ただで譲るか、いっそのこと殺処分してしまう方がましなほどに豚の価格は下落していた。豚を処分して市の補償金をもらい、土地を売り払っても借金の半分にもならなかった。母と私は仕方なく家を売り、チョンセ［毎月の家賃の代わりにまとまった金額を保証金として家主に預ける賃貸システム］の家に移るしかなかった。

財産を失うと、兄はますます支離滅裂になった。

一日にいくつも事業計画を立てては壊しを繰り返し、ろくに理解できない私や母に説明した。又従兄が社長をしているという信用できない友だちとも事業計画を立て、私たちには夢のような五百万ウォン、一千万ウォンという金額をためらいなく口にした。

私はそんな兄を、高校時代に血書を懐に入れて持ち歩くなど分不相応なことをしていた時のように、いくらか軽蔑のこもった懸念を抱きながら見つめていた。

もっとも兄が突然、大金を稼ぐのだと言って空騒ぎし、無謀にも豚を買い集めたこと、金を工面するためにかなりやつれ、血眼になって飛び回っていたことなど、その惨憺たる事情にもかかわらず、兄に似合わない情熱が私の目には少し悲劇的に映っていたのは事実だ。兄があれほど追い求め、望んでいるものはお金ではない別のものであり、兄はこの世のどんなものをもってしても埋めることのできない渇望にあえいでいるのだ。兄もまた、自分が本当に望んでいるのは何なのかわからないのだろうと、一人密かに考えていた。

ついに母は、生きていけないのなら死ぬしかないという悲壮な決意でチョンセから月払いの小さな部屋に移り、兄はいくつかの計画のうち、利益は低いけれど最も安全な事業を始めた。お針子を一人雇い、工場の近くで裁縫所みたいな洋装店を開業したのだ。

しかし、三回のつけ払いで服を仕立てた工場の女たちは、ほとんど店に顔を見せなかった。つけ払いでたっぷり仕事を請け負ったにもかかわらず思うように集金ができないから、工場に出入りできない兄としては班長たちに取り入って顔見知りになり、集金を依頼するしかなかった。年頃の女たちと付き合うには、嘘の約束と少なくない時間と費用が必要だった。

時々、兄は私の勤め先にひょっこり現れ、近所の喫茶店でお茶を飲みながら何時間にもわたって彼の事業の状況、つまり一日の平均注文数がどれだけで、人件費と材料費を除いた純利益はいくらだから一年でどれぐらいになるといった話や、店を拡張してミシンをもっと増やし、お針子もさらに採用しなければ納期が遅れてやっていけないという話を並べ立て、最後にはいつも口ごもりながら金を無心した。

「お前、ひょっとして金はあるか？　あったら一万ウォンだけ貸してくれないか。実は、明日客が服を取りに来るんだが、まだ生地も買えてなくて。これから帰りに生地を買っていって、徹夜で裁断でもしとかないとな。工場の女たちがどれだけうるさいことか。五日後には集金できるから、そうしたら必ず返すから」

大した話ではないというように、兄は前歯が見えるほどにっこり笑ったが、きまり悪さと断られるかもしれないという不安でまつ毛が小刻みに揺れていた。十日ほど前にも、同じことを言ってお金を持っていったことを思い出しているに違いない。

私は何も言わず、一万ウォンを仮払いして無表情で手渡した。

「ほんとにすまない」

そう言って帰っていった兄は、出版社が入っている建物の角を曲がるまでの短い時間も辛抱できず、事務所の私の席から丸見えの、通りの向かいにあるタバコ屋で私から受け取った一万ウォンを差し出した。

結局、洋装店は六カ月で看板を下ろした。

二カ月分の給料が未払いのお針子がミシンを売り払って行方をくらまし、受け取りようのないつけ払い金だけがたっぷり残っていた。

「前世で、あたしはあの子にしこたま借金をしたまま死んじまったらしい」

母は長いため息をついて気が抜けたように言った。空っぽになった洋装店で飢え死にするとか何とか言っていた兄は、むくんだ顔で再び母を訪ねてきた。二十九歳とは思えないほどすっかり老けて疲れて見え、みすぼらしい格好をしていた。

兄は言った。

「もう一回だけまとまった金を出してくれたら、一年以内に何倍にもして返すよ。そんな大金じゃない。たった五十万ウォンでいいんだ。次もまた失敗したら、その時はほんとに水道の検針員でもバスの物売りでも、母さんの言うとおりにするからさ」

そう言って、病気でもないのにぶるぶる手を震わせ、胸ポケットから四つ折りの紙を取り出して広げた。

龍山《ヨンサン》の野菜市場で始める事業計画書だった。

「朝四時に店を開けて八時には店じまいだ。夜通し地方から運ばれてくる野菜は言い値が買い値だし」

肝が据わっていて勘がよければ、わずか三、四時間の商売で「勝負」をつけ、他人が一日中あくせく働いて稼ぐお金の何倍もの収入があるのだという。

あの時、私たちが借りていた月払いの部屋の保証金が二十万ウォンだった。

母は完全に背中を向けてしまった。そんな母の背中に向かって兄は、まるで市場のいかさま師みたいに流暢に、でも、必ず説得しなければならないという焦りと必死のあがきでせわしなく目をきょろきょろさせながら、事業の明るい展望についてしゃべりつづけた。その間にも薄いまぶたは、南風にはためく障子紙のように休みなく痙攣していた。

母は兄の話を冷たく遮った。

「口先だけの商売は詐欺だよ。母さんがいるから、妹がいるからと考えないで、荷物運びをしてでも一人で生きていく方法を考えるんだ。あたしはもう助けてやれない」

そして母は、左手の薬指にはめていた三匁［約十一・二グラム］の金の指輪を抜いて兄の前に差し出した。

母が持っている唯一の装身具で、死ぬまではめつづけて三途の川の冥銭にでもすると言っていたものだ。

ぐずぐずと指輪をしまい、夕飯を食べていったらという私の勧めを振り切って家を出た兄は泣いていた。

それが兄を見た最後だった。

ほぼ二年前に、鬱陵島《ウルルンド》でイカ釣りの船に乗っているというはがきを受け取ったものの、あの小さくて貧弱な体で漁師をやっている姿はとても想像できなかった。

式も挙げず、何となく出会って一緒になったという二十歳になったばかりの義姉も、八カ月が過ぎても寝返りも打てないほどの栄養失調だという甥の姿も、彼らが肩を寄せ合って暮らしているその「生活」というものも、とても想像できなかった。しかし、わからないのは「彼らの生活」だけではなかった。


年末だからか、郵便局はどの窓口も人でごった返していた。送金業務の窓口も、ほとんど出入り口まで列が続いている。ゆうに三、四十分は待つことになりそうだと心の中でため息をつき、コートのポケットに手を突っ込んで列の最後尾に並んだ。

手に千ウォン札三十枚分の厚みが感じられた。郵便物が多い時期だから、兄の元に届くのは三、四日後になるだろう。もしかすると、一週間かかるかもしれないが、兄はその間にも妹からのわずかな送金を当てにして金を借り、それを返せなくてどこかへ逃げてしまうかもしれない。

兄の手紙を受け取ってから二日もぐずぐずしていたにもかかわらず、急に気持ちが焦りはじめ、首を伸ばして前をのぞき込んだ。

私は、一つ、また一つと落ちていくような兄の姿を見るたびに、今よりも豚を飼っていた時の方が、それよりも血書をいつも懐に入れていた時の方が、いや、それよりも担任の先生のビロードのチマに顔を埋めていた時の方が幸せだったと思った。

いや、もっと言えば、ラッパの音が寂しく鳴り響いていた夕暮れ時、兄のささやきに誘われてどこか知らない遠い所に向かって手をつないで走っていた時の方がどれだけよかったことか。地球は丸く、果てしなく進んでいけば、結局元の場所に戻ってくることになるのだということを知らなかった幼少時代。子どもたちは誰も皆、そうやって走っていくことを夢見るのだろうか。

だが、そんなどんな思い出よりも、いっそのこと、水産業に手を出して一時はいい思いをしたんだが、思いきり失敗してしまってなという図太さと虚言を伴って、ある日ふと私の前に兄が現れることを私は望んでいるのだろうか。

夜のゲーム

これじゃあすっかり丸見えじゃないのよ。ご飯の吹きこぼれを濡れ布巾で拭いた後、乾いた布巾で入念に拭きながら私は、居間と台所がつながっている家の造りに対する不満を口にし、背中を見られている不安を鎮めようとした。それでも、ガスレンジの回りに点々と散らばった汚れの跡は完全には拭き取れなかった。たぶん、冬に父が薬を煎じた時にうっかりこぼしたのだろう。当帰の根にスズガエル、黒豆、ヒキガエルの油を入れて火にかけ、褐色の泡が立ってきたらハチミツを加え、ゆっくりかき混ぜて黒い煮こごりみたいにする。それを父は、血がきれいになり、便秘が治るのだと言って冬の間飲みつづけた。下着姿で、軍隊用の飯盒《はんごう》の中でコールタールみたいに真っ黒に固まっていく液体を菜箸で混ぜている父は、どう見ても中世の錬金術師だった。

薬を煮詰めている間、油っぽくてつーんとする臭いが家のあちこちに染みわたり、スズガエルの肉と骨は強烈なにおいのする湯気を立て、ついには溶岩流みたいに重くねばねばしたものと化した。私は貧血と吐き気に喘ぎ、かさかさに乾燥した肌と小じわに悩まされて鏡の前にしがみついていた。ご飯の吹きこぼれはステンレスの上で変質し、記憶よりも強く、長く残るだろう。

すべてのことは昨日と変わらずうまくいっていた。台所の棚の時計は五時半を指し、ご飯はどんどん蒸れていっているところで、こんがり焼けた魚からはかすかに湯気が上がっている。

西向きの窓から差す陽光は、濡れたまな板の細かいきずに挟まったかすをあぶり出している。さらには、包丁の色を鈍らせ、流し台に張った水にぶつかり、屈折して水の中に沈んだくずを浮かび上がらせた。

横に長い台所の窓から、その日の教育時間を終えた少年院の入所者たちが空き地を横切って帰っていくのが見えるのもいつもと変わりなかった。

七、八十人ほどはいるだろうか。彼らは一様に色褪せたグレーの作業服に同じ色の帽子という格好だったが、囚人服に対するこちらの先入観のせいか、空き地に風が吹いているように思えるせいか、彼らを見ているといつも、ぶかぶかの作業服の下の鳥肌の立ったかさかさの肌に触れているようなもの寂しさを感じた。不ぞろいのはぎれみたいにはためきながらゆっくり動くその行列は、のろのろと転がっていく巨大な車輪やイ短調の長い口笛の音にも似ている。

行列の前と後ろの一歩ずつ離れたところでは、監視員と思われるジャンパー姿の男が警護していた。

彼らを近くで見たことがなければ、私はきっと、この近くに軍隊の幕舎があるのだろうぐらいにしか思わなかっただろうし、低くて陰鬱な口笛の音や見えない因果の手によって果てしなく回りつづける地獄の碾《ひ》き臼などという、子どもじみた空想をしながらいつまでも見つめていることはなかっただろう。

いつだったか、犬を連れて夕方の散歩に出かけた時に初めて彼らに会った。ふと、そう遠くない山の向こうに立っている少年院を思い出し、ああと意味もなくうなずくと本能的な恥ずかしさを覚え、犬のリードをぴんと引っ張って一瞬顔をそむけた。そんな私を、びっくりするほどあどけない顔が列の中ほどから見つめていた。何歳なのか見当がつかない少年の目は美しいまでに澄みきっていた。それはただ、作業服から感じられる清々しさのせいだったのか、丸いほっぺたに浮かんだ冷たい血気にふと、自分の老いを意識させられたからだろうか。

少年はすぐに、群れに混じって私のそばを通り過ぎた。私は、その子の顔をまったく思い出せなかった。もし今、彼らを全員一列に並ばせても、私はその子がどの子かわからないだろう。にもかかわらず、美しいまでに澄みきった目は一つの感覚として私の中に残り、毎日その時間になると台所の窓から、その子がいそうな辺りに視線をやる虚しい努力をするのだった。

彼らが空き地をほぼ通り抜ける頃、行列の真ん中辺りでちょっとした騒ぎが起きた。一人の少年がほどけた靴ひもを結び直すためにしゃがみ込んだのだ。少年の後ろで急に行列がぴたっと止まり、後ろからついてきていたジャンパー姿の男がすぐさま駆け寄った。私には、その少年が何か光るものを拾い上げて袖の中にすばやく押し込んだように見えた。あるいは、靴の中に隠したのかもしれない。少年は、男が近づくと立ち上がって手を払った。彼らは何か話をしていたが、こちらからは、まるで手話をしているように見えた。

　男はまた列の後ろに戻り、列の前方から後れを取った少年たちは距離を縮めるために少し足を速める。やはり、何でもなかったのだ。日の翳った空き地に光るものなどあるはずがない。

　空き地に続く丘には、すでに工事が半分ほど終わっていたり、寒くなる前に最後の仕上げを急ぐ家々がまばらに立っている住宅地があり、そこを越えると彼らは視界から消えた。ずっと聞こえていた口笛の音も、のろのろ転がる車輪の音も消えていった。

　私は流しの栓を抜いた。ぶくぶくと泡を立てながら渦を巻き、一瞬にして抜けていく水を満足げに眺める。そうだ、昼間に修理工が来て詰まっていた排水口を直していったのだった。流しの排水口から水が抜けず、いつも腐臭がしていた。漏斗の形をした吸引器を排水口に押しつけては引き抜くのを何度か繰り返すと出てきたのは、繊維質だけ残った野菜の茎や絡まった髪の毛の束だった。いつの間にか背後に来ていた父は、それ見たことかという顔で長いことそれを見つめていた。

　六時になろうとしていた。台所の壁にくっつけて置いたテーブルに習慣的に箸とスプーンを三組並べてはっとし、一組を片づけた。慌てることはない。兄さんは今日も帰ってこないだろうとわかっていながら、ついいつもの癖で手が勝手に動いただけだから。

「おい、カササギはどっちを向いて鳴いてる?」

父の問いかけに私は少年院の子どもたちがいなくなった空き地の、背の高いポプラの木を見上げた。ゆっくり、ゆっくり色づきはじめた葉の間からのぞく枝先でカササギが鳴いている。

「コンタクトレンズを外してしまったから」

私は食器の音を立てながら答えた。コンタクトレンズがなければ何も見えないも同然なのを知っていながら、父は意地になって繰り返す。

「カササギが鳴いてる方に向かって唾を吐くんだ。夕方鳴くカササギは縁起が悪いから」

「よく見えないんですってば」

「コンタクトレンズはどうした。また失くしたんだな。だから、はめない時は必ず保存液に浸けておけって言っただろう」

コンタクトレンズを外してしまったというのは嘘だ。瞳孔にぴたっとくっついたレンズ越しに、枝先に止まってこっちを見て鳴いているカササギの油を塗ったみたいに黒光りする羽根や鋼鉄のように硬そうに見える翼を広げる姿まで、はっきりと見えている。

私は、日が翳って薄暗くなった板の間で椅子にもたれて座っている父をひとにらみしてから、棚に置いてあったテープレコーダーのスイッチを押した。昼間聴いたコダーイの「管弦楽のための協奏曲」の第一部が頭の中でぐるぐる蘇る。テープが回る音がゆっくり、弱々しく聞こえ、録音に失敗したのだろうかと思っていたら、突然演奏が始まった。

あれはきっとリクエストコーナーだったのだろう。ラジオから耳慣れた曲が聞こえてくると、私は急にそれを録音してみようと思い立った。テープレコーダーはソニーの旧型で、兄のものだ。長いこと使わずにしまい込んであったのを探し出して埃を払い、引き出しをあさって見つけた空のカセットテープをテープレコーダーに入れた時にはすでに第一部が終わっていた。古いレコードなのか、演奏の音よりも雑音の方が多い。途中で止めなかったのは、ただ面倒だったからだ。

十分ほど聞き、スイッチを押して止めると私は、少し硬い声で言った。

「夕飯の準備ができましたよ」

父が、耳をほじくっていた小指の爪を親指でさっと払った後、椅子からどっこいしょと立ち上がっただろうということは見なくても気配でわかった。

トイレの水が流れる音が薄い壁の向こうから聞こえ、私はきれいに拭いたテーブルをもう一度布巾で擦る。

「タオルはあるか」

父が、ぽたぽた水のしたたり落ちる手を振りながら台所に入ってきた。

「掛けてあったでしょう？」

「汚れて、じめじめしてるぞ」

そんなはずはない。昼間に修理工が使ったタオルを新しいものに掛け直しておいたのだから。

カササギは相変わらず、ポプラの木の上で鳴いている。

父はどうしてもその声が気になるのか、窓に目をやりながら、「やっぱり台所の方角を間違えたな。夕日が入るのはよくない」と独り言みたいにつぶやいた。

父は、二年前に胃を半分以上切除してから食事の時間が長くなった。私はできるだけゆっくり食べるよう気を使ってはいたものの、いつも父が半分も食べないうちに食べ終わってしまう。

日がだんだん翳り、いつの間にか戸の辺りに一筋の淡い光だけが残っていた。それもすぐに、染み入るように消えてしまうのだろう。

食べ物を噛みしめるたびに突き出る父のあごの骨とだらんと伸びた首のしわが湿っぽく陰の中に沈んでいくのを、どこかやるせない気持ちで見つめた。

秋の日は短く、沈みかけたかと思うとすぐに暗くなる。

「灯り、つけましょうか」

骨を取った魚を父の前に置きながら聞いた。

「スープが冷めた」

私はガスの火をつけてスープの鍋をのせた。青く燃えるガスの火はいつも魔法の火を連想させる。

暗さのせいで父の顔は少し沈痛に見え、やや先の垂れた鼻筋は余計に長く見えた。私の顔もそう見えるのだろうということに訳もなくいら立ちを覚える。

温めたスープの鍋をテーブルに置いてからそっと立ち上がり、テープレコーダーのスイッチを押した。チェロとバイオリンの競い合うような騒々しい旋律に父はしばしば顔を上げ、また下を向く。アンダンテの第三部が始まった。父は、反芻するようにゆっくり咀嚼し、スープを少しずつすくって飲む。

音楽が終わり、空テープが回った。六十分テープはそのうち巻き終わってテープレコーダーのスイッチが上がるだろう。

「水をくれ」

食事を終えた父がげっぷをしながらコップを差し出した。

コップに水を注ぎかけた私はぱっと手を止めた。父も反射的に振り返って板の間を見つめる。

誰かがひょいと台所の中に入ってくる気配がしたのだ。低く濁った、タバコの吸い過ぎでしわがれた声……。

これといった趣味もなく、楽しみとは距離を置いて生きてきた兄の唯一の道楽は拳銃だった。万物が眠りにつくのを待ち、真っ裸になって五連発の銃弾が装着された銃を耳元に当てるのはただ、圧倒的な緊迫感と自由を愛していたからだ。いや、自由ではなく遊びだったのだろう。引き金に指を掛け、もし、誰かが不意にドアを開けたなら、どこかから盗み見ている視線に気づいたなら、思いがけず腰の辺りを蚊に噛まれたなら、自分の意思とは関係なく、ほとんど反射的に引き金を引いてしまうかもしれない。そこまで考えが至ると頭の血管が数万ボルトの電流で充たされ……。

訪問客は突然消えた。父と私は同時に三人用のテーブルの空いた場所を見つめる。空テープの回る音が再び聞こえてきて、私はコップに水を注ぎ足した。

それが兄の声だと気づくのに少し時間がかかった。

再生される声はみんなそうなのだろうか。兄の声はまるで、亡者の魂のように遠い所から聞こえ、妙な切迫感を持って私たちに迫ってくる。

兄は時々、自分が書いた文章を録音して聴く癖があった。でも、いつも後始末はきちんとしていたので、まさか消さずに残っている部分があるとは思ってもみなかった。

「灯り、つけますか」

するする回っていたテープがすべて巻き終わってスイッチが上がると、私は急に感じた暗闇にまじろぎ、ひときわ慎重な口調で父に聞いた。

灯りをつけると、かさで覆われた電球の光にテーブルがぬっと飛び出すように浮かび上がり、冷蔵庫や食器棚、葛布を貼った壁はまるで暗転した舞台の小道具みたいにかさの陰の後ろに消えた。

父は水で口をすいだ後、自分の部屋から花札を持ってきた。そして、私が食卓を片づける間も待ちきれず、ぱちっ、ぱちっと神経質そうな音を立てながら花札をめくりはじめた。

丸い灯りの下の、ふわふわした毛糸のセーターに包まれたがっちりした肩が壁に大きな影を作っている。

「もう日が暮れたのに、花札占いなんかしてどうするんですか」

がちゃがちゃ音を立てて食器を洗いながら私は聞いた。

「日が暮れたからって、終わったわけじゃないだろう」

終わってないですって！　何言ってんのよ！　心の中でそう反問しながらも、いつもの口調でいつもらしくないことをほのめかそうとする自分の神経質さが馬鹿ばかしくなる。

洗った食器を食器棚にしまい、エプロンを外して振り返ると、父は並べてあった花札をかき集めていた。

「何が出たの？」

「客だ」

気乗りしない様子で答える。

「果物をむきましょうか」

「コーヒーにしよう」

父のつり上がった目にいら立ちが浮かぶ。早く私に座ってほしいのだ。私はやかんをコンロにのせ、父の向かいに座った。

「お前が親をやるか」

「いいえ、ちゃんと決めないと」

私は父が積んだ花札の中から一枚引いた。〈梅に赤短〉が出た。五点だ。父は藤のカスをめくってみせ、札をすべて私に寄こした。膨れ上がった四十八枚の花札は、片手で持ちきれないほど厚みがある。かなり使い古されて最初のあのすべすべした新しい感覚は失われ、じとじとと、べたべたと手のひらにくっついた。

「よく切るんだぞ。占いをしたから、札が固まっているはずだ……。もういい。切りすぎると、また元に戻ってしまう」

私はまず、父と私の前に一枚ずつ配ることで、カスが重なって自分のところに来るのを恐れる父を安心させた。

「湯が沸いたぞ」

父は自分の分の十枚がすべて配られるまで、裏返しのままの花札に手をつけなかった。やかんの口から湯が吹きこぼれる。

私は花札を置き、用意してあった二つのカップにお湯を注いだ。スプーンで混ぜている間に父は、私の札を盗み見ているに違いない。

「わしのにはサッカリン［合成甘味料］を入れてくれ」

「わかってますよ」

もちろん父は、そんなことをわざわざ言わなくても私が砂糖を入れないだろうとわかっている。ただ、私の札を盗み見る手の動きをごまかすために言ったのだ。

父は、インスリンの注射を打たなければならない重度の糖尿病患者だ。独自の秘薬を飲んでも毎朝便器には黄色く泡の立った糖質の小便がたまっていて、父はそこに憂鬱な顔で検査用のテープを浸す。

コーヒーカップを持ってテーブルに戻り、私が自分の札を集めて手に持つのを見るとようやく父は自分の札をかき集め、古い扇子を広げるように注意深く一枚ずつ広げていった。父の口元に一瞬、満足げな笑みが浮かぶ。テーブルには八枚の花札が華やかに並んでいた。

「洛陽の都は花盛り、か。だが、いくら土が肥えてたって播く種がなきゃどうしようもないさ」

父が横目で私の札をちらっと見る。私は札をぎゅっとつかんだまま、完全に戦闘態勢に入った父の札をのぞき見たが、わざわざそんなことをする必要もなかった。裏を見れば、どの札を持っているのか一目瞭然だ。父も同じだったはずだ。斜めに横じわが入っているのは〈菖蒲に短冊〉の五点札で、左の角が丸くすり減っているのは牡丹のカス札、右の角が破れているのは〈萩に猪〉の十点札だ。裏返して持っているより絵柄のある面を相手に見せる方がごまかしやすいほど、父と私は花札の裏面の特徴を知り尽くしている。

「草短《チョダン》［藤、菖蒲、萩の短冊三枚を集める出来役］、三約《サミヤク》［菖蒲、紅葉、柳のいずれかを四枚集める出来役］、七短［柳以外の短冊七種類を集める出来役］、四光［柳以外の光札四枚を集める出来役］、全部ありだ」

「望むところよ」

五点札の〈牡丹に青短〉も十点札の〈紅葉に鹿〉も持っている父の目が留まったのは手元の〈八空山《パルゴンサン》「芒《すすき》」に月〉で、裏返しで大人しくめくられるのを待っているのも八空山のカスだ。いきなり二十点札を捨てて、めくったカスでさらっていくのが気まずくてわざとのろのろしているのだ。父はいつもそうだった。ひとしきり考えを巡らせた末に、本当にもうこうするしかないんだというような悔しそうな顔で〈八空山に月〉を出し、めくったカスと一緒に持っていった。

「もう二十点札を捨てるなんて。父さんはいい度胸をしてるわ。四光にするつもりですか？」

私は「厚かましい」を「いい度胸をしてる」に変えて言った。父が子どもみたいに口を開けて無邪気に笑う。

私は、ひょいと投げるように札を捨て、〈萩に短冊〉を引いた。

「七短にする気だな」

「やっと一枚よ。そう思うようにはいかないわ。何も持ってないんだから」

そう言いつつも、父さんに紅葉を引き当てさせずに持っている〈牡丹に青短〉を捨てさせないと、いや、このまま三約を邪魔しようか、それとも、七短を狙うべきかという計算で頭の中は忙しかった。

「千点勝負にするか」

「いいわよ」

秋が深まって夜が長くなれば、千点勝負ぐらいではとても済まないだろう。

頭上からそろそろと足音が聞こえてきた。続いて、むずかる子どもの泣き声とそれをなだめる女の、つぶやくように歌う子守唄が聞こえてくる。

窓はカーボン紙を貼ったように真っ黒で、照明の下の父と私は暗闇の中に果てしなく沈んでいくようだった。私たちは、ずっと昔からこうしてテーブルを挟んで花札遊びをしてきたような気がする。それ以前の記憶は、幼年時代の夢のように現実と空想が入り混じっていて、遠くおぼろげだった。手詰まりになったり、思うように札がそろわない時はとりあえずトイレに行くという賭博師のお定まりどおり、兄は策を練るためにそっと席を立ったのだろうか。

「夜泣きはいかん。子どもが癇癪《かんしゃく》を起こすと家によくないことが起こるんだ」

「私もよく泣く子だったんでしょう?」

菊のカスを取りながら私は、父の言葉を受けて言った。

おやすみ　あかちゃん　ぐっすりと　あさが　まどべに　やってくるまで

「お前の母さんはきれいな声をしてた」

それは事実だった。幼稚園の先生だったという母は歌をとてもたくさん知っていて、声がきれいなだけに歌を歌うのが好きだった。

ねんねんころり　わたしの　あかちゃん　だいじな　だいじな　たからもの
ほうせきのように　ほしのように　かがやく　めをとじて　さあ　ゆめのくにへ

「お前の番だ」

父も歌声に耳を傾けていたらしく、ふといら立たしげに言った。天井の上で女は決して急ぐことなく、メトロノームの針のように正確な足取りでベランダを行ったり来たりしている。

四カ月ほど前に二階の部屋に引っ越してきた女を見かけたのは数えるほどだ。二階に上がる階段は外にあり、間借り人は脇戸を使うことになっていたので、ほとんど出くわすことがなかった。寝る時にひどくぐずる子どもは宵の口から泣きはじめ、私たちが花札をしている間、夜が深まるまで女は低く単調な歌声で泣く子をあやし、私たちの頭上にある二階のベランダで足音を立てた。

手元に残った三枚の花札を一枚ずつ確認し、父が持っている桐のカスを横目で見ながら十点札の〈桐に鳳凰〉［日本では二十点］を投げつけるように捨てた。父は、待ってましたとばかりにすぐさまそれを拾い、大げさに笑った。

「最初がよすぎるとツキが落ちてくっていうからな」

「勝負はこれからよ」

「部屋が暗いな。変圧器を使った方がよさそうだ」

「視力が落ちたせいですよ」

父と私は、古びてぼろぼろになった台本で何度も同じ芝居を繰り返す。

「今まで何をしてたんだ。これじゃ、元手を維持するどころか持ち出しだ」

私は腕を伸ばして父の手札を計算しようとした。父が驚いて手を引っ込める。

「まだ終わってもないのに人の手札を見るやつがあるか。わしもまだ何もできてない」

「もう終わりですよ。私はここまで」

最後の札を出すと、父は桜の十点〔日本は二十点〕を得意げに出して決着をつけた。

「いい札がなきゃ、親をやったってまったく意味がないわ。いくらめくってもいいのが出ないし」

私は紙に点数を書き留め、花札を集めて父の方に押しやった。父が札を切る間に居間のテレビをつける。画面は煙が立ち込めたように曇っていて、慌ただしく動き回る人々の姿が影のようにしばし停止したかと思うと消えてしまった。

「電圧が低いからちゃんと映らないのさ。また何かあったんだな」

「乳児院で火事があったらしいわ。幼い子たちが死んだって」

「何てことだ。長生きなんてしない方がいい」

父の声は生気を帯びていた。

「私たちのせいじゃないでしょう」

私は父の声を抑え込むようにぼそっと言った。本当にそれは私たちのせいではないのだろうか。ねんねんころり　わたしのあかちゃん　だいじな　だいじな　たからもの。母は花模様のヘアピンを挿して歌を歌った。お前の母さんには多産は無理だったんだ。とても体の小さい女だったからな。

「ちょっと、花札が挟まっちゃったじゃないのよ」

表面のビニールが半分以上はがれた所に挟まった別の花札を指差しながら、私はちょっときつめに言った。

「長いこと使ったからな。新しいのに買い替えないと」

父が花札を抜き取りながらにやりとする。

死んだ子の霊魂が乗り移ったそうだ。とんでもない話だよ。あんなでたらめな祈禱院に任せるんじゃなかった。伝道師でも男巫《パクス》［男のムーダン］でもない男は、桃の木の枝で母を打ちすえた。助けて、私を助けてちょうだい。家に帰ってからも母は、桃の木の枝の恐怖から逃れられなかった。

お前の父さんの行いが悪いばっかりにこうなったのよ。頭が水袋みたいに柔らかくて大きく膨れ上がった生まれたばかりの赤ちゃんを指差しながら母は、早熟な中学生だった兄に向かって歌うように言った。通学かばんのひもが切れ、私がすっかり機嫌を悪くして帰ってくると、母は日が差す窓辺に置いた鏡の前で髪をといていた。赤ちゃんは？私が聞くと母は、つららのように冷たい指を私のうなじに当てて言った。人形を買ってあげるから。

病院から搬送車が来ると、母はテーブルの下にもぐり込んだ。ねえ、あたしは行きたくない。怖いのよ。母さんが連れていかれないようにしてちょうだい。介助人たちにしっかり抱えられて出ていった母は、私が見えなくなるまで後ろを振り返りながら叫んだ。どうして、どうして笑うのよと。

ひどいことをしたと思わないんですか？　お前にはわからない。ほかにどんな方法があったっていうんだ。お前はまだ子どもだったし、それに、母さんは何をしでかすかわからなかった。赤ちゃんもそうやって殺してしまったんだ。お前は、母さんがああなったのは全部俺のせいだと思ってるんだな。私たちが面倒を見ることだってできたはずよ。いいや、母さんにとってはあれでよかったんだ。仲間もいるし。家族なんて、思っているほど大したもんじゃない。お前だって内心、母さんを近くで見ずに済んでよかったと思ってるんじゃないのか。これまで何度もお前の縁談がだめになったのも、母さんのせいだと恨んでたんだろう？　私は眉をひそめた。父は花札の裏面に入った横じわを爪でこすって消そうと無駄な努力をしている。

「早く配ってよ」

「ああ、そうだな」

父が一枚ずつ花札を配る。

兆候は、お前を産んだ時からあったんだ。まともだったのはお前の兄さんの時だけだ。

「今度はちょっとましか」

そう言いながら、柳の二十点をめくった父を見つめる。

「これじゃあ、また負けだわ」

〈松に鶴〉をめくった私はふと耳を澄ました。空き地の向こうから口笛の音が聞こえた気がしたのだ。風に乗って流れてくる花のにおいが鼻先に感じられるようでもあった。

そんなはずはない。私は頭を振った。

「どうした。からっきしだめなのか」

「とんでもない」

あの子が口笛で私を呼んだのは十年前だったか、もっと前の夢の中でのことだったか。

夜遅く、空き地を横切ってくる口笛の音に門を開けて出ていくと、その子は乾いた花のにおいを放って立っていた。その子が来なくなってから私は時々、レンゲの咲くあぜ道を十九歳のあの子と並んで歩く夢を見た。私はたいてい寝間着姿で、髪には赤いリボンを結んでいる。いつも風が吹き、どこからかかすかに花のにおいが漂ってきた。靴を脱いだ裸足の裏で、柔らかい土がゴカイのようにうごめいていた。ヒバリの声が辺りを満たし、その子は目をしばたたかせながら私に言った。リボンは似合わない。そうね、私はもう赤いリボンをつける年じゃないわ。子どもみたいに髪を赤いリボンで結ぶのは、頭がおかしいか娼婦かのどっちかよね。父の指の間で風車のように回っている桜が目に入った。

「お前が持っていかないからだろう?」

「そんなに容赦なく追い詰めて、私にどうしろっていうんですか」

兄さんはどこにいるのかしらね。あいつの話をするんじゃない。父さんはかっと腹を立てた。あいつが生まれるまではすべて順調だったんだ。父さんは、二人でする花札なんてつまらない、やっぱり三人でなきゃという理由で兄の不在に憤慨しているのだろうか。汚いゲームだな。兄がある日突然、テーブルを叩いて立ち上がり、ぴんと張ったひもの片方を離した瞬間、三角形の構図が崩れ、父と私は均衡を失った力の反動でひどくよろめいた。

私も兄のようにひょいと家を出ることができるだろうか。沈没する船体から救命胴衣を着て必死に脱出するみたいに、そんなふうに逃げ出すことができるだろうか。私は、〈梅に鶯〉を取るか、七短を妨害するかで悩んで緊張している父の顔をまじまじと見つめた。輪郭は細長く、鷲のように曲がった鼻先は頬の肉が落ちるにつれてさらに長く見えた。ねえ、あたしを連れていってちょうだい。ここは怖くて寂しい。だけど、母さん、それはどこへ行っても変わらないわ。桜の札が父の手から私の手に移った。

「ずいぶん苦戦してるじゃないか」

二連勝した父は嫌味を言う。

私は花札に染みついた湿り気のある温もりを意識しないように、できるだけ早く手を動かした。父の手はいつも汗でじめっとしている。

最後の札の菊のカスを力なく投げ出すと、父は意気揚々と花札をかき集めた。

「よし、四光だ。お前は何をぼうっとしてるんだ」

私は紙に父の得点を、その無意味な数字を書き込んだ。テレビでは、十時の番組「幸せショー」が始まった。父の得点が千点を超えると、私は花札を片づけた。

「薬の時間ですよ」

私はテーブルの角をつかんでよろめいた。

「どうした？」

花札を置いた父はいっそう老けて、陰鬱そうに見えた。

「ちょっとめまいがしただけよ」

遠くから口笛の音が聞こえた。頭の血がさっと引いて血管が空っぽになっていくような、悪性貧血の症状の一つだという幻聴は、いつも口笛の音だった。

「こんな真夜中に口笛を吹くなんて、どこのどいつだ。世も末だな。早く家が建たんことには。流れ者とかごろつきどもに、うじゃうじゃ集まられたらたまったもんじゃない……」

父の手がいつもの癖で花札に伸びる。そして、その手に刺さった私の視線を意識しながらそっと引っ込め、ポケットから紙切れを取り出した。

「これを見てみろ。もう何日も郵便受けに入ってたぞ。支払い日を守らないと余計な金を取られるってわかってるだろ。物事っていうのは、その都度その都度処理しないとだめなんだ。それに、なんでこんなに電気代が高いんだ。使い方次第でいくらでも節約できるはずだぞ」

父は、いつだったか電気代の滞納料金を請求されたことをほじくり返した。

「冷蔵庫はもう長いこと使ってないわ」

腹が立った私は、無駄だと思いながらも少し震える声で言い返した。

電気代の請求書が何日も郵便受けに入っていたというのは言いがかりだ。父は、少なくとも一日に十回は郵便受けを確認している。郵便受けには、ひと月に一回ずつ送られてくる電気や水道の請求書以外に手紙らしいものが入っていたことはなく、いつもお腹を空かせているかのように空っぽだった。その前で手持ち無沙汰そうにうろうろしている父を、共犯同士の敵意と親密さ、そして、いつでも準備できている背信の意を抱いて密かに見張っているのはこの私だ。

父は、請求書をテーブルの端に投げて堂々と花札をつかみ、ピラミッド型に並べはじめた。私は向かいに座って頬杖をつき、並べた花札を一枚ずつめくっていく父の手を見つめる。父は一人でできる花札遊びを一つ残らず知っていた。

「何が出たの？」

「愛しい君が出て、散歩が出た」

父がふと優しく、でも陰鬱に光る目で私を見つめる。

「まだめまいがするのか。疲れてるみたいだな。早く寝ろ」

空き地を横切る口笛の音は暗闇を突き抜け、より鮮明に聞こえてきた。やっぱり新しい花札を買わないと。相手の札が見え見えじゃつまらない。

頭上をそろそろと歩く女の足音がしばらく止まり、遠ざかっていく。

「夜通し負ぶって寝かしつけてるみたいだな。悪い癖がついたもんだ」

私は大きなあくびをして目を擦る。

「先に寝ますよ。薬はここにあるから飲んでね。あんまり夜更かししないでくださいよ。戸締まりは私がするから」

私は足音を立てながらトイレに入った。水を勢いよく流し、長いこと手を洗う。そして、父が後ろを振り返ったりすることは決してないだろうとわかっていながら台所から漏れる灯りを避け、足音を忍ばせてぴたっと壁に体をくっつけて歩いた。

玄関のドアを音を立てずに開け、踏み石を一つずつ飛び越えて門を出た。まだ子守歌を歌いながら二階のベランダをうろうろしている女に見つかりはしないだろうかと、どきどきしながら塀に沿って歩く。

空き地に続くなだらかな坂の上にある住宅の建築現場では、夜なべをしているのか、所どころで焚き火が燃えている。冬が来る前に終わらせなければならない急ぎの工事なのだろうか。

私は、焚き火やぽつんと吊るされた裸電球の光をできるだけ避けながら道を急いだ。半分ほど出来上がった家のそばに高く積み上げられたコンクリートブロックと砂の山の間に彼は立っていた。

「遅いじゃないか。待ってたんだぞ」

少し離れた所から私を見ていたかのように、こちらを見もせずにつま先で砂をつつきながら言った。

「昨日と同じ時間よ」

私はまるでベールに包まれたように低くささやく。

「来ると思ったから、わざわざ仕事を早く終わらせたんだ」

酒を飲んだみたいだった。露が降りるのだろうか。じめじめした冷気が漂っている。彼がためらうように私の手をつかんだ。節々にできたたこが鉄片みたいに硬い。大きくてごつごつした手だった。昼間ならきっと、ひどく荒れて汚く見えただろう。

「寒いな。ここには誰もいない。夜警は今頃、飲み屋で油を売ってるさ」

酔っているにもかかわらず、興奮のせいか彼は震えていた。

彼の手が汗で湿ってきた。私は手をつかまれたまま、砕けたコンクリートブロックと角材の端切れを踏みながら家の中に入る。くそっ。彼が口汚く言った。

「どうしたの？」

「配線工事がまだみたいだ」

とはいえ、壁の二面にはその半分以上はある枠だけはめられた窓があり、屋根も開いていたのでさほど暗くはなかった。彼が床に散らばったかんなくずと角材の端切れをざっと足で押しのけて場所を空ける。

硬い手がセーターの中に入ってきた。彼は震えていた。そして、その興奮を恥じるようにひどく焦っていた。セーターの二つ目のボタンを外すのに失敗した彼は、荒々しくセーターを首まで持ち上げる。私は息を殺していたが、太ももの内側にぞくぞくっと鳥肌が立った。脇まで露になった素肌にセメントの床は痛いほど冷たく、身がすくむ。彼が作業服の上着を脱いで背中の下に敷いた。開《ひら》けた空から明るく大きな星が降ってきた。夜の暗闇の中では、いつも乾いた花のにおいがする。アンドロメダ、オリオン座、カシオペア座、おおぐま座……。君は何座だい？　さそり座よ。あなたは壁が分厚くて小さな窓のある家を手に入れ、カーセックスを楽しみます。恥ずかしがり屋で内向的だけど、いつもロマンチックな愛を夢見ています。花は似合いません。そうね、髪に花を挿すには年を取りすぎた。頭がおかしい女か娼婦でもなければ、髪に花を挿したりしないわね。

「寒くなってきたな。これ以上寒くなったら、ここでは無理だ。工事が終わるのは半月以上先だし。まあ、その頃までなら我慢できるか」

彼はまるで、そうすべきであるかのように私の髪をなでながら言った。

「寒いのは嫌よ」

私はくすくす笑った。

「ほかのことはいいのか？　まるで、浮気な寡婦《やもめ》だな」

彼もくくっと笑った。

遠くから、何人かがいい加減に歌う声が聞こえてきた。

「やっと戻ってきたな」

彼が起き上がり、床に敷いていた上着をさっと払って羽織る。

「明日も来られるか」

コンクリートブロックと砂の山の間に立って彼が聞いた。

「お金があったらちょっとくれない？」

彼がためらった。私は続けて言う。

「体調がよくなくて、薬を飲まないと。少しでいいから」

彼が歯の間からペッと唾を吐き、ちぇっとつぶやいた。

「最初から随分素直だと思ったら、そういうことか」

彼はがさごそ音を立てながらタバコを取り出して口にくわえ、マッチを擦って燃え上がる火を私の顔に近づけた。私はマッチの火を見つめながら作り笑いをしてみせる。

「くそっ。その年じゃ、そんなのは通用しないぞ。今日は金がない。あさって労賃が出るから、その気があったら来ればいいさ」

彼はひどく気分を害したように、わざと唾を吐いてみせた。私は急いでその場を後にした。酒に酔った作業員たちが肩をぶつけ合い、脇によけながら通り過ぎる。

門は開いたままだった。二階の女はまだ、むずかる子に子守歌を歌いながらベランダを行ったり来たりしている。そっと玄関を開けて中に入り、体に染みついた冷たい空気を手で擦り落とした。父はまだテーブルに座って花札占いをしていた。

「何が出たの?」

「愛しい人だ。早く寝ろ」

父は振り返らず、力強く花札を打ちつける。

部屋に入って灯りを点けた私はどうしていいかわからず、しばらくぼうっと灯りを見上げていた。そして、しょんぼりと立ったまま机の引き出しを開けた。

ねえ、あたしを連れてってておくれ。ここは怖くて寂しいよ。母は、文字を覚えはじめた子どもが書くような、大きくぐにゃぐにゃした字で訴えた。そして、余白には、胴体のないボールのような丸い頭と木の枝のように伸びた手足で逆立ちしている人たちを描き込んだ。私は、紙の束を鼻に当ててかすかに漂うあの乾いた花のにおいを吸い込んだ。飾りのないロケットペンダントのふたを開けると、ちらほらと白髪の交じった髪からも乾いた花のにおいがする。私たちが到着すると、待っていたというように棺のふたに釘が打たれた。死臭を放ちはじめた母の体からは、煙のようなつんとする花のにおいがした。トゥエノムの女よりも汚かったよ。だが、あれほど風呂を嫌っても、香水をつけることだけは忘れなかった。もともとぜいたくで見栄っ張りだったからな。後になって父はそう言った。だとしたら、体臭と混じった香水のにおいだったのだろうか。

私は冷たい床に横たわった。父はまだ自分の部屋に入る気配はなさそうだと思いながら、さっきのようにスカートをめくり、セーターも脇のところまで上げる。そろそろと子どもを寝かしつける女の足音が頭上から聞こえてきた。

だいじな　だいじな　せかいで　いちばん　だいじな　たからもの

私は、横になったまま手を伸ばして灯りを消した。部屋は静かな暗闇の中に沈みはじめ、やがて、家全体が泥沼のような暗闇の中にきしきし音を立てながら眠りにつく。二階の女は、沈没する船のマストに立てられた救助を求める古びた布切れのように、夜通し虚しくはためくことだろう。私はのしかかる水圧に自分がばらばらに解体されていくような切迫感を覚え、口を開いて喘ぎ声を上げながら、ふと男がマッチの火を私の顔に近づけたときのように作り笑いを浮かべた。

夢見る鳥

降りちゃだめって言ってるでしょう。今度庭を這い回ったら、おしおきだからね。そんな泥まみれになって、一日に何度体を洗ったってきりがない。母さんはもう、お前の面倒を見切れないわ。子どもはこちらに背を向けたまま、広縁でブンブン言いながらトラックを走らせている。私は、暑さから逃れるためにブロック塀のすき間に隠れているハエを見つけ出してはハエ叩きを振り回し、時には跳び上がって軒の柱に止まっているハエを叩きながら頭ごなしに子どもを叱った。軒に開《あ》いた硬貨ほどの大きさの穴からきらりと日差しがこぼれている。

こんにちは。

鉄の門扉の下の方の唐草模様の粗雑な掛け金の間からのぞいて見えるのは、銀色の網模様のサンダルと赤みを帯びて角質が露になったくるぶしだけだ。引っ越してきて以来一カ月ぶりにあいさつを交わす隣の家の女が、くぐり戸からのぞき込むようにして入ってきた。

みんな、お出かけみたいですね。

みんなですって？　ほかに誰もいませんよ。いつもこの子と二人だけです。

そうなんですかあ。

てっきり大家族なんだと思っていました。いつも話し声が聞こえてくるから……。

雑巾で適当に拭いて勧めた広縁に腰かけながら、彼女は語尾を長く伸ばした。

私は、ほほほと高い声で笑った。

違いますよ。寂しいから一日中ラジオをつけてるんです。

大人しい子なんですね。ちっとも泣き声が聞こえてきませんもの。

そうなんですよ。だから心配で。

泣かないのも心配なんですか。むずからなければ楽でしょうに。

頭が悪いんじゃないかと思って。本で読んだんですが、静かだったり遊びが単純な場合は、知能が低いことを疑いなさいって。あの子ったら、一日じゅう自分の手のひらをじっと見つめたり、紙を一枚折ったり広げたりしててもぜんぜん飽きないんです。あらまあ、こんな愚痴を並べちゃって、お恥ずかしいですわ。あの子の父親はもう半月も家を留守にしたままなんです。近所の人はきっと私のことを、寡婦か誰かの妾だと思ってるでしょうね。結婚して六年になるんですけど、あの子が初めての子だと言っても信じてもらえないでしょうし。変な話ですが、子どもが私の人生において持つ意味みたいなものを考えていたら自信がなくなってしまって、子どもを作らないことにしていたんです。夫も同じ考えでした。あの子は、間違いでできてしまったんですよ。二人目は考えていません。年も年ですから。もう三十を超えてますしね。子どもができたら、自然と夫婦の間に距離ができるみたいです。男は疎外感を感じるそうですよ。特にうちの夫の場合、不平不満がひどかったんです。人から、息子が二人いるみたいねって言われるほどでした。上の子が夫で、下の子があの子ってわけです。息子は父親そっくりだって言われますけど、親馬鹿かもしれませんが、私の目には息子の方が全然よく見えます。青は藍より出でて藍より青しって言葉もありますしね。ふふ。

ああ、そうなんですか。そうですよね。

女は背中を向けて座っている子どもをちらりと見ながらうなずくと、あいまいに相槌を打つ。

ひょっとして、お宅にペンチはありますか？　夫が休みで、まだまだ使える鶏小屋を直すんだって大騒ぎなんです。

そうでしたか。男が家にいる日は仕事が増えて困りものですね。うちの夫も……。

お宅のご主人は家庭的に見えましたけど。大学の先生になられたんですって？　将来安泰ですね。この辺りも、ずいぶんレベルが高い方だって言われてますけど、教授の家はありませんでしたから。近所の人たちがどれだけ羨ましがっていることか。まだお若いのに教授になられて、奥様もお幸せですね。本物の学者タイプとお見受けしましたわ。

学者タイプ？　まだそんな言葉を使ってるわけ？　私は心の中でつぶやいた。そして、髪をかき上げてあいまいに笑ってみせた。

何してるんだ。ないならさっさと帰ってこい。

塀の向こうからいらいらした男の声が飛んできた。

こちらへどうぞ。どこかにきっとあるはずですから。

立ち上がりかけた隣の女を連れて裏庭の納屋の方に向かい、私ったらどうかしてると思いながらすばやく答えた。

男って本当に子どもみたいなところがあるでしょう。あれほど子どもなんていらないって言ってたうちの夫も、いざ生まれると四日も仕事を休んでじっとあの子ばっかり見てたんですよ。ほら、こんなところに押し込んであったわ。ろくに整理もできてなくて。長いこと放ったままでしたから、ちゃんと使えるかどうか。ひょっとして、使い物にならないものをお貸しすることになるかもしれませんけど。

いいえ。ありがとうございます。たまにはうちにも遊びに来てくださいな。子どもたちが学校に行った後は暇ですから。

もちろんです。お隣同士、こんなに疎遠では……。

女の水色のブラウスに一瞬、生い茂ったフジの葉が染みのような影を作った。

またおもらししたのね。おしっこをしたらしたって合図ぐらいしてくれないと困るんだから。そうやって黙って座ってるから、服が濡れちゃったじゃないの。もう大きいんだから、母さん、おしっこぐらい言えるでしょう。そんなんじゃ、おむつをして学校に行くことになるわよ。

私はわざと目をつり上げて子どもを移動させた。一歳になったばかりの子どもは意に介さず、にっこりしながら手を叩く。

がちゃがちゃと古物商のはさみの音［一九七〇年～八〇年代にかけて、くず鉄などの廃品回収業者は廃品の代価に飴やトウモロコシなども用い、飴などを切るはさみで音を立てて来訪を知らせた］が少し開いた門の前を通り過ぎた。

おじさん、空き瓶は買い取ってもらえますか？　割れた甕は？　引っ越し屋が荷物を雑に扱うから、みんな壊れてしまったんです。サイダーの瓶はいくらですか？　七ウォンですって！　こうも暑いとやたらとサイダーばっかり飲んでしまって。十四本あるから、ほとんど百ウォンですね。いいえ、お金でくださいな。トウモロコシは誰も食べませんから。

十ウォン硬貨を一枚ずつ数えてポケットに入れた。どこからか、下手なピアノの音が聞こえてくる。どこかで昼の鶏が鳴いていた。パッキンが劣化した水道の蛇口からは絶えず水滴が垂れ落ち、ブドウ棚の下ではハチがブンブン飛んでいる。ひとしきり飛び回ったハエは、ひさしのすき間で交尾し、トラックに飽きた子どもは、あくびをしながら指をしゃぶっていた。私はまつ毛の間で揺れる日差しに目をぱちぱちさせながら、おりが沈み切っていないせいで濁っている、舌ざわりの悪いブドウ酒を瓶ごと手に持ってちびちび飲んだ。

市の郊外にある遠くの山がしっとりとした濃緑色に変化しながら迫ってくるのは雨が近づいている証拠だ。しばらく広縁の端に立って不透明な灰色の空を見上げ、どうしようかと考えながら子どもを負ぶった。まだ早いと思ったけれど、板の間の電気のスイッチを入れる。電球が何度か点滅し、薄暗くて青白い灯りがともった。「夕方の歌謡リクエスト」を放送中のラジオのボリュームを上げると、驚いた子どもが背中にぴたっとしがみついた。

板の間の戸を開け放ったまま、沓脱ぎ石の上の夫のコムシン、かかとが減ったので後ろを踏んで家履きにしているパンプス、サンダルなどを少し乱雑に見えるぐらいに散らかす。門は、外から鍵を掛けられる仕組みになっておらず、ぎいっと門扉を強く外から引いて閉めると、隣三軒のさらに向こう、坂の突き当りにある教会から鐘の音が鳴り響いた。

塀の外に伸びた、葉ばかりが茂ったレンギョウの枝が額を打った。すると、去年の春、この町に引っ越すことが決まってから初めて、不動産屋の主人のバイクの後ろに乗ってやってきたことが遙か昔のことのように思い出された。春だとはいえ冷たい風の中で夢のように眩しく、あふれんばかりに咲いているレンギョウを見た瞬間、ある程度の譲歩や無理はやむを得ないと思っていた。でも駆け引きというのはとても現実的で、利害がからむ問題に際しては、いつの間にか胸の中に芽生えた湿っぽい懐かしさだとか感傷みたいな心の動きを表に出してはいけないとわかっていた。絶対騙されたり損をしたりするものかと厳しい目でくまなく確認し、家主や不動産屋の主人が慌てるほど気に入らないという態度を取りつづけた。台所と庭の水道を強くひねって、水の出は大丈夫なんでしょうね。まあ、今はそうだとしても、夏になったらどうなることやら。そう言って、台所の土間に水を一杯ざあっとまき、下水道はちゃんと引いてありますよね。古い家はいつもそれが問題なんだから。造りが古いから不便そうだわ。あそこの天井に染みがついているのを見ると、防水処理がきちんとできていないんでしょう？　などと並べ立てた。そして、家の外側を見て回り、ひびが入った所はないか、壁の中にはコンクリートブロックを積んであるのかレンガを積んであるのか、叩いてみたり軽く足で蹴ってみたりもした。そうやって心の中では、こっちは日がよく入るからゴミ箱をなくして、代わりに砂をリヤカー三、四台分運んできて砂場を作ろうかな。こっちのフジ棚の陰にはブランコを置けばいいわ。だけど、滑り台まで置くには庭が狭すぎるかしらと忙しく考えを巡らせた。

道は傾斜がきつく、急いではいなかったものの、背中に負ぶった子どももつられて息苦しそうな声を上げた。

またお出かけですか？

二、三日ごとに豆モヤシや豆腐などを買いにいく間に顔見知りになった商店の主人が、しおれた野菜に水を振りまきながら声をかけてきた。

ええ、子どもがむずかるもんですから。

わかりきった返事をして急いで路地を曲がった。狭い路地ぎりぎりにタクシーが一台入ってきて道を塞ぎ、馬乗りをしていた子どもたちがわあっと散らばった。

国旗降納式を行います。

高いポプラの幹にカササギの巣みたいにぶら下げられたスピーカーから愛国歌が流れると、房付きの通学帽をかぶった国民学校の生徒が数人立ち止まって右手を胸に当てた。はためきながらするすると降ろされる国旗はどこにあるのだろうときょろきょろしているうちに愛国歌は終わり、生徒たちはまた少しぎこちない足取りで歩きはじめた。

今年の花を最後にアカシアの森をなくし、ブルドーザーで押し固めて空き地になった丘で、ショベルカーが四分円を描きながら動いている。ランニングシャツ姿の子どもたちが遠巻きにそれを取り囲み、左の盛り土を右の穴に移すその単純な作業を興味深そうにわいわい言いながら見ていた。腰が完全に九十度に曲がった老婆が杖をついて立ち止まったまま、ぜんまいが緩んでしまったからくり人形のように揺れていた。路地を横切るつもりなのだろうが、いつものように、私が夕方の散歩から帰ってくるまでほとんど動けないままで立っているのだろう。

柳並木の下で子どもたちがバドミントンをしていた。羽根のついたシャトルが鳥のように軽やかに飛び交っている。

晩春の間、柳は柳絮《りゅうじょ》［綿毛のついた柳の種］をたっぷりまき散らしつづけ、市当局は特に、市全体に蔓延している目の病気に注意するよう警告した。朝食の準備をしようと台所に下りていくたびに、ドアのすき間から飛んできてかまどにふんわり積もっているそれを私はタンポポの種だと思っていた。柳絮は庭に、そして、しっかり戸を閉めた板の間に光のように入り込み、弱い風にも綿のようにかたまりになって飛び回った。私は子どもをひざに載せ、髪の毛の間から、耳の中から、指の間からそれらを探し出した。

タクシーにバス、そして時には軍用トラックが通り過ぎた。車が通るたびに手を振ってはしゃぐ子どものお尻を叩きながら、ゆっくり車道を歩いた。三大秩序運動［一九七〇年代、朴正熙《パクチョンヒ》政権下で進められた社会綱紀確立の運動で、精神、行動、環境の三つを掲げてタバコのポイ捨てや外国を模倣した退廃行為などを取り締まった］の垂れ幕が掛かったロータリーから百メートルほど離れた三叉路までがお決まりのコースだった。農薬販売店を起点に、簡易食堂、一杯飲み屋、マッククス［そば粉で作った麺料理］屋、旅館、文房具店を過ぎて市場の入り口にある貸本屋まで来ると夕方の散歩は終わりだ。その道は、私がこの町で確実に知っている唯一の道でもあった。その道を何度か行き来し、独り言みたいなことをつぶやいたり歌を歌ったり、時には立ち止まって車を見つめたりしている間に子どもは眠ってしまい、私は蚊を避けて急いで家に帰った。

子どもはその日、なかなか寝ようとしなかった。昼寝が長すぎたようだ。

洞〔町、村に該当する行政単位〕民のみなさんにお知らせします。迷子を捜しています。四歳の女の子で、青の半ズボンにピンクの縞模様のTシャツを着てピンクのサンダルを履いています。保護されている方がいましたら、すぐに洞事務所までご連絡ください。もう一度繰り返します。

私は、背中に負ぶった子どもの腕と足を力を込めて揉んだ。子どもの体は汗ばんでじっとりしていた。通りの角から、煙のようにぼんやりと暗闇が迫ってきている。

あ、奥さん。お久しぶりです。

バスから降りた長身の青年がうれしそうに近づいてきた。私はあいまいな笑みを浮かべて青年を見つめる。

あの、李《イ》教授が引っ越してこられた時に……。

引っ越し荷物を運ぶのを手伝いに来ていた学生のうちの一人だろうと思い至った。

あの時は本当にありがとうございました。この近くに住んでるんですか？

いいえ。友だちの家に行くところなんです。教授はご在宅ですか？

とんでもない。学生を連れて南の方の島に行ってます。

慣れない土地でお寂しいでしょう。

子どもが片時も私から離れようとしませんから、寂しいなんて思う暇もありませんよ。毎日、夕方になると外へ行きたいといってむずかるものですから、こうして仕方なく出て来てるんです。

私は車に気を取られている子どもに、サヨナラ、バイバイとあいさつさせようと試みたが失敗に終わり、そのまま青年と別れた。青年が通りの角を曲がり姿が見えなくなると、私はのろのろと彼の後をついて歩きはじめた。貸本屋の先には一度も足を踏み入れたことがない。私は埃をかぶったガラス戸の内側に雑然と陳列された武俠小説の表紙を順番に読んだ。

何かお探しですか？

店の前に椅子を出して座り、うちわで扇いでいた男が立ち上がって近づいてきた。

ちょっと見てもいいですか？

ええ、どうぞ。

私は開いている戸から頭を突っ込んで中古の雑誌、漫画、三文小説などをざっと見た。

中古の雑誌も扱ってるんですね。買い取りもされるんですか？

もちろんです。本が少しおありのようですね。

少しだなんてもんじゃありませんよ。部屋の壁が全部本で埋め尽くされてるんですから。売りたくはないけど、場所を取って仕方なくて。引っ越しのたびにひどい目に遭ってるんです。夫は処分しろって言うんですけどね、とても捨てられなくて。どれも私の中学、高校時代から屋根裏部屋にあったものなんです。特に、雨の降る日曜日なんかに屋根裏部屋に這い上がって一冊ずつ読んでいると、思いがけない衝撃や影響を与えてくれる文章に出会ったりしませんか？　私の場合はそうでした。まだこの子は乳飲み子だけど、子どもは成長するものだから、いつか私と同じような経験をする日が来るはずです。この子のためにも、簡単に売ってしまうわけにはいかないでしょう。なのに、夫はこの子が青少年になった時のために、しかも、雨の降る退屈な日のために、私たちがこの先二十年もこの本の山を抱えてあちこち引っ越ししなければならないのかって怒るんですよ。

本というのは本当に大事なものです。売るつもりがおありでしたら、すぐにでもリヤカーを引いて取りにうかがいますよ。大したお金にはなりませんけど。しかも古い雑誌となると古紙にしかなりませんから……。

いいえ。夫が帰ってきたら、相談してからまた来ます。実際に売ってしまったら、何て言われるかわかりませんから。

貸本屋の主人はまた椅子に座り、ランニングシャツの中に風を送り込んだ。

道はロータリーから四方に真っすぐ伸びていた。

私は足元の小さな石ころをつま先で蹴った。石がころころ転がっていく方向に従って道を渡る。渡ってから、またここに戻って来ることになるであろう一時間後のために、目の前にある二階建ての銀行の建物を目印として頭に入れた。

昼間、教授夫人会から手紙が届いた。夫からはそんな団体があるなんて聞いたことがなかったので、私は少し怪しみながら封を開けた。

月例の集まりと三大秩序運動に関する講演の案内のほかに、特に、今学期に新しく赴任した専任講師級以上の夫人の歓迎式があるので、必ず参加してくれという内容だった。

正会員、名誉会員、新入会員と分けてタイプした名簿の最後に、ボールペンで書かれた私の名前があった。

私は他人の筆跡で記された自分の名前をぼんやり見つめた。採集旅行に出かける前に夫から、これからはテニスをすることにするよ。ボーナスをもらったら、まずテニス用品を買わないとな。お前も一緒にどうだと言われた時のように嫌だと感じることもなく、だからといって特に関心もなかった。

夫についてここに来る前、小都市の生活というのは何となく、わき立つような騒音と日差し、そして、それを静めながら訪れる夕暮れ時の侘しさがもたらす懐かしい気持ちのようなものだと想像していた。しかし、引っ越してきてほぼ三カ月になろうという今、私は少しもこの都市に馴染めていなかった。新鮮な水も、空気も、紫外線の強い日差しも、口の中に入った砂みたいにざらざらしていた。

もしかするとそれは、ここの色に染まるものかという心の反作用かもしれなかった。突然、得体の知れない不安に胸が張り裂けそうになったり、用もないのにあの部屋この部屋と戸を開けてみたり、いたずらに子どもの頬に口づけをして起こしてしまったり、ひっきりなしに足音を立てて庭の辺りをうろうろしながら大きな声でまくし立てるのは、単純に慣れない土地が居心地悪いせいだけではないことを私もわかっていた。

陰がなくなってコンクリートが熱くなる真昼を除き、一日のほとんどを私は家の屋上で過ごした。雨が降った翌日の都市はすっきり洗い流され、まるで建築を学ぶ学生が出品した、新しい都市建設のための模型のようだった。

私は、子どもを負ぶってうろうろしながら思いつくままに歌を歌ったり、一時間おきに行ったり来たりする汽車が見えなくなるまで目で追ったりした。

植物分類学を専門とする夫が学生を連れて地方の島に採集旅行に出かけている間、私は屋上の端に立って暮れなずむ市街地を見つめてから、子どもをおんぶして車道に出た。

ふと足を止め、今いる場所は屋上から見下ろしていた市街地のどの辺りなのだろうと考える。街路樹のある道はいつの間にか途切れ、商店が立ち並ぶ繁華街に差しかかっていて、私は等身大のマネキンが立っている洋装店、女性用のアクセサリーなどが陳列されている店のショーウィンドウの前にしばらく佇んでいた。

辺りはかなり暗くなり、どこからか飛んできた虫たちがショーウィンドウの蛍光灯めがけてガラスに体をぶつけ、虚しく墜落する。

私は絶えず、自分には力がなくなって無駄な情熱だけが残っているのではないか、私が本当に望んでいるのは愛なのか、性なのか、消滅なのかと自問した。答えはそのすべてかもしれないし、まったく違うものかもしれないという思いが私をいら立たせる。奥様はどれだけ幸せなことかって、みんな羨ましがっていますよ。隣の家の女の口ぶりを真似しながらつぶやいた。

私は、幸福や不幸についてはどんな形で、どんな方法で語られたところで誇張にすぎないと考えるタイプだった。

子どもは単音節の意味のわからない叫び声を上げ、こぶしで私の背中を叩いたり、足をばたつかせたりすることで不慣れな場所に対する興奮と驚きを表す。そこは市場通りだった。子どもたちが百貨店の回転ドアに閉じ込められてぐるぐる回っている。百貨店の中は暑かった。入り口で店員がガム一枚と水素を詰めた風船をくれた。新装開店いたしました。どうぞご贔屓《ひいき》に。

私はガムの包み紙をはがして口に入れ、風船を子どもの手首にくくりつけた。愛情は時間を支配できるだろうか。時間から解放することはできるだろうか。子どもの顔に浮かぶ一度の笑みのために、単音節の叫びのために十回泣き、二十回笑ってみせながら、この子もすぐに私のもとを離れていくのだろうという思いに苦しんだ。しかし、これも愛の虚構なのだろうか。私たちが持っているのは、見ているのは、真実の幻想にすぎないのだろうか。信じたいこと以外は信じられないのではないだろうか。

これは食べ物じゃないから舐めちゃだめよ。パンと割れたらおしまいだからね。そうそう、そうやって揺らしてごらん。すてきでしょ？

子どもの頭が背中で力なく揺れた。子どもというのは信じられないぐらいたやすく眠りに落ちる。

市場通りを抜け、そろそろ帰るつもりで路地を探して辺りを見回していた私は、ふと目を凝らした。前に一度来たことのある、見覚えのある通りだった。

私は眉間にしわを寄せながら記憶をたどった。低い建物に沿っていくと広場がある。確か参戦記念碑があったはず。それに、広場をぐるっと回った所に軍用飛行場があったわ。さっと記憶が蘇った。何年前だったか、亡くなった義母の墓を移すため、夫と一緒にこの町に来たことがあった。あの時、まさにこの道を通って義父の従兄の妻を訪ねていったのだ。

五代前からこの小都市に定着したという夫の実家の墓は、そう遠くない所にあった。しかし、どの代からか、本家に子どもが少ないのは先祖の墓地の地相が悪いからだという占いに従って何年もかけて改葬し、最後に義理の祖母と母の墓を移していたところだった。すべて結婚前のことで、夫の実家がこの地を離れたのはもう十年以上前のことだったので、私としては先祖の墓地があると聞いていただけで、足を運んだのはその時が初めてだった。広場を抜け、道を渡らずに左側の道に沿ってしばらく進み、そこを曲がったところにある路地で夫は、父親の従兄の妻のためにに安めのタバコを一カートン買った。

私は背中で眠っている子どもをひょいと揺すり上げ、自信たっぷりに歩きはじめる。

道に迷ったらまた戻ってくればいいという軽い気持ちもあったが、あの時のあの家を探すのは難しくなさそうに思えた。毎日屋上から見下ろしている間にこの都市は、私の頭の中でいくつかのロータリーを中心につながる直線の道と市場、何本かの路地、薬局、郵便局、銀行などの低い建物でできている簡単な構造として、手のひらほどに縮小されていた。私は夫がタバコを買ったと思われる商店の角を曲がって路地に入った。

あの時、すでに七十を過ぎていた義父の従兄の妻は、ほかの町に行って海産物の商売をしている息子夫婦の子どもを預かって世話をしていた。私たちが行った時は夜の遅い時間だったが、彼女は灯りもつけずに板の間に座ってタバコを吸っていた。夫が、少し前に結婚した妻だと大きな声で紹介し、私がクンジョル［家族や親戚の間で子が親に、あるいは目下の者が目上の者にする格式のあるお辞儀］をすると、彼女はしわだらけの顔でふふっと笑った。いくら断っても彼女は夕飯を用意し、私たちは薄暗い照明の下で、たまに混じっている白髪を取り除けながらご飯を食べた。

今から訪ねていくには時間が遅すぎるのではないかとちょっと躊躇したけれど、年寄りは睡眠時間が短いものだからと、私はすぐにためらいを払いのける。あの時も、私たちは眠りの浅い彼女に気を使い、まるで脱皮するかのように布団の中で体を擦り合わせながらそっと静かに服を脱いだ。

　路地は記憶の中のものよりもかなり狭くて長かった。眠っている子どもの体温が背中に伝わってくる。九十五歳まで生きた義理の祖母も、還暦後まもなく亡くなったという義母も白骨化していた。頭蓋骨を持ち上げた瞬間、まだ黒い髪の毛がすっと垂れ下がった。娘たちは泣き、息子たちは硬い表情で血と肉を分けてくれた彼女たちの遺骨を紙で包んだ。座って掘り起こした墓をのぞいている義父の従兄の妻の背中の向こうに、白いコブシが咲いていた。私はそれを見つめながら遠い目で、自分が埋められるのは、自分が産んだ息子が将来埋められるのはどの辺りだろうかと考えた。

　私の記憶に残っているのは、長くて暗い路地、共同井戸、一角《イルガク》大門《テムン》［扉の両側に柱を立てて屋根をつけた、韓国の伝統家屋に見られる門］の屋根の先に見えていた市街地の灯り、朝日に柔らかく揺れるナツメの木の緑の葉がすべてだった。私は時々立ち止まり、まるでポケットの中から手鏡を取り出して顔を映すかのように記憶に投影された路地の特徴を探したが、ただ暗くて長かったという印象が残っているだけだった。路地は二手に分かれた。

夫の後を少し息を弾ませながら上っていった記憶がぼんやりと蘇り、坂道を選ぶことにした。街灯がなく、家々からもれてくる灯りを頼りにするしかなかった。一歩間違えれば転げ落ちそうなほど足元は暗い。背中にぶら下がった子どもの重みでふくらはぎがぱんぱんに張ってきた。共同井戸はどの辺りだろう。田舎でもないのに共同井戸があるのね。きっと涸れた井戸だよ。夜目がきかず、しょっちゅうつまづく私に手を差し伸べながら夫は言った。

こんな高い所に井戸があるはずがない。私は引き返した。路地が分かれた地点に戻ると、今度はぴったりくっつくように立ち並ぶ家々の間に伸びている狭い道に入った。道は肩幅ほどしかなく、私は、背中でぐらぐら揺れ動く子どもの頭が塀にぶつからないように肩をぐっと丸めた。

狭い道が終わると突然目の前が開け、そこに現れた黒い物体が井戸だと気づくのにしばらく時間がかかった。周囲にはほとんど井戸の高さまで雑草が伸びていて、井戸はまるで偽装された哨所みたいに見えた。井戸はたぶん、ずいぶん前から使われておらず、捨て置かれたようだった。夜になると、涸れた井戸でコウモリやスズメの群れが休んでるって言ってたっけ。井戸端の小さな菜園では、肩の高さまで伸びたトウモロコシがかさこそ音を立てていた。私はふと後ろを振り返った。通り過ぎてきた狭い路地は暗闇に沈んで見えない。得体の知れない恐ろしさに子どもを揺すり起こす。トウモロコシの葉が顔に触れると、子どもはだだをこねるように何度もうなり、また背中に顔を埋めた。私は手探りで中身の充実した熟れかけのトウモロコシをもぎ取って井戸の中に投げつけた。そうして、涸れた井戸からぱたぱたと飛んでいく羽音を待った。しばらくすると、井戸の中からどぼんと、弱く鈍い音が聞こえてきた。道は菜園を挟んで二手に分かれていたが、もはや私の記憶に残っているのは一角大門とナツメの木、そして、年老いた義父の従兄の妻だけだった。門の屋根の先に市街地の灯りが遠く見えてたから……。私は斜めに伸びる坂道を上っていった。

道はクモの巣みたいに複雑に絡み合っていた。行き止まりかと思うと、人が一人どうにか通れる道が隠れていた。私の方向感覚はとっくに麻痺している。何のあてもなく、道なりに歩くのみだ。黒い山の姿が低い屋根の上に迫っている。

上り坂が続いていた。森が近づき、虫の群れが耳元で風車のようにぐるぐる回る。

私はもう味のしない硬いガムを音を立てながら強く噛んだ。そして、時々子どもを呼んだが、眠っていて答えない。道の下の、板で囲った家の窓からテレビを囲んで見ている子どもたちの姿が見えた。私はふと、誰もいない家に鳴り響くラジオの音と洗濯ひもに吊るされたまま夜露と湿気に濡れているであろう子どもの服のことを思った。義父の従兄の妻の家に行く道はもちろん、今まで歩いてきた道も覚えていない。

私は、路地から森につながる茂みの上に座り込み、子どもを下ろした。遠くに見える市街地の灯りの、そのまた向こうの坂の上に、暗い空を鋭く切り裂く教会の十字架が見えた。そして、その下に二つの目のようにおぼろげな光をたたえた窓がこっちを向いていた。あの下の辺りにわが家があるはずだ。でもそれは、何の慰めにもならなかった。私は重なり合った暗闇に閉ざされて見えない子どもの寝顔を手で探る。喘ぎ喘ぎ上ってきた道は、尻尾を切って痕跡を消したトカゲのようにすばやく家々の間に隠れてしまった。代わりに、憐憫と憎悪と欲情と無関心に溶け込んでしまった愛情と過ぎ去った時間が、じめじめした空気の中で息づいていた。

この先のすべての日々がそんなものになるのだろう。

私の前に置かれた果てしない時間、まったく信じていないものを信じているふりをしながら幸せに暮らさなければならない退屈な日々が、喚声となって森を揺らした。私はふと、すでに死んだ人を思うように、子どもと夫を遠い目で見ている自分に恐怖を感じた。子どもの手首につながれた風船がふわっと浮かんで揺れる。私は急に恐ろしくなり、子どもの腕から風船を外した。それは、舞うようにゆらゆら飛んでいき、あっという間に闇に紛れて見えなくなった。

私はまた子どもを背負い、しっかりとひもをくくりつけた。

坂道を下りていくにつれて子どもはだんだん軽くなり、ふくらはぎに触れる雑草の音にも羽根のように軽くなった子どもを落としてしまうような気がして、私は何度も子どもの名を呼んだ。

空っぽの畑

腕が壁にぶつかってだらんと落ちたところで目が覚めた。たぶん私は、寝ぼけて何かをつかもうと虚空をかき回していたのだろう。隣を見るともぬけの殻だった。

「何時ですか？」

私は冷たくなったベッドの隣を軽くなでると慌てて聞いた。

始発列車が出る音からすると、四時を少し過ぎた頃だろう。昨夜の激しい雨の音はもう聞こえない。

板の間の照明が、ドアの上の方にはめられたガラス窓を通して部屋の中をほのかに照らしている。

行ったり来たりする足音が聞こえ、ガラス窓の向こうに夫の顔がちらついたかと思うと消える。すりガラスに映る彫りの深い夫の顔は、やたら大きく見えた。

部屋に広がる薄明かりの中で、子どもは適当に放り出されたような格好で眠っていた。明け方の空気は冷たいだろうと夏布団をきちんと掛け直してやり、片方の頬が変に膨らんだ状態でうつぶせに寝ている子どもの顔をまじまじと見つめた。

とりとめのない夢から、まるで背中を押されるように覚めたのはなぜだろう。彼は今日来るはずだ。それは、約束よりも確かな予感だった。彼は一度も私の住むこの小さな町に来たことがない。でも、私は時々、予感と期待に胸を躍らせながら夜を過ごし、朝を迎えた。包丁がかすめた跡ににじみ出る血からも、いつもより早く現れた、その年初めて見たチョウチョのぎこちない羽ばたきからも、木肌の中に隠れている薄緑色の木目を見た時も、春も終わろうというのに電線に引っかかったまま無残に引き裂かれていく、小正月に一人の貧しい少年が揚げたのであろう紙の凧を見た時も、彼は来るだろうという予感は一片のガラスのかけらみたいに輝きながら胸の奥深くで芽生えた。

がたがたと竿受けを組み立てるねじの金属音、そして、板の間から聞こえてくる慌ただしげな足音に耳を澄ませているうちに予感は確信に変わった。何度そんな確かな予感にはっとして目を覚ましたことか。

それにしても、こんなに切実に待っているにもかかわらず、不意に込み上げてくる違和感は何なのか。私は部屋の戸を開けて板の間に出た。

「どうして起きたんだ」

板の間にずらりと並べた竿を持って出かける準備をしていた夫が、少し戸惑ったような顔で振り返った。

「私も一緒に行くわ」

私はわざとあくびを嚙み殺しながら言った。

夫は、よく聞き取れなかったというように目をしばたたかせながら私を見上げた。一度も夫の釣りに同行したことがなかったからだろう。

「一緒に行くってば」

私は必要以上に強情に言い張ると、夫の答えを聞かずに部屋に入った。

夫が早朝に釣りに出かけるとは思ってもいなかった。三日間激しく降り注いでいた雨が昨日の午前中に上がったかと思ったら、午後になるとすぐにまた天気が崩れて夜通し雨風が続いていたからだ。

私は部屋の電気をつけて寝ている子どもの体を揺すった。子どもは煩わしそうに、ぐずぐず言いながら寝返りを打つ。それでも私は辛抱強く子どもの頬を軽く叩き、肩を揺すって起き上がらせた。パンツの上に小さなおちんちんがにょきっと立っているのを見た瞬間、やるせなさのようなものを感じて悲しくなった。

子どもは目を閉じたまま片腕を私の首に巻きつけ、言われるままにおしっこをした。

「大丈夫か？」

寝ぼけた子どもの、糠を詰めた人形のように重く垂れ下がった手足を無理矢理服に通していると、夫が部屋をのぞき込みながら言った。私にというよりも子どもに聞いたのであって、夫の視線は子どもに向けられていた。子どもは、夢を見ているようなぼんやりした目を眩しそうに瞬かせ、知らない部屋を見るように辺りを見回した。

板の間に出てからも、まるで方向指示器が壊れたロボットみたいに壁や家具の角にやたらとぶつかってふらつく子どもを、私はちょっと冷たい目で見守った。

夫は、手のひらほどの大きさに畳んだレインコートをかばんに入れ、傘も突っ込んでから、ひざまである長靴を履いた。

昨夜の雨で落ちた木の葉が運動靴の底にくっついた。辺りがかすかに明るくなりはじめていた。空は、まるで濃い色のペンキを塗られたかのように、非現実的なほど青かった。それはまるで、この先起こる悲劇的な事件や主人公の暗くて陰湿な情熱を暗示する舞台の背景のようだった。

朝の礼拝に行くのか、讃美歌の本を脇に抱えた端正な出で立ちの若い女性がうつむき加減で通り過ぎる。続いて、讃美歌の本と聖書が入っているに違いない網袋を持ったお婆さんが、腰を叩きながら路地の急な斜面を上ってきた。夫が歩くたびに長靴が、まるで水の中を歩いているような音を立てて路地に響き渡る。

予備軍［戦争や天災、その他の緊急事態に戦力として投入することを目的に一般市民を訓練して構成された組織］の軍服を着た男が二人、低い声でささやき、道を譲りながら通り過ぎる。突然、教会の鐘が鳴り、続いてわめき声を上げるように高い所で、低い所で教会の鐘が鳴りはじめた。

背中に負ぶわれた子どもは薄着のせいで寒気がするのか、私の背中にぴたっと体をくっつけて首に抱きついた。二、三歩先を歩いていた夫が、着ていた夏の上着を脱いで子どもの背中に掛けた。子どもはまた眠ったらしく、首に巻かれた腕の力がだらんと抜ける。

釣り道具入れを肩に掛けて魚籠を手に持った夫はずんずん先を行き、坂を下っていた。腰にぶら下げた折り畳み椅子が、一定の間隔で彼の太ももに当たって揺れる。ひざまである長靴がゲートルみたいに脛を締めつけていて、実際よりも背が高く見えた。

「朝一番にめがねをかけた人は乗せたくないって言うけど」

大通りでタクシーを止めようとする夫の隣にぴたっとくっついて立った私はにやりと笑う。

船着き場に到着する頃になると、空が白みはじめた。朝の澄んだ空気に濃い霧が立ち込めている。暑くなりそうだった。

私は船着き場の隣の店に入ってカステラとサイダーを買った。

「ここから見ると雨のすごさがよくわかる。キャンプしてた連中はさぞ驚いただろうな」

「中島《チュンド》はどれだけひどかったか……。水が浸かりはじめたから、みんなアオサギの群れみたいに木のてっぺんに止まって……」

「ヘリコプターが来て救出したけど、流された人もかなりいるようだ」

労働者風の男たちが焼酎を飲み、ゆで卵を食べながら川の方にあごをしゃくった。

船着き場では、三、四人が船を待っている。

「どこへ行かれるんですか？」

退屈そうに川を見下ろしていた夫がタバコをくわえ、そばにいた釣り道具入れを肩に掛けた中年の男に声をかけた。

「はて、金亭里《クムジョンニ》の方へ行こうかと思うんですが、水の流れが速くてあっちの方へは船が近づけないみたいです。ダムの水門を開けたとかで。金亭里まで行くには、船で新垈《シンデ》里《リ》まで行って山を越えなきゃならない状況らしい。どこへ行かれるんですか？」

「そうですね。こんなに水の流れが急だとどこへ行っても同じです。釣れないのは目に見えてますよ。だけど……」

夫は言葉を濁し、半分も吸っていないタバコを川に投げる。それにしても、あえてこんな日に釣りをしにきた意図は何だったのか。昨晩、夫は強く降る雨に板の間のガラス戸を閉め、遅くまで釣竿を手入れしていた。私は、湿気がこもるからガラス戸を閉めたのだとばかり思っていた。

「最初の船が出る時間はすっかり過ぎてるのに」

「水門を開けてから、船が下富里《ハブリ》に戻ってくるんだよ」

空のリヤカーにくり鉢を載せた女二人が、つま先立ちで川の向こうをうかがう。

「これじゃあ、船が出ないんじゃないのかい」

彼女たちも川の向こうに野菜や果物を買いにいくようだった。金亭里、新垈里、下富里は向こう岸の初めて行く所であるうえに、地元の人間でもない私には聞き慣れない地名だった。今日の釣りはそもそも予定外だったものの、船が出ないということが得体の知れない不安と焦りをかき立てた。

子どもは階段に座ってサイダーを飲み、カステラを食べた。土手を打つ水流の音が激しかった。川の水は茶色く濁り、土がむき出しになった荒れ地みたいに見える。

川の上流の方から船が現れた。姿はよく見えているのに、ほとんど動いていると思えないほどゆっくりとこちらに向かっている。

白菜やジャガイモ、スイカなどを載せたリヤカーと行商人たちが降りると、切符切りが機関室の前の札を掛け替えた。新坣里行き。

「山を越えていったら半日はかかるな」

隣の店でゆで卵を食べていた男がぶつぶつ言いながら私の後から船に乗った。行き先は金亭里のようだった。

客はほとんどいなかった。機関室の油のにおいに胸がむかむかする。

向かいに座った女たちが、生あくびを噛み殺して涙のにじんだ目尻を押さえた。少し離れて座っている夫は、茶色く濁った川に目を凝らしている。肌が荒れてひどい顔をしていた。自分の顔もきっとそうだろうと思った私は顔をさすり、視線の先の機関室の壁に貼られた救命胴衣と救命浮き輪の使用説明に目を留めた。何度も繰り返し読んで説明図を見たものの、タコの足みたいに長いひものどこをつかんでどこを締めれば深い水の中から浮き上がれるのか、速い水の流れに逆らって生き残ることができるのかわからなかった。しかも、いくら船の中を見回しても、救命胴衣と救命浮き輪と思われるものは見当たらなかった。

座席に座って川を見下ろしていた子どもが、船べりに弾け飛ぶ水しぶきをつかもうと手すりにつかまり、船の外にぐっと体を乗り出す。つま先が宙に浮くと、慌てて夫がふくらはぎをつかんで引っ張り下ろした。

「水没した地区だよ。昔は村があったらしいんだが、水に浸かったせいで、今は木ばかりになってしまった。しょっちゅう水に浸食されて、そのうちなくなってしまうだろうって言われてる」

船が避けて通る、川の真ん中ののっぺりした丘にあるポプラ林を夫が指差した。ポプラの葉を揺らす鳥の声がにぎやかだ。船は島をかすめるようにして通り過ぎた。川の流れに削られた土の断面に、ミミズのように生々しい木の根が露になっていた。

森を過ぎると、対岸で船を待っている人たちがぼんやり目に入ってきた。霧が立ち込め、風は吹いていない。船が新垈里に着くと、子どもはぴょんぴょん跳ねるように跳び降りた。

「どこへ行かれるんですか?」

船を降りてからも夫と並んで歩いていた中年の男が、山に沿って伸びた道の分岐点で立ち止まる。

「そうですね。子どももいますから、適当な場所に陣取りますよ。どうせ今日は釣れませんし」

夫は気まずそうに笑いながら頭をかいた。

「どこに行くの？」

私は小走りで夫を追いかけながら聞いた。

新道を挟んで右は山、左は田んぼと畑、そして川だった。きょろきょろしながら川の方を見渡していた夫があぜ道に入った。溝に引いた水の流れる音が足元で澄んだ音を響かせている。あぜ道が分かれる所で夫はしばらく迷っているようだったが、何も植えられていない畑を横切った。土がねばねばしていてやたらと靴の裏にくっつく。空っぽの畑はネギ畑で、その下は川だった。捨て置かれたのか、種を取るために置いてあるのか、太くて硬いネギが足元で倒れ、腐ってぐしゃぐしゃになっていた。

平らな場所を探していた夫が、敷物を取り出してネギ畑に広げる。まだ日が昇っていないので、コウライヤナギとドロノキのまばらな陰がどちらにできるかわからなかった。

子どもと私はままごと遊びをするかのように、靴を脱いで敷物の上に座った。そして、何をしていいかわからず、渡ってきた川の方にぼんやり目を向けた。白い霧が晴れ、擦り切れた絹地のように柔らかく流れている。そのせいで川の真ん中の島が余計に遠く感じられ、まるで蜃気楼のようだ。

川辺に下りた夫は、長靴で水草をかき分けながら竿受けを据えつけた。霧の中に染みわたるように、ほんのり赤い色が漂いはじめる。太陽が昇り、早朝の寒さが一気に緩んだ。

川の向こう側の私たちが住んでいる市は三つの嶺が連なり、チョクトゥリ［女性の礼装用の冠］みたいな形に見えた。その真ん中のいちばん大きな嶺に朝日が差している。市の外れの丘で帯状の物が動いた。汽車だった。ゆっくりと西に向かって走っていた汽車は、汽笛を鳴らしながらぼんやりと消えていった。黒い口を開けたトンネルが、フィルムの一コマのようにゆっくりと汽車を飲み込んでいく。汽車が再び姿を現すのは尾根を越えてからだろう。私は汽車が消えた後もしばらく、真っ暗なトンネルの中を見つめていた。この市に入ってくる始発の汽車だった。私は子どもが着ていた夫の上着を脱がせた。夫は撒き餌をこぶし大に丸めて濁った川の中に投げ、釣竿を並べている。浮きをつけた後、緊張しているのか、唇を舐めながら釣り針に餌をつけていた。

朝日が少しずつ広がって霧が晴れると、風が吹きはじめた。水面がうろこのように小さく波立っている。

浮きがしきりに斜めに傾き、夫はいらいらした手つきで釣竿を引き上げて餌をつけ直した。

ぽちゃん　ぽちゃん　いしをなげろ　ねえさんに　かくれて　いしをなげろ

［ユン・ソクチュン作詞／ホン・ナンパ作曲の童謡『ぽちゃんぽちゃん』より］

すでに退屈してきた子どもが小石を拾って川に投げながら歌を歌いはじめた。夫は振り向きもせず、手を振り回して子どもをたしなめる。それでも子どもは石を投げつづけ、習いたての歌を大声で歌った。父親を怖がる子ではなかった。

ながれよ　ひろがれ　とおく　とおく　ひろがれ

私は、子どもの行儀の悪さについて、しょっちゅう夫を非難した。ああできるのも今のうちさ。夫は決まり文句のようにそう言っていつも子どもをかばった。

川の下流に位置する軍用飛行場から離陸したヘリコプターが、けたたましいプロペラ音を立てながら頭をかすめるように低く飛んでいくと、子どもはわあっと歓声を上げ、万歳を叫んだ。ヘリコプターは市の北の方に消えていった。二本目の汽車が通り過ぎる。

「何時ですか?」

私は水辺の夫に首を伸ばして聞いた。夫の注意は完全に浮きに集中していて、まるで聞こえていないみたいだ。

太陽はほぼ完全に昇っていた。濁った川に深く差し込んだ日差しが、ぼんやりと細かい土の粒子を浮かび上がらせている。

三日間降り続いた雨だった。

彼は今頃、汽車に乗っているだろう。山は紫色の暗闇を脱ぎ捨て、明るい緑色の姿を現した。

ポプラ林の陰が水に映っていた。私は子どもと手をつないであぜ道を歩く。子どもが靴を脱いだ。裸足に伝わる土の感触が気持ちいいのか、飛び跳ねながら先を行く。その姿は、今にも転びそうなほど危なっかしかった。

あぜ道にはシロツメクサがたくさん咲いていた。子どもがそれをひと抱え摘んできて首飾りを作り、小さな指輪を作って指ごとにはめ、時計を作って両手首にはめ、大きく指を開きながら歌を歌う。シロツメクサの茎にはアブラムシがついていて、草なのかアブラムシなのかわからない青い汁が爪の間に挟まっていた。

「何時ですか？」

私は悲しみをこらえて子どもに聞いた。

「五時十分だよ」

子どもは腕を高く持ち上げながら自信満々に答える。五時十分。この子がいつも万事を押しのけてテレビの前に座り、集中して観ている超能力ロボットの漫画が始まる時刻だ。

アルミのコップと瓶を手に持った子どもが、木の枝で足元をかき分けながら緑のあぜ道の間に消えた。

風が吹き、倒れて再び立ち上がった稲穂の間で、子どもの黄色い帽子がひとりでに飛び回るかのようにゆらゆら揺れながら遠ざかっていく。

ずいぶん先まで進んだ子どもが不安そうに振り返った。母さんはここにいるわよ。私は手ぶりで子どもを安心させた。帽子のひさしが顔を覆っていて笑う口元だけが見えた。

私は稲穂の間にちらっちらっと現れる子どもの赤いシャツを目で追いながら、川辺に下りて夫のそばにしゃがみこむ。魚籠も水に浸けた網も空っぽのままだ。

「退屈だろう？」

「いいえ」

短く答え、探るような目で夫の手をじっと見る。

春も夏もずっと川を訪れて真っ黒に日焼けしたごつごつした指が、鋭い釣り針に慎重に餌をつけていた。

夫はいつから釣りに出かけるようになったのだったか。それほど前のことではないのに記憶があやふやだ。ある日、仕事から帰ってきた彼の手に釣道具一式があった。そして、いつの日からか私の心は、内密で切実な恋しさのせいで夫から離れていった。

私は、釣りを面白いと感じたことも、釣りについてきたこともなく、夫がこんなふうに座って一日を過ごしていたなんて想像もできなかった。夫にも、一人でいる時の私の姿はわからないだろう。

寝ぼけまなこに映る、暗闇の中の泥棒みたいに家を抜け出していく後ろ姿と、魚籠に入った水草の生臭くて滑らかな感触、何匹かの死んだ魚、死んだ魚の表皮を覆う粘っこい透明な膜、服に付いた泥や魚の血ぐらいしか、私が夫の釣りについて知っていることはなかった。泥汚れはなかなか取れなくて洗濯の時にいつも手こずった。

足元で水が跳ねて運動靴が濡れた。死んだ魚が膨らんだ浮き袋とまだ色鮮やかなえらをのぞかせながら濁った水の中から押し寄せ、夫がそれを足で押し戻す。

かなり日が高くなり、ポプラ林の陰が一段と短くなっていた。暑かった。

かんかん照りの日差しを受けながら座っている夫のこめかみから、汗のしずくがこぼれ落ちる。

「ぜんぜん釣れないわね」

「雨で増水してるからだよ。水の流れが速いとやっぱり釣れないな」

「場所を変えたらどう?」

「餌をたっぷり撒いたから、ちょっと待ってみるさ」

汽車が通り過ぎていった。

「何時ですか？」

私は夫の腕に手を載せて聞いた。

「十時半だ」

汽車は二十分遅れていた。その二十分が私には救いに思えた。彼は二十分の猶予を得たわけだ。少なくとも二十分ほどは、知らない道をきょろきょろしながらさまよわなくて済む猶予。開かれた窓から人々が顔をのぞかせていた。きっと車内では、扇風機が首を苦しそうに回していることだろう。その湿った風に当たったって一緒に喘ぎながら、彼はこちらを見ているだろうか。のんびりと釣り糸を垂れる私たちを見ているのだろうか。ああ、二十分、二時間、二日だってどうってことない。私はもう何年も彼を待っているのだから。

私はずっと彼を待ってきた。待ちわびる気持ちはとても切実で長い間抱きつづけてきたものだったから、むしろそれは生理的、根源的なものではないかと考えていた。

「あの子はどこへ行ったんだ」

夫が目で汽車を追いながら聞いた。

「カエルを捕まえに行ったわ」

夫はポケットからサングラスと帽子を取り出して身に着けた。帽子のあごひもを絞ると、首筋がしっかりと覆われる。

短い旅だったけれど、彼はしわくちゃの服と当惑した表情でそれなりに旅人らしさを醸し出しながら駅舎に入るだろう。

陽光が、静物のようにじっと座っている夫の周りをガラスコップみたいに透明に包んでいた。そのせいで夫は、まるで素っ裸でいるみたいに見える。

夫が座っている、背もたれのない小さな椅子のアルミ製の脚が半分以上土に埋もれていた。

ばさっぱさっと棒で草むらを叩く音が聞こえる。子どもが帰ってきたのだろうか。私が立ち上がるとつられて夫も立ち上がった。日差しがかんかんと金属音を立てるように照りつける。夫が草むらに向かって小用を足すと、中にいた虫たちが慌てて飛び出した。

私は水辺を離れ、何も植わっていない畑を通り過ぎてきょろきょろと子どもを捜した。

子どもの姿は見えなかった。畑の周りにスベリヒユが生えている。私はしゃがみ込んでそれを抜いた。柔らかい土や葉と違って根っこは不思議な力で地面の中で絡まっている。

私は土の中に手を突っ込んだまま、動物の内臓みたいに色鮮やかでしっかり絡まっている根を見つめる。温かくて柔らかい土が指の間に入り込んだ。

新道の方で耕運機が一台、騒がしい音を立てて通り過ぎる。

あぜ道に子どもが現れた。頬が赤く火照っている。私は転げ落ちるように子どもに駆け寄った。

「あの子たちが捕まえてくれたんだ」

子どもはカエルが入ったコップと小さな虫が何匹か入った瓶を見せてくれた。後ろには同い年ぐらいかいくつか上に見える男の子が三人立っている。私はありがとうとやさしく言ったが、その子たちは無表情な目をちらっと向けると小石を投げ、棒きれで草むらをかき分けながら私の前を避けていった。

子どもはほとんど太ももまで泥まみれで、ひざには長いひっかき傷があった。私はしゃがんで子どもに背中を差し出した。

子どもは、前を行く男の子たちを意識してか、しばらくは拒否するようなしぐさをしていたが、彼らが川辺に下りて姿が見えなくなると、大人しく負ぶさった。

瓶の中では虫がぱたぱたと羽を動かし、コップのカエルが不安そうに動く音が耳元で聞こえる。

私は敷物の上に子どもを寝かせた。子どもの目はとろんとしていた。

日差しがドロノキのまばらな葉の間からふり注ぎ、子どもはそれを手の甲で遮りながら顔をしかめる。

私は子どもの手から瓶とコップを取った。子どもは取られないように力を込めたが、すぐに手から力が抜けた。

私はポールに差した傘を力いっぱい土に埋め込んだ。光を遮るように傘を傾けると、子どもの体の上に長い陰ができた。

夫が跳び上がるように勢いよく立ち上がり、釣竿をつかんで引く。きらきら光るものが空を切ってぴちぴち跳ねた。

「何？」

私はわざと大げさに言って川辺に下りていった。

「大したことないよ。ハヤだ」

夫は騒ぐほどじゃないという口ぶりだったが、しっかり口の中に引っかかった針を外して網に入れた。

汽車が通り過ぎていく。

「何時ですか？」

私は聞いた。夫は答えなかった。餌をつけた釣竿をまるで狙いを定めるかのように投げて竿受けに載せた。緊張で額のしわが盛り上がる。きっと、サングラスの中のまぶたも痙攣しているだろう。

「駅に行ってたのか？」

タバコをくわえて火をつけた夫が、さりげなく聞いた。

「いいえ。あ、ああ、行ってたかもしれないわね」

私は、否定してから弁明するように付け足した。

「私が散歩好きなのを知ってるくせに。あらたまってどうしたの？」

「バスに乗って通り過ぎた時に、待合室から出てくる君を見た気がしてな」

それは昨日のことだろうか、おとといのことだろうか。一カ月前か一年前のことかもしれない。

浮きが小さく揺れたと思った瞬間、夫の腕が力強く頭の上に持ち上がり、きらめく物体が必死にのたうちながら放物線を描いて足元に落ちた。手のひらほどのフナだった。

その勢いで、水草の上にそっと止まっていたトンボが舞い上がる。水しぶきが上がり、油紙みたいな羽に一瞬、虹がかかったようだった。

釣り針は、のどの内側から頭を貫いて深く刺さっていた。

夫は身を刺さないように気をつけながら、ゆっくり時間をかけて銀色の鋭い針を抜き取った。

フナが一匹、白い腹を見せて流されていた。

水の圧力に耐えられず、それとも、強い水流に巻き込まれて死んだのだろうか。

網の中のハヤの動きが鈍くなった。

口から泡を吹いていた。夫はいつから釣りを始めたのだろう。私が彼を待つようになってから？　私は頭を振った。私はそんな感情の誇張と劇的な形や図式で説明できるあらゆるものを嫌悪した。

汽車が通り過ぎる。太陽はさらに高くなった。

ポプラ林が川面に落としていた影が消えた。

時々私は、夕刻の見知らぬ通りで泣いている子どもや顔に涙の跡が残っている男の子の手をつかんでぼんやり立っている、もう若くはない自分の姿を見ることがあった。

地面から湿った空気が立ち上ってきた。日よけの傘を立てても、子どもは汗を流して眠っている。

日差しがうっすらと髪の上にかかり、薄い髪の間から白い頭皮がのぞいていた。

「お腹は空いてないか」

夫が聞いた。

「いいえ」

私は頭を振り、傘を動かした。陰はもう子どもの額から鼻筋のところまで来ている。

私は中天に昇った太陽の位置を見定めて傘を真っすぐ立てた。明るい山に時折、濃緑の影が点々と映るのは流れる雲のせいだろう。

腐っていくネギの臭いが硫黄臭さを帯びて立ち上った。

脇と脛に汗が流れる。夫の藍色のTシャツの脇の下も濡れていた。

子どもが寝返りを打って目を覚ました。そして、しばらくきょとんとした顔つきで私を見つめる。

眠りから覚めて現実に戻ってくるまでのぼんやりした感覚から抜け出すと、目をしばたたかせて両手で虚空を手探りした。

子どもはコップと瓶の中をのぞき込んだ。日差しにさらされたコップの中は水分が減り、皮膚が乾燥したカエルがもがいていた。今にも割れそうなほど熱くなった瓶の中の虫たちは、もう羽ばたかなかった。

「そろそろおうちに帰してあげようか」

私は子どもの答えを待たずにカエルをコップから出し、草むらの中に投げた。子どもの顔がゆがんだ。

そうしてわっと泣き出すと、夫が子どもに声をかけた。木の葉で笛を作ってピーピー吹き、網を開いて動かなくなったハヤとかろうじて口をぱくぱくさせているフナを見せてやったが、子どもはしょんぼりしたままだ。

汽車が喘ぐように通り過ぎた。

「何時ですか？」

「もう二時過ぎだな」

ああ。私は、意味のわからないため息をもらし、合わせた手をねじった。

「暑いわ。もう帰りましょうよ。この子も疲れたみたいだし」

夫の目は、もはや浮きの動きに注目していなかった。私の話もほとんど聞いていないようだ。夫の目は厚いサングラスの中に隠され、もどかしさにねじれつづける私の手を見ていた。

彼は汗と埃にまみれ、単調で特徴のない通りを虚しくさまよっているだろう。滝のように汗が流れているのに、肌の下に冷たい風が入り込むようだった。

飛行機が怪鳥みたいに低く頭上を飛んだ。

船がぽつりぽつりと行き交いながら川を横切り、川の真ん中のポプラ林から白い鳥の群れが飛び立った。

夫は釣竿を片づける。私は黙って敷物を畳み、傘を閉じた。

「もう帰ろう」

私たちは来た時のように、空っぽの畑を横切る。朝歩いた夫と私の足跡が、ごわごわに乾いていく土の上に小さな亀裂を刻んで残っていた。白いマスクをつけて田んぼに農薬を撒いていた農家の老人が、畑を越えてくる私たちをじっと見つめている。噴霧器から吹き出される農薬の白い粒子が、生き生きした緑色の葉の上に液体となって流れ落ちた。

彼はもう、見知らぬ通りをうろつくのをやめて帰る準備をしているだろう。そして、夜になれば、もといた場所に帰って灯りのともった食卓に着くのだろう。

船着き場には人々が押し寄せ、むしろで覆われて堤防の敷石の上にきちんと横たえられた遺体を取り囲んでいた。

むしろの外に、泥のついた髪や足がにゅっと飛び出していた。川の流れが鈍く単調な音を立てながら岸をかすめていく。

好奇心と恐怖に駆られた子どもは人々の間に頭を突っ込み、後ずさろうか近づこうかとためらいながら遺体から目を離せずにいた。

夫は子どもの肩に手を置いて人だかりから一歩下がった。

「男だな。何歳ぐらいだろう」

「釣り人だって。町の人らしい」

溺死体の編み上げ靴を履いた片方の足はほとんど水浸しで、もう片方は裸足で青白く、少しむくんでいる。

溺死体は、日差しの下に奇妙な姿をさらして静かに横たわっていた。

私はいつも待っていた。夜更けの暗い空を見つめながら彗星が流れ落ちるのを、胸に流れ込むのを、現世では決して結ばれることのない慕情を抱いて彼を待ってきた。

「船を待ってるんです。署まで移送しなければなりませんから」

「炎天下で死体を運ぶのは大変だ」

「ああ、ほんとにやってられませんよ」

まだ若く見える警官が顔をそむけて唾を吐いた。

「人が死んだら死体になる。それだけのことだ」

少し離れた所から川の上流を見ていた年輩の警官が達観した口調で言った。

船が着き、降りた人たちが溺死体の周りをさらに取り囲む。若い警官が船に乗り込み、船底に紙のセメント袋を敷いた。水を吸った板切れのようにたわんだ溺死体は、三人の警官によってむしろごと船に載せられた。

その後も、人々は何かを見つけだそうとするかのように、じっと溺死体から目を離さなかった。

敷石に死体の跡がついた。しかし、すぐに水分は熱く熱された花崗岩に染み込んで水蒸気となり、その跡形は変化し、崩れ、消えていった。

彼は宇宙人のように消えていった。船はすでにポプラ林の向こうへと回っていた。

モーターボートの音に驚いた鳥の群れが、ポプラの葉を揺らして飛び上がる。

新堡里から乗客と荷物を載せた船は、なかなか来なかった。人々は、自分とは関係のない溺死体のせいでもう一便船を待たなければならなくなったことに不満を募らせた。

手持ち無沙汰になった子どもは、魚籠の中をのぞき込んだ。水草と死んでいく魚から漂う生臭い臭い。何匹かのフナとハヤは死んでいる。水のない所で跳ね回ったせいで落ちてしまったうろこが水草にくっついて虚しく光っていた。

子どもと頭を突き合わせて魚籠をのぞいていた夫が、小さくてうろこがたくさん落ちた二匹のハヤをつかみ上げて川に投げる。それは、一つの点となってゆっくり流れていき、やがて視界から消えた。

子どもは船着き場の堤防によじ登って遊んでいた。みすぼらしいほど細い足は泥まみれで、ひざの傷は血が固まってかさぶたができかけている。

夫はサングラスを外して目元を擦った。視線は真っすぐ子どもに向けられている。

私はそんな情景を冷ややかに見つめた。まるで動物が子を抱くような、感傷や意志とは無関係の本能的な愛情に胸が詰まりそうになりながらも、時々、不思議なぐらい子どもに対して冷たくなる自分に戸惑いを感じる。

子どもが私たちに背を向けるようになるにつれて私たちは子どものことで言い争い、絶望し、和解するようになるのだろうか。

私は子どもに近づいた。子どもの手首にはまだ、しおれたシロツメクサの花時計が巻かれていた。

「何時ですか？」

私は子どもの細い首に腕を巻きつけ、絶望的な気持ちで聞いた。

子どもは軽く私を押しのけ、手首を目の近くに持ち上げた。

「五時十分だよ」

別れの言葉

冷たい水に浸けてあったゆで卵をすくい上げ、冷蔵庫から出したマクワウリと一緒に網袋に入れて庭に下りようとしたジョンオクは、板の間のガラス戸にもたれてしばらく目をつむった。庭の手入れが行き届かず、草がぼうぼうに生えている芝生でシロツメクサなどの雑草を抜いている坊主頭の父を見た瞬間、庭を囲む柵がつっと遠ざかったかと思うと、父の背後で何か透明なものが動くのが見えたからだ。

目を開けると、それは一瞬のめまいのように消えた。

量感のある濃密な静寂の中で、レリーフのようにはっきり浮かび上がった父の姿が目についただけだ。

ビーム光線のように瞬く間に目の前を通り過ぎたそれは、形も質感も感じられない、ただ何かが動いたというこちらの感覚にすぎないが、ジョンオクはその時ふと、自分を突然この場に引きつけた衝動の実体を見たような気がした。

　何を見たのだろう。日差しを受けて立ち上る水蒸気の可視現象だろうか。庭で草取りをしている父ではなく、一瞬、どこか遠くへ行ってしまって忽然として現れた父の後ろに、見えない手、見えない力を見たのだろうか。

　ジョンオクは、錯覚を引き起こした小さな動きを見つけようと目を凝らして庭を見下ろした。しかし、よく見なければわからないほどのろのろとして無頓着な父の肘の動き以外には、木の葉をかすめるわずかな風すら感じられなかった。父はたったそれだけの動きでも疲れるのだろう。汗ではりついたカラムシ［イラクサ科の多年草。茎の皮から繊維が採れる］のチョッキの下の飛び出た肩甲骨が痩せ細って見える。

　時々予想もしない瞬間に、でも、何か馴染みのあるもののように襲ってくるこの感覚の正体は何なのだろう。

　昨日もそうだった。

　車の中で寝てしまった子どもを負ぶって門をくぐると、暗い板の間でテレビを観ていた母が飛び出してきてジョンオクの背中から子どもを下ろした。その時、ジョンオクは板の間の前に置かれた肘掛け椅子で身をすくめている人の姿に、それが父だとわかっていながらもなぜかどきっとし、肌を冷たくかすめていく馴染みのある唐突な感覚に戸惑った。

日が暮れてからずいぶん経つのに、父は少し身を乗り出して見頃を迎えたバラの香りのせいでいっそう暗く感じられる庭の隅っこを見つめている。

「灯りもつけないで……。それくらいにしたら。蚊に刺されますよ」

ジョンオクは肘掛け椅子の背もたれに手を当てて言った。

「蚊が多くて刺されっぱなしよ」

母は、ふくらはぎやら腕やらむき出しになっている肌をぴしゃり、ぴしゃりと手のひらで叩きつける。

蒸し暑い夜の空気は大量の花粉が舞うかのように濃密で甘ったるく、窒息しそうだった。

「寝てるんじゃないの？」

春から秋まで咲きつづける花の香りでむっとしている重苦しい暗闇を遠ざけようとす

るあまり、声が大きくなる。母がテレビに目を向けたまま首を振った。

片手をひざの上に載せて、暗闇の向こうの、決して見えない所に向かって信号を送るかのように丸の中に四角を、その中に三角を念入りに閉じ込めた意味のない図形を虚空に描きながら父は、さらに厚みを増していく暗闇の中に水のように溶け込んで静かに流れていくようだった。

子どもはナツメの木を揺らしてまだ熟れていない実を落としていた。頭上を見上げる顔が凧のように浮かんで見える。

突然、呼び鈴が激しく鳴った。柵のすき間から十分に中の様子をうかがうことができたはずなのに呼び鈴はせわしなく何度も鳴り、ジョンオクはサンダルをつっかけて慌てて飛び出した。

かんぬきを外した途端に門が強く内側に押され、赤黒い顔が二つ、ぐっと迫ってきた。彼らは門を閉められないように門柱に手をつき、全身で開いた空間を塞ぎながら、指が曲がって開かない手を突き出した。

ジョンオクはしばらく彼らをじっと見つめた。彼らは、ジョンオクの目の近くに手を持ち上げてみせるだけで、ひとことも口を開かない。

「それ以上、入ってこないでよ」

ジョンオクは、とても自分のものとは思えないたじろいだ声でそう言い、ポケットから銅銭を一つ取り出して手のひらの上に落とした。二人のうちの一人がジョンオクの顔をまじまじと見つめながら黙ってにっこり笑い、まばらなまつ毛に陽光が弾けた。

「誰だい」

中から母が聞いた。

「ムンドゥンイよ」

「帰ったら、門に水をかけて塩をまきなさい」

ジョンオクはムンドゥンイがもたれていた門柱にたらいの水をかけて洗い流し、粗塩をひと握り振りまいた。

子どもはナツメの木の根元を抱きかかえて一度揺すってから三、四歩下がり、実が落ちた辺りを探して拾ってはポケットに入れる。

垣根を這うバラの蔓の上に外を通りがかった人の手がすっと伸び、花が咲きこぼれる枝を折った。

「準備はできたかい？」

庭に下りたジョンオクは母をちらっと見ると、後ろを向いてにやっと笑った。母は、雲が散らばったような柄のピンクのワンピースにざっくり編んだ夏のかばんを合わせて精一杯おしゃれし、顔も化粧ですっかり華やかになっていたからだ。

「江華《カンファ》行きのバスに乗って、梧亭里《オジョンリ》を過ぎて……」

一度もこちらを振り向くことなく、ぼんやり雑草を見ていた父がつっかえながら言った。

「中に入っててくださいな。だんだん暑くなるでしょうから」

近づいて促すような身振りをするジョンオクを、父は早く行けという手つきで追い払う。

「お昼はテーブルの上に用意してあるから、忘れず食べてくださいね」

帰りが遅くなるとほのめかす言葉にも、父は黙って手を振った。

母は日傘を広げ、顔をしかめて太陽の位置を確認する。入念に染めた母の髪は青黒く光って一本の乱れもなく、かつらみたいにぴたっとしていた。

「物乞いなの？」

それまでも子どもは何度か、路地の家の呼び鈴を順番に鳴らしているムンドゥンイを見てジョンオクのスカートの裾をそっとつかんだことがあった。ジョンオクはこれといった意味もなく、実際自分もなぜそうしたのかわからないまま子どもの頭に手を置いた。そうだという答えとして受け取ったのか、怖がらなくていいという意味に受け取ったのか、子どもはそれ以上聞かずに先に走っていった。

バスは混んでいた。行楽客というよりも商売人と思われる女たちが乗客の大半なのを見ると、混んでいるのは休日のせいばかりではないようだった。すし詰めのバスの床に重ねて置かれたプラスチックのたらいからは磯の臭いが漂っている。女たちの服にも髪にもその臭いが強く染みついていた。ジョンオクはバスの始発停留所のある入り江を思い浮かべながら、朝からひと仕事終えて帰る人たちなのだなと思った。そこには西海《ソヘ》の小さな島へと出発する船が、カモメや蒼浪、金波といったロマンチックな名前を掲げ、油の臭いにまみれて停泊している。

周りを気にすることなく早口でぺちゃくちゃしゃべっている女たちの大きな声が耳障りだった。

ジョンオクは押し倒されないように踏ん張りながら、乗降口近くの席の背もたれをしっかりつかんで立っていた。子どもの頭は人の間に埋もれて見えない。スカートの裾をぎゅっと握っている小さな手の握力から、子どもがどれだけ必死につかまっているかを感じるだけだった。ジョンオクは、そんなにつかまなくても母さんは決してお前から離れないからと言って子どもの緊張を解いてやりたかった。

ジョンオクは時々、つらそうに体をねじりながら奥の方へと押されていく母親のつり革をぎゅっと握った手の甲と、やたら色が濃く粒が大きくて模造品みたいに見えるエメラルドの指輪を確認した。

「ほんとに母さんの？　母さんので合ってる？」

自分がつかんでいるスカートが母親のものなのかどうなのか、ふと不安になったのか、乗客の間から子どもが心配そうな顔をのぞかせた。つらそうに首を反らして上目遣いをすると額に細いしわが寄り、それが何だか大人っぽく見える。

ジョンオクの前に座っていた男が、ちらっと彼女の顔色をうかがってから子どもを引き寄せてひざの上に乗せた。子どもはたちまち警戒の表情を浮かべていやいやと頭を振り、ジョンオクの手をぎゅっと握る。子どもの天性の警戒心と、そんな反応を無視したデリカシーに欠ける心遣いの間にしばし気まずい緊張感が漂った。子どもの拒絶にあまりにも頑なで敵意に近いものがあったので、男は当惑したようだ。子どもの体に伸ばした手を引っ込めながら、ぎこちなく笑った。

ゆで卵、マクワウリ、飲料水の瓶などが入った網袋の重さに、背もたれをつかんだ腕がやたらと引っ張られる。

「検問所で降ろしてちょうだい」

ジョンオクは首を伸ばし、もう何度も車掌に言ったことを繰り返す。

「まだまだですよ」

バスの乗降口にもたれ、週刊誌を読みながらうとうとしていた車掌が顔も上げずに答えた。

バスは金浦《キムポ》平野を過ぎていた。人々の頭のすき間から、昨日降った雨に洗われたようにみずみずしくて青々とした稲が見えている。広々とした青いじゅうたんが目の前に迫ってくるように柔らかく揺らめいていたが、開いた窓からはアスファルトのコールタールが張りついたかのような熱風が入ってくる。

バスがしばらく停まり、乗ってきた登山服姿の青年三人が前を遮ると、ジョンオクはまた不安になった。

「検問所はまだなの？」

前を塞いだ青年の背中を、今すぐ降りるかのようにせっかちに押しのけて声を高めた。

「しつこいわね。ちゃんと聞こえてますってば。はあ、もう。次で降りてください」

車掌はやっと恨めしそうに顔を上げ、ひどくいら立った声で言った。その瞬間、ジョンオクは顔がぱっと熱くなったが何も言い返せず、何でああなのかしらという嘆きと非難を心の中で吐き出すことで、すっかり染みついてしまっている被害妄想を追い払おうとした。もちろんそれには、まだあどけなさの残る車掌のぶしつけな態度に対する怒り以外にも、その怒りをむき出しにする勇気のない自分に対する怒り、心の奥底でいつもくすぶっていながら一度も表に出したことがないために慢性的な被害妄想と化してしまった怒りが混ざっていることをよく知っていた。

「母さん、降りますよ」

ジョンオクは網袋のひもを肩に引き上げて子どもの手を握り、奥の方に向かって叫んだ。その声が自分の耳にもやたらと朗らかに響いた。

ジョンオクは、ずり上がった子どものシャツを引っぱってズボンの中に入れた。運動靴のひもはほどけ、家を出る前にはき替えさせた白い靴下は真っ黒になっていた。

「たぶん、あっちだよね?」

母が、初めて来たジョンオクに同意を求め、検問所を挟んで左側に伸びている未舗装道路を指差した。

未舗装道路の入り口にある商店の前には、土埃をかぶったマクワウリとトマトがみすぼらしく置かれている。

バスを降りる時から噴霧器で撒いたようにぼんやりと目の前を遮っている埃のせいで、ジョンオクは口を塞ぎながら適当にうなずいた。

どこもかしこも埃だらけだった。商店の屋根も、道端の野菜畑もうっすらと埃をかぶってただ静かなだけの情景は、刺すような強い日差しの下で不気味さを漂わせていて陰鬱に見えた。その非現実感は、その時もまだ体に染みついていたしつこい磯の臭いと、きちんと舗装された真っ黒なアスファルトの向こうで青々と揺れている稲穂のせいだったかもしれない。

だが、歩きはじめる前に感じた薄ぼんやりとした状態と、まったくのがらんどうみたいなうら寂しさは瞬間的なものにすぎなかった。

埃の中を進んでいくと、道の片側に黄土《おうど》を掘り返したまましばらく休んでいるブルドーザー、深く埋もれた石を掘り出す労働者たちのつるはしの刃から弾ける閃光、砂利を頭に載せて運ぶ女たちと遭遇した。舗装工事の真っ最中で、道は車一台がやっと通れるぐらいの幅だけ残して掘り返されていた。

道端の畑の脇を歩いたが、そこも大小さまざまの砂利だらけで足の裏が痛かった。

狭い道を乗用車がクラクションを鳴らし、埃をもうもうと立てながら列をなして通り過ぎた。少し開いたトランクから、クーラーボックスや敷物などが見え隠れしている。

ああ、休日なんだなという思いに、なぜか胸をえぐられた。

夏の帽子をかぶった少女が刺繡入りの布を掛けた後部座席の背もたれにあごを載せ、明るい笑顔を見せながら埃の中にゆっくりと消えていった。ああ、休日なんだな。ジョンオクは、その言葉が与えるかすかな悲しみの感覚を楽しむ。

子どもは、何歩も進まないうちに足を引きずってぐずつきはじめた。商店でアイスクリームを欲しそうにしていたのを見て見ないふりしたのが不満だったのだろう。駄々をこねる子どもをなだめているうちに、ジョンオクは母から少し遅れた。数歩先を歩いていた母は、しょっちゅうサンダルを脱いで土を払っている。耳が詰まるほどの砂利をぶちまける音やブルドーザーのエンジン音などお構いなしに少し傾けて差した母の白い日傘は、まるで遊園地の風船のように浮かんでいて場違いな感じがした。

後ろを振り返った子どもが目を丸くしたまま動かない。軍用トラックが列をなしてやってきたのだ。ジョンオクは子どもの手をしっかり握りしめ、慌てて畑に下りた。日差しが照りつける真っ昼間にライトをつけて走ってくる車両の行列を見た瞬間、どうしようもなく胸騒ぎがしたのだ。暗くもないのに点灯されたヘッドライトの奇異さや非情さのせいだろうか。

トラックの上の兵士たちは一様に無表情で、うつむいている。前を走っていた耕運機や乗用車が脇によけて道を譲った。

遠くから来たのか、黄土まみれの大きなタイヤが地響きを立てながら通り過ぎた。子どもは立ち止まったまま、その行列のものすごさに我を忘れたように口をぽかんと開けて見つめている。薄く土埃をかぶった髪の毛が眉毛にかかり、汗まみれの汚れた顔が哀れでみすぼらしく見えた。

ジョンオクはしゃがんで子どもを負ぶった。

「ちょっとは歩かせなさい。甘やかしすぎだよ」

立ち止まってこちらを見ていた母が顔をしかめる。

「まだまだですか?」

ジョンオクは、背中の子どもをよいしょと背負い直しながら聞いた。ここに来たのは二度目なのに慣れない様子で自信なさげに道の先をうかがっていた母が、子どものお尻を支えるジョンオクの手の網袋を代わりに持ってやる。

「この辺りに上がっていく道があるはずなんだけど……」

独りごちていた母が沿道の商店に入った。

店主の男が前方に真っ直ぐ伸びている道を指差す。

「百メートルほど行けば、左に脇道があるから」

ジョンオクは、アイスクリームを一つ買って子どもの手に持たせた。

「あと一時間は歩かないといけないね。道がこんなだから……」

落ち着かない口ぶりながらも、母は軽い足取りで先を行く。

暑かった。背中に負ぶった子どもの重みで腕はすぐに垂れ下がり、そのたびに子どもはべたべたする手で首に抱きついた。前髪が汗でもつれて視界を塞ぐ。足元が見えず、ジョンオクは何度もふらついてつんのめりそうになった。その間にも、軍用トラックは絶えることなく通り過ぎていく。

道の下の畑で赤ちゃんを負ぶった少女がトラックに向かって手を振っていた。空っぽの砂利袋を抱えた女がトラックの間をすり抜けて道を渡り、畑に下りていく。頭に巻いたタオルを外してさっとはたき、少女の背中から赤ちゃんを下ろして抱くと胸をはだけて乳首を含ませた。少女は草を摘んで乳を吸う赤ちゃんの目の前で揺らし、明るい声で笑った。揺れる草に合わせて首を動かしていた赤ちゃんは、乳を吸うのをやめて揺れる草をつかもうと手足をばたばたさせ、そのたびに少女はうれしそうに笑った。

母は、ハンカチを取り出して鼻と口を覆って歩いては振り返り、口いっぱいに溜まった唾を吐き出した。

蛇みたいに曲がりくねった道に絡みつくように果てしなく進むトラックの行列に続き、武装した兵士たちの行軍が始まった。深くかぶったヘルメットの下の顔は赤く火照り、カーキ色の軍服も汗染みができている。行軍前によく磨いて艶を出したのであろう階級章にも土埃が積もっていた。

一定の歩幅を保ちながら黙々と歩いていく錆び色の行軍を見ているうちに、胸の中に垂れ下がった不透明な幕がだんだん厚みを増し、むかむかするほど締めつけはじめた。

「部隊が移動するみたいね」

心の中の不安を消すために、ジョンオクは母に近づいて小声でささやいた。そうして返事を待たず、母は決して知っているはずがないとわかっていながら付け足した。

「きっと明け方に出てきたんでしょうね。どこから来たのかしら」

暗闇の中を夜通し太陽を追って飛びつづけ、夜明けの薄明かりの中にもぐりこむ大きな翼の鳥。毎朝、目覚める前にずしりと胸を踏みつけていく足跡。

黒い雲が太陽を隠しながら流れている。掘り返された黄土と錆び色の行軍と山の谷間、そして、もつれた雑木林を暗く濡らしながら流れていく。

「いい子だから、ちょっと歩こう」

背中にしがみついている子どもの体がじっとり汗ばみはじめると、ジョンオクは子どもを背中から下ろした。

絵本の中の兵隊ごっことはあまりにも違っていることに対する驚きと好奇心で大人しくなった子どもは、素直に背中から下りた。暑くて、冷凍庫から出した途端に溶けはじめたアイスクリームは粥のように垂れ、子どもの口と手はべたべたしている。ハンカチで口元を強く擦ると、顔をしかめて激しく首を振った。

「そんなにぐずぐずしてたら、日が暮れてしまうよ」

母が振り返って急かす。厚塗りしたおしろいの上に土埃がかぶさり、汗も流れて顔はまだらになっていた。

「さっきの店から二番目の脇道だって言ってたけど……」

母は、初めての道ではないのに思い出せないことをきまり悪く感じているようだ。ジョンオクは涙がにじむようなぼんやりした目で、近くのどこかにあるはずの左側の脇道を探してみたが、そんなことをする必要もなかった。

道の向こう側の畑に挟まれた脇道の入り口にある印刷店の看板を掲げた店の前に、「霊園入り口」と書かれた粗末な標識が立っていた。

ジョンオクは、店の庭にある井戸の前に子どもを立たせてポンプを押し、まだ子どもの手に握られていたアイスクリームの袋をゴミ箱に投げ入れて埃まみれの顔と足を洗った。

行軍は続いていた。帰りも行軍の最後尾辺りを見ることになるかもしれないとジョンオクは考える。単調な行軍はなかなか終わりそうになかった。

母は冷たい水に浸したハンカチで首筋を擦り、服の中にも手を入れて胸元の汗を拭き取っている。運動靴を履いたままの足に水をかけながらジョンオクは、顔を洗ったらもっと気持ちいいのに。水が冷たいわよと言いかけて口をつぐんだ。厚く、白くおしろいを塗った顔とカラスの羽みたいに真っ黒な髪、唇の輪郭をくっきり強調した濃い口紅のせいで、母の顔は死に化粧をしたみたいだった。母は死んだら、きっと朽ちることなくミイラとして残るだろう。ジョンオクは、ふと浮かんだつまらない考えにくすっと笑う。

お尻がぴちぴちのズボンに原色のジャケットを着てギターを持った若い男女が何人か通り過ぎた。

子どもがまたおんぶしてと駄々をこねはじめる。この暑いのにどうして、石の角に足をぶつけながら雑草と土埃しかない荒れた山道を小さな足で休みなしに歩かなければならないのか、理解できなかったことだろう。

「お祖母ちゃんがおんぶしてあげよう」

母が言ったが、子どもはなかなかジョンオクの背中から下りようとしない。恥ずかしそうな顔でじっと母を見つめていたかと思うと、そっぽを向いてしまった。

「変な子だよ。お祖母ちゃんの背中に棘でも刺さってるって言うのかね」

母が舌打ちしたが、子どもを叱るわけにもいかなかった。何度か会ったことがあるだけの祖母に懐く暇もなかったからだ。

ジョンオクは時計を見た。家を出てからすでに二時間が過ぎ、いつの間にか一時間も歩いている。

カーブを曲がるたびに、霊園はすぐにも現れそうなのになかなか見えてこなかった。

「ちょっと休もう」

母は、道端の木陰に座ってサンダルの土を払い、ハンカチで顔の汗を押さえた。かんかん照りだったので、日傘を差していても母の顔は赤くなっている。ジョンオクも、かっかと火照る肌がどんどん腫れ上がる感じがして顔をさすった。

木の幹は太く、濃い陰を作っている。その時もまだ続いていた軍隊の行列が目に入った。かなり遠くてかすんでいたけれど、目を少し見開けば、非常食と寝具と武器の詰まった背嚢を担いだ姿まではっきり見えるようだった。

夫は戦時のように去っていった。

「どこへ行くの?」

早朝、釣り用のかばんを肩に掛け、網とかごを持って家を出ようとしている夫にジョンオクは緊張した様子で聞いた。

「そうだな、魚が多い所に行かないとな」

「鍵はここに置いておくから」

ジョンオクは、門と玄関の鍵を門柱に取りつけた郵便受けにぽとんと入れてみせた。手を突っ込めば、外からでも簡単に取り出すことができる。

「……聞かれたらどこへ行ったって言えばいい？」

「ハヌルジェ、シンドゥルレ」

彼は暗号みたいに短く言うと、すぐにその答えをごまかすようにうっすら笑った。

「できるだけ野宿はしないでね。体に悪いわ」

悪いわ。最後の言葉を繰り返しながらジョンオクは苦笑いした。タバコは体に悪いから吸い過ぎに注意しましょう。糖分は歯に悪いです。誰もが口にしたことのある悪いという言葉、夜露は体に悪いという、その言葉が与える日常性、ありふれた暮らしの柔らかい感覚が何とも笑わせるではないかと思ったからだ。

安息霊園。その入り口は突然現れた。期待とは違ってあまりにも不意に現れたせいで、それがさっきから自分たちが目指していた場所だと気づくのに少し時間がかかった。

「さあ、着いた。ここだよ」

母がそう言わなければ、そのまま通り過ぎて歩きつづけていただろう。

アカシアの森が両側にある広い道で、霊園であることを知らせる標識は何もない。

ジョンオクは少し戸惑った。日常的で現世的な生の風景とはっきり区別する何らかの標識を頭に描いていたからかもしれない。そこは、彼女が通り過ぎた道の続きにある、のっぺりした山の中の一つの分岐点にすぎなかった。だとしたら、自分は亡者の世界をさまよう魂を見ようとしていたのか。これまで経験したことのない色、におい、形の静けさを感じようとしていたのか。

道は緩い上り坂だった。森の間に延びる道をかなり奥まで入っていくと、縦書きの「霊園事務所」の看板が掛けられた小さな木造の建物が現れた。その粗末な建物は二つに分かれていて、一方は霊園を訪ねてきた人たちにお香やろうそく、酒などを売る店で、もう一方は事務所として使われているようだ。事務所は電話が一台置かれたスチールの机、市や区の詳細図と間違えそうな壁に貼られた区画図のせいで、一見、不動産屋みたいな印象を与える。中では、ランニングシャツ姿や予備軍の軍服のボタンを全部外して胸をはだけた男たちが将棋をしていた。

「お邪魔します」

母がそっと中をのぞくと、彼らは一斉に顔を上げてドアの方を見つめた。じめじめしていた運動靴が乾き、足がむくんで窮屈な気がした。

「墓地の分譲は終わりましたよ」

彼らは将棋盤に目を戻しながら答えた。

母はかばんから墓地の契約書が入った黄色い封筒を取り出す。

「墓地を購入した者です」

やっとランニングシャツ姿の男がゆっくりと顔を上げ、ジョンオクたちを見つめた。

「一度来たことがあるんですが、ここの場所はわかりにくいですね」

母はジョンオクをちらっと見ると、男の目の前にぱっと契約書を広げて品よく笑って見せた。

「Dブロックの九－三なら、いちばん上ですね。この道に沿っていくと、右側の三つ目の脇道に階段があります」

予備軍の軍服を着た、少し若い男が言った。一音節吐き出すごとに、濃い眉毛がせわしなく動く。本人もどうしようもない癖みたいだ。

「特等地です。四坪の。主人と私の合同墓地なんですけどね」

母が付け加えた。

「ご主人を祭りに来られたんですか」

汗で湿ったランニングシャツを着た年配の男が、母とジョンオクの身なりをじっと見ながら突然丁寧に聞いた。

「いいえ。娘が来たものですから、お墓の場所を教えておこうと思って。地方に住んでいて、めったに来られないんですよ」

母はジョンオクを見ながら、もう一度恥ずかしそうに笑った。ジョンオクは、事務所の前の庭にあるポンプにぶら下がって遊んでいる子どもに目を向ける。

「ご不幸があったら、すぐに連絡をください。あらかじめ穴を掘っておきますから。人の手配がなかなか難しいんですよ。だけど、しょうがないですよね。すべてうちの事務所で斡旋して差し上げることになってるんですから」

「ええ。墓地を買った時、確かにそういう条件でした。もちろん、墓地の管理もきちんとしていただけるんでしょう？　それも私たちが永代管理費を出す条件でしたよね」

「だいぶ上の方にありますけど、特等地を選んで正解ですよ。目の前が開けた、眺めのいい場所の方がいいじゃないですか。死んでも生きてても、上から見下ろす立場でなきゃ……」

「だから特等地なんでしょう。値段がどれだけ違うことか。無駄に高いお金は払ってませんよ」

母は墓地に関する話ならいくらでもしていたいようだった。男が将棋盤に向き直ると、母は残念そうな表情で契約書を畳み、かばんにしまって事務所を出た。

ジョンオクは突然、あ、と低い声をもらして目をつむった。尾根の方を振り返ると、山を覆い尽くした土饅頭［土を小高く盛り上げた墓］が石けんの泡みたいにぽこぽこわき上がっている光景が目に飛び込んできたのだ。近づくにつれてそれは、無秩序な様相を帯びていった。階段式に造成されたとはいえ、墓と碑石の形が不揃いなうえに雑草が伸びていた。
大部分の墓には雑草が生い茂り、その鬱蒼とした草むらの中に事務所が提供すること
を契約書に明記しているという小さな花崗岩の墓碑が隠れていた。
墓地は地面に埋め込んだコンクリートブロックによって通路と分けられていたが、ブ
ロックの大部分が抜けていたり、割れて角が丸くなって通路に墓の土が流れ出ていた。
この夏の雨のせいだろう。
「ああ、何ていい加減なんだ。まったく手入れしてないじゃない。管理費はきっちり受
け取ってるくせに」
母は事務所の男たちの前とは違い、荒っぽく吐き捨てた。
手の甲の水いぼみたいにぽこぽこ盛り上がっている土饅頭の形とその静けさに本能的
な恐怖と拒否感を感じたのか、子どもは少し怯えた顔で黙っている。
男が教えてくれたとおり、三番目のブロックに上っていく道には階段があったが、ほ
とんど土に埋もれていて歩いた跡が道になった急な坂道と何ら変わりなかった。
日差しは強かった。子どもがまた汗をかきはじめる。野良犬が一匹、短い影をリズム

よく刻みながら、白く太陽が弾ける道を横切っていく。

「どこへ行くの？」

子どもは、さも疑うような目でジョンオクを見つめながら聞いた。そうね……。ジョンオクは困り果てた。子どもはまだ、人は死ぬのだということを、だから慣れ親しんだものから離れ、去らなければならない時が来るのだという事実を理解できないだろう。

「どうして、長いこと帰ってこなかったんだい」

母が不意に聞いた。昨夜遅く家に着いた時も、眠っている子どもを母の手に渡しながら同じことを聞かれたのを思い出したが、何と答えたのか記憶になかった。なかなか家を空けられなくてと言ったのか、ちょっと忙しくてと言ったのか。李《イ》さんも休みだろうに、どこへ行ったんだいという質問へと進まなかったということは、後者だったような気もする。

「ちょっと忙しくて」

ジョンオクは眉間にしわを寄せて答えた。すると誰もいないP市の家、空っぽの郵便受けと二つの小さな鍵が頭に浮かび、庭の片隅に置かれた子どもの三輪車も脳裏をかすめた。

ジョンオクは、来るかどうかもわからない短い便りを待っていたからだと、信じられないうわさの一つにでもすがりたい気持ちを説明することができなかった。

外出するたびに感じるいつもの不安とは違う切迫感に目の前が暗くなった。

誰もいない家で鳴っているであろう電話の音、そして、固く沈黙する受話器の中に隠れている声。

「李先生はいらっしゃいますか」

「留守ですが」

「どちらへお出かけですか」

声は丁重で、いら立っている様子もなく、粘り強く夫のことを聞いてきた。電話線の向こうの存在は誰なのか、想像する余地をまったく与えず、ただこちらのことが聞きたいだけだというような親しげな声。それは霧の中に隠れていて決して自身の正体を明かすことはなかった。しかし、必ず聞き出してやるという鋭い職業意識を本能的に感じ取ったジョンオクは、うろたえるしかなかった。

「李先生はいらっしゃいますか」

「棋院に出かけました」

「どちらの棋院ですか」

「希望棋院に行くと言っていましたが」

「ひょっとして、誰と約束していたかご存じですか」

「さあ、外でのことは何も話しませんから……」

夫が家を空けることはめったになかった。それなのに、電話に出ることを頑なに拒んだ。

「李先生はまたお出かけですか？　まるでかくれんぼをしているみたいですね」

洒落っ気すら感じられる軽い口調だったが、姿の見えない声は執拗に夫の痕跡を、もしかすると夫が残していったかもしれない手がかりを探ろうとしてきた。

「散髪に行っていますが」

「家の近くですか」

「ええ、青春理髪店に……」

「いい名前ですね。ははは」

その日実際に散髪してきた夫は、ついに電話線をはさみで切ってしまった。彼が家を出た後になってようやく、ジョンオクは修理工を呼んで切れた線をつないだ。

「もしかして、泥棒にでも入られたんですか」

修理工は鋭利な刃物でためらうことなく切られた電話線の断面をまじまじと見ながら冗談めかして言う。電話線をつなぐと、切断された線の中に隠れていたあの声が聞こえてきた。

「李先生はいらっしゃいますか」

「釣りに出かけましたけど」

「ほう、釣りですか」

「前からよく行ってますよ」

釣りは、あらためて言うまでもなく、だいぶ前からの習慣であることを強調しようとしてジョンオクの声が大きくなった。

「誰とご一緒ですか」

「さあ、一人で行くこともありますし、何人かと一緒に行くこともありますから」

「どこに行かれたんですか」

「シンドゥルレって言ったかしら。ハヌルジェからだいぶ入ったところだって聞きましたけど」

「たくさん釣ってこられたら、魚の辛味スープでも作ってくださいね。食べに行きますから。ははは」

豪快な笑い声だった。確かに電話が切れる音が聞こえたのに、しばらくの間、受話器の穴の一つひとつから、ははは笑い声が弾けていた。それはまるで、愉快でたまらないというように体を揺すり、切れ切れに響く自身の鋭い笑い声に耳を傾けながら笑っているようだった。

その笑い声を聞いているうちに、いつも鮮明に思い浮かんでいた夫の出ていく姿が次第にぼやけ、崩れていく。その絶望感にジョンオクは、どこにいるの？　と何度も繰り返しては、誰もいない家を虚しくさまよう自分の声を聞いた。

夫はどこへ行ったのだろう。

「彼らが俺を捜す理由はない」

夫はそう言っていた。

狭い通路に流れ出した黄土が足指の間に入り込む。

いわゆる「特等地」はその狭くて急な道のてっぺんにあった。通し番号が表示されているわけでもなく、ジョンオクはあまり当てにならない母の記憶に頼るしかなかった。

ジョンオクはまた子どもを負ぶった。道は二人並んで歩くのには狭かった。土地だけ整備してあった分譲当時と墓が並んでいる今の光景があまりにも違っていたために、母が記憶に混乱を来しているのがありありと見て取れた。

契約書の図面を取り出して出発した地点までさかのぼり、一つひとつ図面の番号と見比べはじめた。そうするうちにも、母は何度も片足立ちしてサンダルの土を払い、舌打ちした。墓を準備したことに安心したものの、そこが夫婦の合葬墓であるという事実に物足りなさを感じていたようだ。

墓地は北向きだった。冬に不幸があった場合は家の庭に仮の墓を置き、暖かくなってからあらためて葬儀を行って山に埋葬するらしい。

「ここを上がるには、遺体を立てていかないとだめだね」

砂交じりの黄土に滑りそうになった母が、ぼうぼうに伸びた雑草をつかんで息を切らしながら這い上っていく。ジョンオクがしばし息を整えようと立ち止まって振り返ると、上ってきた道が果てしなく遠く見えた。谷間を挟んだ隣の尾根の遙か下の方で墓の土が掘り返され、七、八人はいると思われる作業員たちが穴を掘っていた。どうやら埋葬するらしい。

明け方になると夫は山に登った。いつ抜け出したのか、暁の夢の中でがたんと門を閉める音を聞くたびにジョンオクは、もう二度と会えないのだろうという押し迫った気持ちに囚われた。絶望的に崩れ落ちる感覚を拭おうと、彼女は夢の中でも、これは夢だ、すぐに夜が明けて夢から覚めれば、彼は帰ってきているだろう。水道のところで何もなかったかのように歯を磨いているだろう。そう自分をなだめた。眠りは浅く、夢は目まぐるしかった。ジョンオクは、いつか夫の後をついていってみようと思っていた。だが、一度も実行に移したことはない。彼女が自分に言い聞かせたように、決して早朝の夢のせいだけではなかった。一日中、昼寝や囲碁、夜の睡眠のための小さな労働——不器用な手で水漏れする雨樋を直したり、子どもの三輪車を押してやったり——で時間を過ごすしかない夫にとって、明け方は唯一、彼自身の時間であり、誰も侵害することはできないという思いが働いていたからだろう。それは、いわゆる健康のための朝の散歩ではなく、ある意味、儀式みたいなものだったので、ジョンオクは目を覚ました気配を見せることすら控えていたのだ。

ひんやりした空気と共に夫が帰ってくる頃になると、寝ぼけまなこを擦り、蹴飛ばされた子どもの布団を掛け直してやってから米を研いでご飯を炊いた。

「もっと寝ていればいいのに」

朝早く家の前の路地を掃いてきた働き者の家長に対するように、彼女はいつもどおりに言った。そうして背中を向け、夫には聞こえない小さな声でつぶやいた。私は何も知りませんよ。何も知らない女なんです。それを不幸だと思ったことはないわ。雨が降った後、柔らかくて暖かい地面に花の種を播き、やがて芽が出て花が咲く姿に驚いて喜ぶ女よ。欲を出さなければ、その日その日をほかの人たちみたいに、平凡に生きていける。未来もあるし、子どももいるじゃないのと。すると、夫はこう答えるだろう。君は花の種でも播きながら生きていこうと言うけれど、花の種を播くのは、花を見たいという期待と夢があるからなんだよ。

　ジョンオクが未来と呼ぶ、自分が死んだ後の時間と空間について考えるのは、それが子どもが生きていく世界だから、そこに血を分けたわが子を残していくからだ。

「前はただの山だったけど、今はこうして人がたくさん来るから……」

　ひと息つきながら墓地と図面を交互に眺めていた母が、あ、ここだと叫びながら手招きをした。

　コンクリートブロックで分けられた真四角の空間は、思ったより狭かった。九－三ブロックのうち空いているのはそこだけで周囲にはすべて土饅頭が作られていて、ぽこんとへこんでいるみたいだから余計に狭く見えるのかもしれない。真横には、作ったばかりと思われる、芝がまだらに生えた土饅頭があった。三虞祭《サムジェ》「葬式の三日後に家族だけで行われる祭祀」をしたのだろうか。しおれた花束や墨字がにじんだ紙、食べ物の残りがはみ出して見える新聞紙の包みなどが焼酎瓶、紙コップなどと一緒に一カ所に集められていた。急に雨が降りだしたせいで、慌てて下山したようだ。夏のにわか雨は珍しくない。

ちょっと狭いんじゃない？　こんな所に二人を合葬できるだろうかと首を捻っているジョンオクの様子に気づき、母は少しきまり悪そうな顔で言い訳するように言う。

「これでも合葬だから広い方なんだよ。見てごらん。一人用と比べたら、ずいぶん違うだろう？」

平らな墓地は雑草だらけだった。いつか、かちかちになった地面を盛り上げるほど繁殖した雑草の硬い根を掘り返し、そこに丸い大きな土饅頭が新しく作られた日の様子は想像できなかった。

子どもは、子ども特有の驚くべき親和力で墓地に馴染んでいる。ジョンオクは好奇心旺盛な子どもに、自分たちが侵入してきた別の世界について説明しなければならない状況から解放されたことにほっとしていた。「ここはどこ？」、「死んだ人が埋められている所だよ」、「死んだ人？　死ぬって何？」。ああ、本当に死ぬってどういうことだろう。ある時代に同じ事件を経験した人、いつかどこかの路地ですれ違っていたかもしれない、軽く目が合ったかもしれない人たち。朝になると起き、夜になると寝て、暖かい日差しや冷たい風、雪や雨を共に経験した人たち。彼らの人生のある瞬間に自分が生まれ、そして、自分の人生のある瞬間に彼らは慎ましやかにこの世を去っていく。一つの時代を分かち合ったというすばらしい偶然にもかかわらず、彼らの死に対する予感や兆しをわずかながらでも感じ取ったことはあっただろうか。

遙か遠くの眼下に市街地が見えた。かなり距離があるせいで、晴れているのにぼんやりとかすんで見え、色調整に失敗した印画紙みたいな印象を与える。

突然風が吹いてきた。額をかすめる一服の涼にジョンオクは、風が運んできた都市のおぼろげな残像を見た。

風に乗って何かの音が耳元をかすめ、消えたかと思うとまた聞こえてくる。続いて、銅鑼《どら》の音や小さな太鼓の音が聞こえた。耳元をかすめていったのは、その二つが合わさったような、どうかすると瞬きする間に逃してしまいそうな遠く、かすかな音だったかもしれない。

風が通り過ぎると音は消え、都市は遠ざかっていった。日差しがいっそう強く感じられる。

「陰があったらよかったのにねえ」

新聞紙を広げて座った母が、アリでも這い上がってくるのか、ふくらはぎを叩きながら言った。だが、山をごっそり削って作った墓地に鬱蒼とした森や根の張った大木があるはずもない。

太陽は中天に昇っていた。影は足元に短く押しつぶされ、三人の体を隠すものは何一つなく、強い日差しにさらされた。

網袋からじとっと水分がにじみ出た。水が漏れるものはないはずだけどと言いながら、ジョンオクはサイダーやマクワウリなどを取り出して草むらの上に置く。白いタオルの上に食べ物を並べると、あっという間に野外パーティーの楽しい食卓みたいになった。

これだったのかな。ジョンオクは心の中でつぶやく。朝ご飯を食べながら母がさりげなく、お墓に行ってみる？　と言った時、こんな暑い日に子どもを連れて出かけるなんてとんでもないと思いながらすんなりうなずいたのは、死者の絶対的な平和と孤独を垣間見ることができるかもしれないという幻想のためだったのかもしれない。

サイダー瓶の栓を抜くと、閉じ込められていた炭酸ガスが小さな気泡になって噴き上がってきた。ただその音が聞こえるだけで、死んだような静寂に包まれていた。

ジョンオクは瓶の口からあふれる泡を少し地面に振りかけてコスレ［屋外で何かを食べる際、食べ物などを鬼神に捧げて呪文を唱える民間信仰の風習］をした後、サイダーをひと口飲んで子どもに渡した。

「陰があったらいいのに」

母は、ただそう言ってみただけだった。斜めに立てかけた日傘以外に陰を作ってくれるものは何もない。

「こっちに来て座りなさい」

母が子どもに日傘の陰を指差した。子どもの顔もトマト色に火照っている。子どもはサイダーをひと口飲むと、かーっとのどを鳴らした。

「まあまあ、大人になったらどんな酒飲みになるんだか。お前の父さんがそうやってるのかい？」

母とジョンオクが大きな声で笑うと子どもは期待していた反応に満足し、もう一度大きく、かーっと言った。

「合葬だからか、とても広く感じるわ。場所もいいし」

自分なりに母を満足させようという気持ちで、ジョンオクは心にもないことを言った。母が管理事務所の男たちにまで、特等地で合葬であることを強調していた心情を察したからだ。

「広いもんか。二人入るには狭いよ。土饅頭は一つでも埋める場所はそれぞれ掘るわけだから、二人分の幅が必要なんだけどね」

母がやれやれというように頭を振った。さっき言ってたこととは全然違っている。

「合葬する時は、土を盛る前にお互いが行き来できるように真ん中に穴を開けるんだぞうだよ。お前のお祖父さん、お祖母さんの時もそうだったんだけど、移葬する時に見てみたら、その穴が滑らかになって道ができてた。きっと、二人がしょっちゅう行き来してたんだね」

母が少し顔を赤らめながら大声で笑った。合葬すると来世でも結ばれるということを母は疑っていない。

少女時代、ジョンオクの友だちの間で密かに流行っていた遊びがある。民話にでも出てきそうな話から始まった遊びだった。月のない夜、額の上に銀粧刀《ウンジャンド》［朝鮮時代の女性の装身具の一つである銀の懐刀。護身用でもあった」を当てて丸い鏡をのぞくと、未来の夫の顔が現れるという。恐怖と低俗なのぞき見趣味に対する軽蔑の念もあったけれど、将来の伴侶を見たいという好奇心と誘惑は逆らいがたいものだった。鏡にはもちろん、誰の顔も現れなかった。

でも、ジョンオクはずいぶん長いことその遊びを続けた。灯りを消した部屋で、暗い鏡をのぞき込みながら見たいと切実に願ったのは、未来の夫の顔だった。

結婚式が終わり、これで俺たちは夫婦だと夫が言った瞬間にそれまでのよそよそしさは消え、前世から共に歩いてきたようによく知っている顔が近づいてきた。

ジョンオクはその時、漠然とこの結婚は失敗だという思いに囚われていたにもかかわらず、忠実な随行者としての恭順と貞節を誓って彼の手をつかんだ。ええ、そうね。そうして初めて、月のない夜に鏡の中の顔を見た。

彼は、照りつける日差しの中、土埃の舞う道を歩いていた。太陽が熱く胸の中の火となって燃える。そもそも渇望には慣れていないし、そんな渇望から解放された記憶もない。口の中いっぱいに広がる熱気をすすぎ、火のついたような足を浸したくて、どこかで流れているであろう冷たい水を求めて徒《いたず》らに辺りを見回す。

彼は歩く。人気のない道。稲が青々と伸び、まだ残っている水分を日にさらして乾かしながら穂を出す音、まだ熟れていない実が熟していく音。

貯水池はどの辺りだろうか。肩ひもで掛けた釣竿の重さはなかなか手ごわかった。新調した肩ひもはまだ使い慣れず、汗のにじむ肩先に強く食い込んでひりひりした。宿の娘は確かに、二里ほど行けば貯水池があると言った。そうして彼の新しい釣り道具一式をちらっと見た。彼女の顔から怪しんでいる気配を読み取ったが、それは、気のせいだったかもしれない。

部屋の奥深くに届く日差しに目が覚めたのは、ほぼ十時になってからだった。彼は目を開けると、体を起こす前に習慣的に外の様子をうかがう。誰かが思いきりボリュームを上げてラジオの連続ドラマを聞いている以外、外は静かだった。

部屋の戸を開けると、尻を上げて長い板の間の雑巾がけをしていた娘が彼を見て笑った。昨夕、この宿に入った時に食事を運んできた娘だ。

「朝ご飯をお持ちしましょうか」

彼は首を横に振った。歯ブラシをくわえて庭に下りると娘がついてきて、昨夕のようにたらいいっぱいに水をためてくれる。

「今日、発たれるんですか」

「ここはどこだい」

彼は娘のまん丸い頰を見ながら聞き返した。変だった。家を出て以来彼は自分が通過する所、向かっている所の地名に対する関心をなくしていた。どこだって同じだと思ったのだろうか。かと思うと、初めて泊まる宿の狭くてむさくるしい部屋で目を覚ますたびに、ここはどこだったかと記憶を手繰り寄せ、もどかしそうに頭を振った。

「ジンネ村ですよ」

娘がじっと彼を見つめる。

「釣りができそうな所はあるかな」

いったい、どこから来た何者なのだろうと、探るような疑いの表情を浮かべた娘の顔を見ながら彼は言い直した。

「二里ほど行けば貯水池があって、とても大きな魚がたくさんいます。池に落ちて死ぬ人が多いから、魚が集まってくるらしいですよ」

娘は表情を和らげ、身震いしながら笑った。その時、道の向かいの劇場の屋根にぶら下げられたスピーカーから映画を宣伝する騒々しい声が聞こえてきた。繰り返される上映予告を聞きながら、彼はふとその娘を連れて映画館に行ってもいいと思った。一人よりも同伴者がいる方が、群衆の中に混じっている方が安全に身を隠せると知っていたからだ。……先生の言う夢というのは、どんな意味なのか。寝る時に見る夢のことじゃないはずだ。ああ、難しい。あなたの講義を聞いているんじゃないんです。私たちが理解できるやさしい言葉で言ってくださいよ。彼らは突然、口調を変えて彼の肩を叩き、大声で笑った。だが、目は笑っていなかった。彼はびくっと肩を震わせ、肩の上の手を払いのけた。しかし、鉄の輪で腕の付け根を縛られているような感じがして、裂くように締めつけてくる無慈悲な握力を跳ね飛ばすことはできなかった。

「映画でも観に行くか」

「お客さんについていったら、女将さんに怒られます」

娘は澄まし顔で答えると、ラジオのボリュームをさらに上げる。

一時間ほど待つとようやく映画が始まった。自動車の疾走、衝突、火の塊になって海に落ちる乗用車、画面いっぱいにクローズアップされた、仮面をかぶったみたいに白くおしろいを塗った日本の任侠映画の俳優たち。そんないくつかの場面が思い出されるのは、ずっとほかのことを考えていた証拠だ。それでも彼は、映画を観ながら少し泣いたことを思い出した。なぜ泣いたのだろう。

映画が終わり、劇場内に灯りがつく前に彼は劇場の時計を見た。「禁煙」「脱帽」と赤いアクリル絵の具で書かれた文字の横の時計が二時を示している。外はまだまだ暑いだろうと思った彼は、もう少し座っていることにした。朝から何も食べていないせいで胃が痛み、二度目の上映が始まる前に売店でパンとヨーグルトを買った。パンからはきつい防腐剤のにおいがした。二度目の上映でも彼は少し泣いた。そして、一度目も同じ場面で泣いたことを思い出した。色とりどりの紙片が吹雪のように舞い、五色の風船が空いっぱいに浮かんだ。龍の頭の飾りを施した提灯を手に、すげ笠をかぶった人たちがげらげら笑い、狂ったように声を上げた。物干し台に汚い服が掛けられた貧民街を人々に押されないように臨月の妊婦が必死に歩いている場面で、彼は突然目の前がかすんできたのだ。

古いスクリーンは霧がかかったようにぼやけ、字幕は一文字も読めなかった。どこかの片隅で子どもが泣き叫び、その声は暗い劇場の中を揺さぶるように響きわたった。

彼は途中で劇場を出た。外はまだ明るかった。日差しを避けて歩きながら、彼は頭の中の霧を、その非現実感を振り払うように何度も頭を振った。すげ笠をかぶり狂ったように踊っていた黒い服や白い服の人たち、みすぼらしく疲れ切った臨月の妊婦、泣いている子ども、それは昨日のことだったのか、少し前のことだったのか、それとも、明日のことなのか。昨日と一昨日と、そのまたずっと前の、自分の体を借りて通り過ぎていった一人の生の記憶と区別できない道を歩きながら、彼はようやく自分がなぜ泣いたのかがわかる気がした。息子のせいだった。彼が希求する平和な人生、息子が生きることを願う、しかし、息子もまた失敗してしまうであろう人生、それでも人々が生きていく姿のどうしようもない美しさのせいだった。

母は二つ目のマクワウリをむいている。どこからかカササギが飛んできた。陽光と静寂だけで満たされた空間を飛ぶ黒い物体の動きに母は手を止め、ジョンオクは反射的に子どもの方を見つめた。退屈そうに座って空き瓶にぶーぶーと息を吹き込んでいた子どもは、瓶を置いて目を丸くする。

正面の尾根の向こうからは、相変わらず鉦の音や法螺貝《ほらがい》の音が時々風に乗って聞こえてくる。あまりにも遠くかすかな音で、もしかすると空耳なのかと思えるほどだ。しばらく目を凝らしてカササギを追いかけていた母は、またマクワウリをむきはじめた。

子どもが立ち上がってカササギにそっと近づく。カササギは意外な来訪者に対する敵意を隠さなかった。青黒くて光沢のある長くて硬い羽根と白い腹。どこかあざ笑うような黒く艶やかな目で子どもをじっとにらんだ。

敵意を感じた子どもの目が緊張する。ぐっと拳を握り、子どもらしい狡猾さを発揮して親しげな笑みを浮かべながら足音を忍ばせて近づいた。すると、カササギは翼を羽ばたかせてさっと飛び上がった。子どもがあと一歩のところまで近づいた時だった。

がっかりした子どもが、すねたような顔でジョンオクを見つめる。ジョンオクは仕方ないでしょというように肩をすくめてみせた。

カササギは風のない静かな空間を自由に飛び回った。静かな真昼の侘しさが鋼色の羽根に重くのしかかっている。カササギは両足でジャンプするかのように墓石から墓石へと飛び移った。そのたびに子どもはなるべく足音を忍ばせて近づいたが、カササギはぎりぎりのところですり抜けていく。

霊柩車が埃を上げながら上ってくるのが見えた。それはジョンオクたちが座っている山のふもとを回り、隣の尾根の登り口で止まった。

霊柩車のドアが開き、棺を担いだ人たちが先頭に立ってゆっくり山へと登っていく。彼らはジョンオクの想像どおり、作業員たちが待機している、あらかじめ穴が掘られた墓地に向かっていた。それは、ジョンオクのところよりもずいぶん下の方にある墓地だった。

慌ただしくテントが張られ、棺の後をついてきた人たちが日差しを避けてテントの中に入る。

孤独に立ち並ぶ墓碑の間を、子どもはカササギを追いかけて走り回った。裸足に触れる草の感触がいいのか、運動靴も靴下もいつの間にか脱いでいる。子どもは自分の背丈ほどの墓碑を抱きかかえてぐるぐる回ったりもした。

子どもは母と祖母の存在を完全に忘れているようだ。ジョンオクがこうして他人の子を見るように自分の子を見つめるのは初めてだった。短い半ズボンに襟なしのシャツを着て無邪気に走り回っているのは誰だろう。身ごもる前からあんなにもしょっちゅう夢の中で、欲望の中で、想像の中で会っていた子なのか。

ジョンオクは子どもができる前に、どこからか駆け寄ってくる子どもたちを見た。頭の中で特定の姿を描いてはいなかったけれど、自分のお腹を借りて生まれてくる子どもは未来から彼女のもとへとよそよそしく、あるいは腕を広げて楽しそうに駆け寄ってくる子どもたちの誰とも似ていなかった。私の子は誰なのか。

新道が三つに分かれていた。新道に沿って真っすぐ歩けば、邑道《ウプト》や面道《ミョンド》といった通りが現れるはずだ。

左に延びた道の入り口には、「普陀寺《ポタサ》十キロ」と書かれた標識が立っていた。宿の娘が言っていた魚がたくさんいるという貯水池には、右側の道を行かなければならないようだ。

普陀寺の標識の前でしばらくためらっていた彼は、三叉路の店のガラス戸に書かれたククス、ラーメンなどの文字を見て中に入った。劇場の売店で買って食べたパンの防腐剤のにおいがまだ胃の中に残っていて、息をするたびに込み上げてくるというのにひどく空腹を感じたのだ。

雑貨を売る店の中に大きなテーブルが二つ見えた。店の奥にある部屋から女が顔を出す。昼寝でもしていたのだろうか。ぼんやりした顔だった。

「ラーメン、できますか?」

メニューに目をやりながら彼が聞くと、女はブラウスのボタンを留めながら出てきた。

「卵は入れますか?」

女がテーブルを拭きながら聞く。

「いいえ。ククスもできますか?」

ラーメンのむかむかする鶏油のにおいが浮かんできて、彼は急いで聞き直した。

彼女は、何も答えず乱れた髪をかき上げてピンで留め、焼酎や飲料水の瓶などが埃をかぶって置かれている棚のいちばん上からククスの束を取り出した。

ククスができるのを待っている間、彼はタバコを吸い、壁に貼られたセマウル運動［一九七〇年代の朴正熙政権時に全国の農漁村で推進された地域開発運動。セマウルは新しい村を意味する］や食糧増産運動の標語から、懸賞金のかかった指名手配者の写真と罪名、懸賞金の金額まで一つ残らず順番に読んでいった。そうしながら、コンクリートの床に足を擦りつけて編み上げ靴についた土を落としつづけた。頭に物を載せた女と老婆たちが店に入ってきてろうそくと線香を買っていった。

過ぎていく午後の静けさの中に、カエルの鳴き声が聞こえてきた。夜には雨が降りそうだ。

ククスはだいぶしてから出てきた。店の女は濁った煮干しのスープにククスと間引き大根のキムチ、箸などを一つずつ運んできてテーブルの上に並べた。

「ろうそくをください」

老婆と、五歳ぐらいに見える男の子の手を引いた若い女が店の中に入ってくると、店の女は少し親しげに微笑みかけた。若い女は白い喪服を着ている。

「ご供養に行くんですね」

「今日で四十九日だから、これで最後ですよ」

老婆が若い女の方をちらりと見ながら小声で答えた。

棚を漁っていた店の女が手の埃を払い、やれやれ、ろうそくは売り切れみたいだねと頭を振った。

彼女たちは線香を一箱買い、どうしたものかという表情で店を出る。白い喪服の女は、子どもの手を握ったままひとことも口を開かなかった。

「法事のある日にろうそくも仕入れておかないで、まったく、うちの人は何をしてるんだか……」

店の女がぶつぶつ言った。寺に行く人たちは、無視できない顧客のようだ。

「寺があるんですね」

唐辛子粉を少しくださいと言った彼は、余計なことを頼んだみたいで申し訳なくなり、ひとこと付け足した。遠ざかっていく若い女の白いチマの裾がちらちらと目に映る。

「今日は盂蘭盆会なんです。山の向こうの普陀寺に行く人たちですよ」

彼の視線が白いチマの裾を追いかけているのを見た店の女が言い足す。

「ちょうど今日が四十九日みたいだね。上の村の人たちなんだけど、子どもの父親が貯水池に落ちて死んだんですよ」

唐辛子粉をククスにかけてかき混ぜると、米ぬかみたいな色をしたヨトウガが浮かんできた。

店の奥で子どもの泣く声が聞こえた。店の敷居に頬杖をついて外を眺めている女のブラウスのふっくらした胸元が乳でにじみ、だんだん濃くなって広がっていく。子どもの泣き声が刺すように甲高くなると、女はゆっくり体を起こして部屋に入った。

ククスは量が多くてまずかった。腹が減っていたわりには大した食欲ではなかった。

子どもに乳を飲ませている女に金を払い、彼は店を出た。

「棺から遺体を出すみたいだね」

下の方で繰り広げられている光景をずっと見ていた母が目を凝らしながら言った。黒く塗った棺に結びつけられた綿布の七つの結び目をほどいているところだった。

「どうして遺体を出すのかしら」

「骨が白くきれいに残るように、南の方の人たちは時々そうするらしいよ。棺が水分を含んだら骨が黄ばむんだとか……」

ジョンオクは、白日にさらされて深いしわや浅いしわが露になった母の顔をじっと見つめた。化粧は崩れていたけれど、上まぶたにはわずかに青いアイシャドウが残っている。マクワウリをひと口ずつゆっくりかじっていた母の顔がジョンオクの視線を意識して少しこわばった。ジョンオクはすっと腰を上げ、伸びをするように両腕を持ち上げて深呼吸する。立つと葬儀の様子がもっとよく見えた。

七星板《チルソンパン》［棺の底に敷かれる、北斗七星を模して穴を開けた板］に載せられた遺体が穴の中に下ろされると、地面に伏していた人たちの間にひとしきり哭声［人の死を悼んで儀礼として泣き叫ぶ声］が広がる。

遺体を穴の中に下ろすと、黒い洋服を着て頭巾［朝鮮時代から葬儀でかぶられていた白い頭巾］

をかぶった男たちがひとすくいずつ土をかぶせて後ろに下がった。続いて、白い喪服を着た女たちがシャベルで土をすくって入れる。それはまるで、公式の記念植樹を彷彿させる光景だった。

親族からシャベルを受け取った作業員たちが一斉に駆け寄って手際よく土をかぶせた後、石灰を撒いて土を踏み固めはじめる。七、八人ほどが長い竿を一本ずつ手に持って墓穴の中に入った。地べたに力なくひざを立てて座っていた老人が音頭を取ると、二列に分かれた作業員たちがよく響く大きな声でそれに続き、向かい合ったり、背中を合わせたりする動作を繰り返しながら足元をしっかり固めていく。哀調を帯びた悲しくてゆっくりした節回し。その弔歌の歌詞はジョンオクのいる所までは届かなかったが、旋律だけは鮮明に聞き取れた。

声のかすれた老人がタバコを一本吸ってひと息つくと、穴の中にまた、石灰の交じった土がすくい入れられた。哭声と歌声が小さくなる合い間を縫って銅鑼や法螺貝の音がかすかに聞こえてきた。

ジョンオクはその場を離れて周辺の墓を見て回り、墓碑に刻まれた名前と生没年をゆっくり読んでいく。ほとんど一世紀を生きた人も、三十年も生きられずに死んだ人もいた。どちらも驚きだった。自分が生きているからだろう。墓をつくって生きていく人たちと十七歳の死と二十歳の死。年齢によって死は、その姿と色が異なる。それもまた、その死を記憶する人たちの胸の中に刻まれて時間と共に薄れていき、やがて忘れられてしまう影でしかないけれど。

ジョンオクが今度ここに来る時は、すっかり大きくなった子どもと二人だろう。その時、この子は覚えているだろうか。過ぎた時間の中に埋もれた、暑い夏の日の情景を。ジョンオクは足を止めた。ある墓の前に置かれた何本かのクリーム色のバラに目が留まったからだ。最初はかぐわしくて、惚れ惚れするほどきれいだったであろうそれは強い日差しにさらされてどうしようもなく萎《しお》れているが、花を包んでいるセロファンの内側に水滴がたまっていて葉は青く、みずみずしく見える。昨日、ひとしきり降った雨の痕跡だった。よく見てみると、土饅頭の前の狭い地面にハイヒールの足跡ができて固まっていた。

昨日、P市の家の板の間から見た雨の痕跡をここで発見したことが、自分が子どもを抱いて寝かしつけながら見つめていた雨の中を、クリーム色のバラを持った若い女が愛する人の墓地を訪ねてきたのだろうという俗っぽい推測が、ジョンオクに何か不思議な感覚をもたらした。だけど、夏の日の雨なんてありふれてるじゃないの。そう思ってジョンオクは頭を振った。

梅雨は明けたものの、突然の雷鳴と稲妻に驚かされたかと思うと嘘みたいに晴れ上がる日がほぼ一カ月続いている。南の方の町の警察署から連絡を受けたのは、半月前のことだった。

「急な雨で事故に遭われたみたいです」

そこの派出所の巡査が遺留品だと言って差し出した魚籠と釣竿と折り畳み椅子は、まだじめじめしていて、ジャンパーのポケットから取り出した手帳と身分証明書のインクはひどくにじんで見えた。身分証明書に貼られた証明写真は、もう何も証明できない忘れられた過去の顔のようによそよそしく、ぼんやりしていて特徴がなかった。髪形がだいぶ前に流行った刈り上げだったから余計にそう感じたのかもしれない。

「息子さんですか」

ジョンオクを探るような目つきでまじまじと見ていた巡査が、一見女の子と区別のつかない、髪の毛が耳と額を覆っている子どもを指して聞いた。

「ええ、一人息子です」

ジョンオクはうつむいて、聞かれてもいないことを答えた。

子どもの視線は、巡査の腰に装着された拳銃に釘付けになっている。

「雨が降ると急に水かさが増えて……。川の中洲は孤立して浸水してしまうんです。もしかすると、泳いで避難している可能性もあります。捜索は続けていますが、よそから来た人はよく事故に遭うんですよ。雨さえ降らなければ、かなり安全そうな中洲なんですけどね。川の深さも大人の腰程度で、距離もそう離れていないですし……。去年も子どもたちを連れてキャンプに来た人が、夜に突然降った大雨のせいで事故に遭ったんです。雨が降ると跡形もなく沈んでしまうなんて、思いもしませんからね」

若い女に対する同情から、巡査の言葉は親切で冗長だった。

「父さんのだよね？　前に僕も一緒に行った時……」

ジョンオクが一つずつ手に取る物を見ながら、子どもがうれしそうに叫ぶ。子どもは去年の夏に父親と釣りに出かけた長い一日を覚えていた。

ジョンオクは、巡査の後をついていわゆる「現場」を見に行った。大きな川へと流れ込む支流の真ん中に砂が堆積してできた中洲だった。それは、魚の腹のようなのっぺりした楕円形で、川の真ん中に白っぽい姿を現していた。とても一晩の雨で消えてしまうようには思えないほど、しっかりして見える。

照りつける日差しを跳ね返すように、砂粒がきらきらしていた。

中洲では夜遅くまでランタンの灯りが瞬いていたと、そして突然、大雨が降り出したと住民たちは口をそろえて証言した。

あるおじさんが釣りをしに来た。彼は、腰よりも深い川を何度も行き来して荷物を運んだ。川辺で彼は、一人の少年にタバコを買ってきてくれないかと頼み、駄賃として釣り銭を手渡した。翌朝早く、仕掛けておいた網が心配になって出てきた少年は、草むらに引っかかっている服を見つけた。前の日の夕方、あのおじさんが着ていたジャンパーだった……。子どもたちは、すでに村の人たちと巡査に何度もしたであろう話をジョンオクにも一つ漏らさず繰り返した。

「あのおじさんは、夕方までオイカワの一匹も捕まえられなかったんだ。ここは流れが速いから釣れないよって言っても、ただ笑うだけで」

翌朝、一人の青年が、河口の岩に引っかかってぐるぐる回っている折り畳み椅子と流されていく魚籠を川の中から引き上げた。

「傘も差せない暴風雨でした。夜遅く帰ってきたんですが、中洲に灯りがともっているのが見えたんです」

別の誰かがそう証言した。村の人たちが釣り人を捜しに長い棒を持って船を出し、下流まで行っていたという。

楕円形の砂の島からは、何の痕跡も見つけられなかった。

ジョンオクは、巡査が差し出したいくつかの書類に拇印を押し、夫の持ち物を受け取った。

「大学にお勤めなんですね」

「ええ」

「しょっちゅう、こうやって一人で出かけられるんですか」

「夏休みが早く始まって……釣りが趣味ですし」

「なるほど、大学にお勤めなら、休みでなくても時間の融通が利きそうだな。だけど、ここはP市からかなり遠いし、さほど知られた釣り場でもないのに……」

巡査は、この暑い夏の日によその地から訪れた見知らぬ男とその失踪に何としてでも意味を見いだそうとしていた。ジョンオクは一瞬、何でもいいから適当にまくし立てたい衝動に駆られる。言葉が洪水となってあふれ出そうになり、のどがむずむずした。彼は地方大学の講師で、私たちは結婚して五年になります。いつからだったか、彼にはすべてのことが禁じられました。何の権利も意味も持たない禁治産者になったんです。しかも、梅毒患者みたいに定期的にチェックを受けなければならないそうです。昼寝の中での、長い夢の中での旅が許されているだけで、だから、彼はいつも寝ていました。口を開けて寝ている姿を見ているとまるで死んでいるみたいで、驚いて揺り起こしたことも一度や二度ではありません。

しかし、ジョンオクはその言葉を、いつものごとく胸の奥深くに押し込めて質問する。

「あの、ハヌルジェとシンドゥルレがどこだかご存じですか」

巡査は少し考えている様子だったが、すぐに頭を横に振った。

「まったく聞いたことがないですね。この付近にそんな地名はないと思いますよ」

この付近でなくとも、そもそもハヌルジェ、シンドゥルレという所は実在するのだろうか。夫が出かけた後、ジョンオクは地図を隅々まで調べた。市、邑、面単位まで買い揃えて一つ残らず探してみたが、ハヌルジェ、シンドゥルレはどこにもなかった。最初からないだろうと思っていたので、驚きはしなかった。

夫からその地名を聞いた時、夜明け前の藍色の闇のせいだろうか。ジョンオクは鋭く切り立った崖の上から望む、コクチマスが赤く燃える目を冷ますためにしびれるほど冷たい水を求めて集まってくるという山奥の渓谷を思った。

土を踏み固める足の動きが速くなり、音頭の声もそれに続く声もテンポが加速していく。穴の中でぐるぐる回っていた作業員たちが、しゃがみ込んだり立ち上がったりを繰り返しながら、惜しみなく石灰を混ぜてしっかりと踏み固める。見えているのはもはや、脛までズボンをまくり上げて踊るように回っている作業員だけで、親族たちは日差しを避けてテントの中に隠れていた。

彼は水辺に座って靴を脱ぎ、水膨れのできた足を川の中に入れる。水はびっくりするほど冷たい。

彼は、前屈みになって川の中の色とりどりの石を見つめた。石より先に自分の姿が川面に映り、石の色は水中に溶けるように流れていく。

彼は水をかきまぜて川面に映った自分の姿をかき消し、石をつかむ。水の流れで角が丸まった石は、横たわったり立ったりしていて、水中から拾い上げると色が消える。

……きれいな花柄の服を着たトカゲは子ネズミに言いました。満月の頃に小石を持っておいで。絶対に紫色の石じゃなきゃだめだよ。そうしたら願い事を叶えてあげるから……。でも、子ネズミがいくら探しても紫色の小石は見つけられませんでした……。彼は昼寝をしながら夢うつつに、子どもに童話を読んで聞かせる妻の単調で機械的な声を聞いていた。そして彼は思った。紫色の小石か。宝石でもないただの石が紫色だなんて、どんなに珍しくてきれいなことか。それで？　それで、どうなったの？　子どもは母親が読み進めるのを待ちきれず、ひざを揺すって急き立てた。もう何度も読んでいるかのように、妻は適当に読み流していた。……それで、その子ネズミは紫色の石を見つけたのだろうか。彼は最後まで聞けずに深い眠りに落ちた。もちろん、子ネズミは、その小さな体ではとても手に負えそうにない冒険と犠牲、試練を経て紫色の石を手に入れ、願いを叶えたことだろう。それが童話の定石だから。

彼は水中から拾い上げた石を順番に並べた。表面が乾いて白っぽくなると、それらはあっという間に平凡な、どこにでもある石ころに変わってしまう。

P市の家の庭には、一見、木の根と区別しにくい石がある。いつだったか、釣りの帰りに持ち帰って以来、庭の片隅に放置されたまま日陰でじめじめと苔を生やしていた。子どもは、その石が毎晩少しずつ大きくなっていると思っている。あの子の頭の中は魔法に関することでいっぱいだ。地中深く埋められた人も、スリスリマスリと呪文を唱えれば復活すると信じている。深く気に留めることなくやり過ごしてしまっていた子どもの小さなしぐさや表情などが、彼の胸を悲痛なまでに打つ。煙に巻くんだな。君は……詩人なのか。彼らはあざ笑うように言った。彼に関する限り、彼らは実に不適切な評価を下したのだった。なぜなら彼は、自分が詩人であるよりも常識の擁護者であることを望んでいたからだ。

彼は並べた石をまた川の中に投げ入れる。石は川の真ん中にそそり立つ大きな岩にぶつかり、青い火花を飛び散らせてかすかに白い跡を残す。最後の石を水の中に蹴飛ばすと彼は立ち上がった。日はだいぶ傾いていた。一生懸命歩けば、日が暮れるまでには貯水池に到着できるだろう。貯水池を探してひたすら歩けば、太陽が巨大な火の玉となって地平線の下にあっという間に落ちていき、やがて夜が訪れるのを見ることができるだろう。


急いで埋め戻した墓穴の上に、たちまち丸い土饅頭が新しく出来上がった。

ダーン、ダーン、ダーンという銅鑼の音と法螺貝の音が一段とくっきり、慌ただしさを増して聞こえてきた。

二十分も経っていなかったはずだ。あの日、いつになく子どもの昼寝は長かった。汗を流しながら眠っている子どものはだけたお腹にバスタオルを掛けてやりながら、ジョンオクはふと、冬にクリーニング店に預けた洗濯物をまだ取りに行っていないことを思い出した。夏が終わる前に子どもの秋服を準備しなければならない。

ジョンオクは、玄関ドアと門を閉めて鍵を郵便受けに入れた後、クリーニング店へと急いだ。

洗濯物を受け取って一気に走って帰ってきたジョンオクは、しばらく塀の外に立って子どもの泣き声が聞こえてこないかと耳を澄ました。家の中はさっきと変わらず静かだった。おかしいと感じたのは、郵便受けに手を入れて鍵を取り出そうとした時だった。鍵は元の場所にあったものの、何か微妙に違う気がした。はっきりとは説明できない、でも、とても慣れ親しんだ感覚が手の甲をかすめたように思えた。ジョンオクは、鍵を取り出してじっと見つめた。ライオンの頭が雑に彫られた鍵には、ゆがみや傷など目につく痕跡は何もない。玄関の鍵を開けて中に入ると、誰かが入ってきているという感覚が強まった。ドアが開いているとか、靴が散らかっているというのでもなく、変わったところは何もなかった。子どもは、お腹を覆っていたバスタオルを蹴飛ばし、足を広げて眠っていた。家の中を一回りしてやっとジョンオクは気づいた。それは、家の中にかすかに漂うタバコのにおいだった。

ジョンオクは、その時まで持っていた洗濯物が入った紙袋を放り投げて台所に走っていく。夫が家を出て以来、彼のことを考えるたびにお腹が空いているだろうにと思っていたからだが、コップに飲みかけの水が少し残っているだけで、何も夫の手が触れた痕跡はなかった。

ただ、風呂場の脱衣かごに見慣れた夫の衣服が、まるで持ち主は今、入浴中であるかのように丸めて置かれているだけだった。

どこにいるの？　どこにいるの？　いないとわかっていながらジョンオクは、他人の耳を警戒するかのようにささやく。ついには受話器を取って耳に当てた。ツー、発信音だけが耳に響いた。ジョンオクは、自分が何を探そうとしているのかもわからないのに、灰皿の中のまだ唾の跡が残っている二本の吸い殻を手に取り、老練な捜査官みたいに念入りに調べた。

洗濯をする前にいつもそうするようにジョンオクは、夫が脱いでいった服のポケットを探った。服には夫が行った先の数多くのにおい、ジョンオクが決して行ったことのない所の風と日差し、露、すれ違った人たちのにおい、不安な旅のにおいが染みついていた。

ポケットからは、スタンプの日付が読み取れないほどくしゃくしゃになった映画のチケット、遊園地の入場券、汚れたハンカチ、タバコのかすなどが出てきた。あってもよさそうなメモは一つもなかった。

ぐっすり眠っている子どもの頬に残された、夫のものに違いない口づけの痕跡を見た時にジョンオクは、それ以上の推理や詮索は無駄だと気づいた。

夫は、本当に行ってしまったのだ。一晩の大雨で跡形もなく消えてしまった中洲に抜け殻だけを残して隠れてしまったかのように、服だけ着替えて消えてしまったのだ。わずか二十分ほどだったが、どんな遠い所へでも行ける時間でもあった。

ジョンオクは、眠っている子どもの頬に口づけをした。子どもは、煩わしそうに何度か目を擦り、寝返りを打ってまた眠った。

盛られた黄土の上に芝が載せられていた。母はそのすべての過程をしっかり目に焼きつけておこうとするかのように、瞬きもせず見守っている。土が付いたり、しわになるのを心配してワンピースの裾をひざまでまくり上げていて、かつては草むらの葉よりもみずみずしく、自慢の種だっただろう脚はすっかりしなびて太くなり、わずかに静脈瘤の症状も見られ、草むらの上に投げ出されていた。

丸く塀で囲んだ家族墓の墓石の後ろから子どもが現れた。駆け寄ってきてジョンオクのひざにもたれかかる。

ジョンオクは、汗で額にくっついた髪の毛をかき分けて子どもの目をのぞき込んだ。ジョンオクが子どもから夫の気配を感じるのは、まさにその目を見た時だ。そして、その目から一度も会ったことのない、黄ばんだ写真の中の義父の刺すような眼光を感じた。ジョンオクの実家の家族から受け継いだ丸いあごにもかかわらず、子どもはその目のせいで子どもらしくない、どこか鋭い印象を与えた。群れになって押し寄せてくる数百、数千人の子どもたちの中からでも、ひと目で見分けることができる小さい顔。しかし、その特性はすぐに消えてしまうのだろう。成長して女と体を重ね合わせて子どもを作れば、祖父から父へと受け継がれた特徴は次第に薄れていくだろう。やがて誕生するであろう見知らぬ顔の数々。ジョンオクは、夫の姓を引き継いで生まれてくる未来の子どもたちの顔を知らない。遙か昔に地中に埋められた人たちを知らないように。

土饅頭がすっぽり芝で覆われ、その前に簡単な祭祀の膳が並べられると、親族たちがテントの外に出てきた。足元のマクワウリの皮には、いつの間にかギンバエの群れがたかってぶんぶん飛び回っている。

ジョンオクは母の顔をじっと見つめる。いつかジョンオク自身がここで酒をなみなみと注いで供え、一枚の焼紙［葬式などで故人の魂を慰めるために燃やす紙の位牌］をもって母との別れの儀式を執り行うのだろう。

黒い煙が上がった。空っぽになった棺を燃やしているのだろう。母がふとため息をついた。

湿った風が吹いている。空には黒雲が立ち込め、太陽を隠した。

埋葬を終えた人々は、ざあっと来そうなにわか雨を心配するかのように空を見上げると急いでテントを畳み、敷物を丸めて祭器をまとめた。

まだ燃えている棺を作業員たちが取り囲み、火が消えないように棒でつついている。

山を下りていく人々の白や黒の姿が、土饅頭の間に見え隠れしながら遠ざかっていった。

　手入れされていない墓地の長く伸びた雑草が、湿った風に荒々しく吹かれていた。灰色の空間に黒っぽい草の色が怪しく揺れる。

　突然低下した気圧のせいか、幾つもの尾根の谷間からわき上がるように鳥の群れが翼を羽ばたかせて次々と飛び立った。突然、墓地を覆うように現れたカササギの群れが互いを呼び、答えながら低く旋回している。

　墓石から墓石へと飛び移ってはじっとしている鳥の姿に、ジョンオクは身のすくむような恐怖を感じた。

　ものすごい鳥の群れに驚いた子どもはすっかり怯えた様子で、ジョンオクの腕をしっかりつかんで離さない。

　道の下では、霊柩車が騒々しくエンジン音を轟かせていた。

「そろそろ帰ろう」

　母の言葉にジョンオクは黙って子どもに靴を履かせ、マクワウリの皮や卵の殻などを新聞紙に包んで空き瓶と一緒に網袋に入れた。自分たちがここにいた痕跡が残るのも嫌だったが、次に来た時、その痕跡から間違いなく今日のこの時間を蘇らせようという無駄な努力をすることになるだろうと思うとぞっとしたのだ。

「今日、帰るのかい」

「帰らないとね」

特にそうするつもりでもなかったのに、ジョンオクは即座に答えた。いざ返事をしてみると、急にP市の留守宅で何か重要なことが待っているように気がした。たった一日のことなのに、ものすごく長い間留守にしていたような気がして、急いで帰らなければと思った。P市まではバスで三時間の距離だ。

「こっちにも道があるはずだよ。近道だと思うけど」

母は、上ってきた道と反対側の尾根を指差した。さっき人々が去っていった、出来たばかりの墓の前を通る道だ。

空がいっそう暗くなる。下り坂は急だった。ジョンオクは子どもを負ぶう。雲は次第に厚くなって頭の上に押し寄せていた。

下るにつれて銅鑼の音が近づいてくる。

「やっぱり、ひと雨来そうだね」

母はそれまで差していた日傘を閉じた。埋葬を終えた墓の前を通る時、供え物の残りを食べていた作業員たちが上目遣いでジョンオクたちを見つめた。酒に酔ったみたいな赤い目で、見えなくなるまで見つめていた。

山のカーブを二つ回って下りてくると、山裾の突き当りに突然、寺が現れた。丹青《タンチョン》［伝統家屋の壁や柱、天井などに施された色とりどりの絵模様］が鮮やかな端正な寺だった。冥府殿《ミョンブジョン》という扁額が掲げられた暗い仏堂からは、絶えることなく銅鑼と太鼓の音が聞こえてくる。山にいるときからずっと聞いていた音だった。

「法事があったみたいだね」

母がジョンオクの耳元でささやいた。

寺の庭に入ったのと同時に、ざあっと大きな雨粒が落ち始めた。鉄釜がのせられた庭のかまどの薪には、いがらっぽい煙が低く立ち込めている。

庭に入ると、別棟にある台所から僧侶の服を着た短いパーマ頭の女がひょいと顔を出した。首に長い念珠を掛けた初老の女は、菩薩のようでもあり、巫女のようでもあった。

「法事があったようですね」

軒下に入った母が縁側に腰かけながら親しげに聞いた。

開かれた扉から、初八日《チョパリル》［釈迦の生誕を祝う旧暦の四月八日のこと］に使ったと思われる、天井じゅうにぶら下げられた色とりどりの提灯が見えた。

「盂蘭盆会だそうですよ」

供養に来た参拝客なのか、施主なのか、様子をうかがっていた女が差し出がましく答えた。

「ああ、今日は七月十五日［陰暦］なんだねえ」

母は縁側に並んで座っているジョンオクの方を見ながら、驚いたように大声で言った。

「帰りに月が見られるね」

雨脚は一段と激しくなり、軒下の地面に小さな溝を掘りながら跳ね返っていた。

愛だったのだろうか。雨の中を突き抜けて朗々と聞こえてくる読経と銅鑼の音を聞きながら、ジョンオクはぼんやり考えた。何が私をここに来させたんだろう。

ジョンオクは時計を見た。P市に着く頃には夜もずいぶん更けているだろう。その頃には雨も止んで月が出ているだろうか。

「月が見られるね」

母がまた言った。ジョンオクは空耳かと思って母の方を振り返った。母はじっと雨の降る庭を見つめていた。

雨の中、線香のにおいがほのかに漂っていた。七月十五日、盂蘭盆会、亡者の日。満月の夜だ。ジョンオクは眠っている子どもを負ぶって、すでに懐かしく思えるP市の暗い坂道を帰ることになるだろう。

暗闇の家

その女はぴったりカップ一杯分の水をやかんに注いだ。目分量はいつもたいてい正確だった。やかんをガスコンロの上にのせる間も、片手には説明書を持っている。お湯を沸かす間、毛染め剤の説明書を読むつもりだった。……摂氏三十度ほどのぬるま湯に適量の薬剤を溶かし……。

女は説明書の細かい文字に目を近づけ、片手でガスの点火スイッチを押す。……肌が敏感な方やアレルギーをお持ちの方は……。

電気を消してください。

短く鋭いホイッスルの音、せっかちな叫び声、路地を揺らして鳴り響く足音に続いて突然、空襲警報が鳴った。

家と路地の間に散発的に響きわたるホイッスルの音――まるでそれは、平和な村に侵入した盗賊団が交わす合図のように聞こえた――や慌ただしく切迫した足音にその女は、昼間、家の裏山の電柱に取りつけられたスピーカーから何度も聞こえていたのは夜間灯火管制訓練の実施を知らせるものだったと気づいた。

……市民は電気を消してラジオに耳を傾け、訓練に参加されますようお願いいたします。

今もスピーカーは同じ内容の放送を繰り返している。

その女は、少し乱暴にガスの火を消した。盛んに水蒸気を立てていたやかんが、しゅるるるると弱い音と共に鎮まっていく。それはまるでガスが漏れる音みたいで、女はガス管のバルブのつなぎ目に不安そうに目をやった。

居間と台所はもちろん、板の間にも煌々《こうこう》とつけられた照明は二階に上がる階段の中ほどまで照らしていて、家の中はどこも明るかった。

電気を消してください。

民防衛《ミンバンウィ》［戦争や災害などの有事に備えて結成された民間防衛組織］の要員だろうと思われる男が、土足で乱暴に門を蹴飛ばしながら叫んだ。

女は慌てて走りながら家中の電気のスイッチを順番に切って回る。定期的ではなかったものの、その女が覚えている限りでは最近も何度か灯火管制訓練があった。サイレンが鳴ると息子と娘は電気を消し、二階の自室からあたふたと階段を数段飛ばしで駆け下りてきた。誰も、二十分ほどかかる訓練の時間を暗い部屋に一人座って過ごそうとはしなかった。

突然、電気が消えると、砲撃と殺傷が無慈悲に行われる外の世界から安全に退避しているということ、自分たちは仲間であり巣の中の卵のように安全だという事実にあらためて気づかされ、仮に日常の中に突如として飛び込んできた意図された暗闇に人知れず戦慄したとしても、それはかくれんぼの鬼が隠れた子どもたちを捜しにいくまでの、十を数える間の短い時間にすぎなかった。

暗闇の中で響く声は、普段よく知っている自分たちの声ではないみたいに感じられ、彼らはわずかな畏怖の念すら感じて声を押し殺してひそひそ話し、その女はよく「太平洋戦争」末期の、灯火管制が頻繁だった時代を思い出したりした。当時、その女は官立女学校の寄宿舎にいた。すべての窓の灯りが消えた後、休みなく響き渡る空襲警報を聞きながら彼女たちが分かち合ったのは、規律の厳しい官立女学校では禁止されていた秘密の愛の物語だった。

ため息と悲嘆と叶わぬ愛にどんな最悪の状況を合わせても美しい青春の夢は暗闇の中でホタルの光のように乱舞し、十七歳の多感な少女たちは愛と死と裏切りによって紡がれる輝かしい未来を思い描いてみたりした。

愛は、熱く美しく生きる方法だった。その女は黙って笑みを浮かべる。

夫と息子は、ちょうどそれがボクシングのテレビ中継の時間でなければ、灯火管制に不満はなかった。

だが、今夜は一人だ。その女は、しばらく暗い部屋の中にぼんやり立ったまま、一人だという事実に言いようのない当惑と、突然予告なしに訪問客がやってきた時のようないら立たしさを感じていた。

夫は今夜、中東の任地へと旅立つ同僚の送別会があると言った。ここ何年か夫の帰宅は遅く、納得できる理由がいつもあり、その女は男たちの社会生活というものに寛容であろうと努力した。高校三年の息子は、学校の授業以外の受験勉強があって夜遅くにならないと帰ってこないだろうし、娘は今夜、帰ってこないだろう。灯火管制さえなければ、いつもと変わらない夜だった。

その女はほとんど食欲を感じず、食べたのか食べていないのかわからない夕食を済ませてお茶を一杯飲んだ。そして、テレビドラマを見ながら来客がある日に備えてもてなし料理を考え、めっきり白くなりはじめた髪を試しに一度染めようとしていたところだった。

夫の誕生日が五日後に迫っていて、夫の近しい友人たちを何人か夫婦同伴で招待する予定だった。夫には秘密だ。夫の驚きは、その女に新鮮な喜びを与えるに違いない。

そんな思いは、新婚時代に彼らがよくやっていたかくれんぼの、息を呑むような緊張感を呼び覚ました。

新婚の二人が所帯を構えたのは夫の遠縁に当たる人の、砲撃で半分以上壊れた家だった。彼女が一度も会ったことのない彼らは、避難途中で爆死したといううわさだけを残して帰ってこなかった。

夫の帰宅時間はほぼ一定していて、門の前で止まった足音を聞いてから隠れても十分に間に合うほど、その女は自分が隠れる新しい場所を昼の間に物色してあった。それなのに女は、夫の仕事が終わっただろうと思われる頃から早々と隠れていたりした。

夫は家の中をぐるぐる回り、洋服たんす、かまど、壁時計の裏のふた、机の引き出しまで開けていじらしく妻を呼び、時には脅したりもした。

お願いだから出てきてくれ。俺にはとても見つけられないよ。いいものを買ってきたんだ。出てこないと全部捨てちゃうぞ。

夫の足音が遠ざかると、その女は隠れていた物置や空っぽの味噌甕から出てきた。そして、あちこちに散らばっている瀬戸物のかけらで足の裏を切りながら庭を走って横切り、ほかの場所に隠れた。半分ほど壊れた家だったので隠れる所はいくらでもあり、家の主人が避難する際に、砲撃と盗難を避けるために地中深く埋めてあった瀬戸物は割れてかけらになった状態で土の中から出てきた。日中、日当たりのいいその家の庭は、瀬戸物のかけらに日差しが跳ね返ってきらきらし、まるで花畑のようだった。夫が出勤した後、もつれた髪のまま板の間の端に座って庭いっぱいに広がる色とりどりのきらびやかな光を見ているとたちまち軽い頭痛が襲ってきて、ひっそり静まり返ったこの家と自分が一瞬にして陽光の中に蒸発してしまいそうな恐れを感じ、ずっと前にこの家に住んでいた人たちの白い服の裾が揺れるのをちらっと見たような非現実的な感覚に陥った。そして、その女は見つかった時の落胆と見つかりたいという欲求に焦りを感じ、暗い物置から便所、屋根の吹き飛んだ屋根裏部屋、空っぽの甕の中へと深く、もっと深く隠れる場所を探した。しかし、夫は勝負がわかりきった単純な遊びにすぐに飽きてしまった。子どもみたいに一日中かくれんぼばっかりしてられないよ。腹は減るし、疲れるし。

夫の五十五回目の誕生日のために、その女は純銀のスプーンと箸を十セット揃え、上等のワインも何本か用意した。美しく豊かな食卓になることだろう。

その女はひざを抱えて暗闇の中にぽつんと座る。暗闇の中で何をしたらいいのかわからなかった。ご飯が冷めてしまうのに……。

空腹のせいで一気に老けたような顔をして帰ってくるであろう息子を思いながら、そうだ、停電じゃなかったわねとすぐに安心し、部屋の片隅に置かれた電子ジャーの稼働ランプを見た。ご飯が冷める心配はないと思いながらも、視線は暗闇の中に浮かんでいる赤い点から離れない。

瞬きもせずにしばらくそれをじっと見ていたが、眩しくて涙がにじみ出るとやっと、そんな行動の無意味さに気づいて舌打ちをしながら視線をそらした。

夏ならまだ薄明るい時間だったが、部屋の中はとても暗く、十四インチのテレビの何も映っていない画面が青黒くぼんやりと浮かんでいた。鏡はもっと黒かった。ひざで歩いて近づき、ただ深い暗闇があるだけで何も映っていない鏡を見つめていたその女は、ドアが開いたような気配に後ろを振り返った。すき間風にカーテンが揺れたような気がしたのだ。錯覚だったのだろうか。カーテンは動いておらず、月明かりで部屋の暗さが少し和らいだだけでドアは閉まっていた。それなのに、ぞくっとするような寒気を感じた。年のせいだわ。年を取ったら神経も弱るものだから。その女は声に出して言った。

しかし、誰かが部屋に入ってきたような感覚は消えず、ぞくぞくするような寒気が執拗に背筋を走る。

手に冷たい汗がにじみ、胸が締めつけられるように息苦しかった。だが、手がしびれるほどの室温ではない。緊張のせいだと、その女はよくわかっていた。

何も見えるはずのない部屋の中を隅々まで見回していた女の視線が部屋のウィンモク

に置かれたソテツと椿の鉢植えに留まる。

あの鉢植えのせいで部屋の中の空気が濁っているんだわ。植物は、夜になると二酸化炭素を吐き出すって言うから……。あの鉢植えが部屋の中の酸素を吸い尽くしてしまうから、息苦しいのよ。

その女は、まるで部屋の中に充満した二酸化炭素の厚い層を確かめようとするかのように大きく息を吸い、手で虚空をかき回す。やるべきことを探すのが救いのように思えた。もうすぐ灯火管制が終わるだろうし、窓を少し開ければすぐに換気できるとわかっているのに、うんうん唸りながら鉢を持ち上げて板の間に出す。鉢は見た目よりもずいぶん重かった。二つの鉢植えを移す間に寒気は消えていた。

あやうく窒息するところだったじゃない。

大声で言いながらカーテンをめくって外を見る。

その女の家はかなり高い所に位置していた。ひときわ澄みきった青い空を直角や鋭角に横切ってそびえる屋根の、黙想するかのような物静かな姿がはっきりと目に飛び込んでくる。

ぽたっ、ぽたっ、ぽたっ……。天井から小さな音が一定の間隔で聞こえてきた。

その女は顔をしかめる。コンクリートの屋根に積もった雪が、雪かきをする前に溶けて天井に落ちる音だった。

雨や雪が降ると、防水処理がお粗末な古いコンクリート屋根に水が染み込んだ。その女はこの冬に入ってすでに何度か、除雪道具を手に屋根の上に上がって雪下ろしをした。それはいつもその女の役目だった。家族のことを考えているうちに、自分がこの暗くて寂しい家に一人でいるのは彼らの悪意あるいたずらのせいだと思えてきたが、天井から水が滴り落ちているという実感が、自分は捨てられたのだという感情から救ってくれることを願った。

雪や雨の多い冬を越してから防水処理をするか、引っ越すかしようという夫の提案に従ったのが間違いだったと恨めしく思った。最近になって漏水はめっきりひどくなり、時には壁からも、鍋やスプーンなどからもびりびりと感電した。屋根から染み込んだ水が天井の上を通っている絡まった電線を濡らして漏電するのだ。電流は決して見えないけれど、水のように家の中を巡って流れている。

今朝も、洗面台の水栓をひねった娘がびりびりしたと言って縮み上がるような悲鳴を上げた。無防備な状態で家じゅうが流れる電流に包囲されているのだ。

水の落ちる音がずっと聞こえていた。

今のような電気をつけられない状況ではどうしようもないとわかっていながら、立ち上がってドアを開ける。

浸水がひどい所を探してその部分の天井板を一枚外した後、そこに吸水力の高い布をしっかり巻きつけた長い棒を押し込んで水気を拭き取るのが一時しのぎの方法だった。自分が生きているがゆえに闘わなければならない、得体の知れない不安から抜け出すためには労働にすがるしかない。それは、長い歳月のうちに自ら悟ったことだった。

棒は玄関の靴箱の脇に立てられているはずだ。

スリッパはいつも部屋の前にきちんと脱いでおくのが習慣だったが、どうやらそこにはなさそうだった。慌てて電気を消して回っている間に、脱げてどこかに行ってしまったらしい。

板の間が冷たくて足の指を縮こめ、狭い板の間を占拠しているテーブルや椅子などにぶつからないよう手探りした。暗闇の中では、視覚よりも触覚の方が頼りになるというのは新しい発見だった。目の見えない人たちだってそうだものね。

その女は、ちょっと誇らしげに言った。それでも、音を立てずに板の間を通る間、火の気のない板の間の寒々しさと洞窟みたいに黒い口を開けている二階へと上がる階段が、一人捨て置かれているという感情を煽った。

大丈夫。すぐに終わるはずよ。

自分をなだめるように大きな声で言った。暗闇の中でなぜかそれは幼稚に聞こえた。それは、誰かがすでにこの家の中に入ってきていて、自分の行動を一つ残らず盗み見ているという感覚に囚われているせいかもしれない。

その女は板の間の端にあるトイレのドアを開けた。誰もいるはずはない。ドアの外から手だけを伸ばし、便器の水洗ボタンを押した。ざーっ。勢いのある音を立てて水が流れる。便器から水が流れていく音に耳を傾けてからトイレのドアを閉めた。少しためらいながら、玄関脇の部屋のドアノブを回す。子どもたちがそれぞれの部屋を持つようになるまで一緒に使っていた部屋だ。彼らが二階に移った後は書斎や応接室として使う予定だったが、今のところ、古着が入った古いたんす、もう見ることのない古い参考書、絵本、壊れたおもちゃなど、がらくたでいっぱいの物置だった。何年か前まで子どもたちはこの部屋で、彼女の古いスカートやカーテンをかぶってお化けごっこをしたりしていた。使われていない部屋の冷気の中に、じめじめと腐っていく忘れられたすべてのもののにおいが混ざっている。過去のにおいだろうか。

その女は、棒を探しにきたのをすっかり忘れていたことに気づき、頭を振りながらドアを閉めた。

もはや、水漏れの音は天井のあちこちから聞こえてくる。

気にしすぎよ。これしきの水漏れで、家族全員が急に感電するわけじゃないんだし。その女は髪をかき上げながら小さく笑った。そうしてふと真顔になると手を下ろし、まるで握手を拒絶された時のように差し出した手を元に戻せないまま、拳を握りしめたり開いたりを繰り返す。それは、恐怖に陥った者が見せる抗えない力、不可思議な力に対する無力で無意味な抵抗にも似ていた。

そんな緊張感は、彼女にとって慣れ親しんだものだった。

最初の記憶はシンクにあふれた水だった。洗い物をするために水を出してシンクに溜まるのをぼんやりと待つ間、その女は指の関節がこわばってくるのを感じた。水はあふれ、台所の床にこぼれた。水があふれるにつれて女の体の中の血管も膨張し、ついには破裂してしまいそうだった。どうやら癲癇《てんかん》の発作が起きたらしい。一度も発作を起こしたことがないばかりか、そんな病気が自分の中に潜んでいたとは思いもしないまま生きてきたその女の頭に一瞬、そんな考えが浮かんだ。少しでも気を失えば発作が起きるだろう。女は気持ちを集中させるために目を見開き、果てしなくあふれ出す水をにらむ。自分の中に宿る何かが沸点に向かって沸き上がっていた。

お母さん、どうしたの？

台所のドアを押して立っている娘が怯えた声で問いかけ、女を見つめる。

何が？

その女は、目を見開いたまま顔だけ娘の方に向けて聞いた。

顔色が悪いわ。

娘は怯えつつも何とか答える。すると、ようやく女は何度か瞬きをして水を止め、エプロンを外して台所の床に溜まった水を拭いた。

こんなこともあった。夏の庭でその女は、はさみを使って芝生を刈っていた。さほど広い庭ではなかったので、はさみで十分だった。強い日差しの下で芝生を刈っていた女の手の甲に青い水が弾けたかと思うと、何かが一瞬目の高さぐらいまで飛び上がって落ちた。頭を切られたカマキリが体をばたばたさせていた。その女は自分の体の中からわき上がる抑えようのない力を感じた。それは、誰に対するものかもわからない怒りだった。その女は、信じられないほどの生命力で跳ね回るカマキリに向かってひざでにじり寄り、はさみで乱暴に切りまくった。口の中に唾が溜まり、芝生ははさみでおがくずみたいに粉砕され、根こそぎ抜かれたものもあった。

お母さん、ちょっと来て。見せたいものがあるの。

さっきからずっと見ていたかのように、二階の自分の部屋の窓枠に座った娘が、耳がじんじんするほど大きな声で彼女を呼んだ。

何があるって？

返事をしながら二階に上がっていくと、娘は彼女が持っていたはさみをそっと取ってピアノの上に置き、草の汁がついた古い軍手を脱がせて優しく言った。

何でもないの。こんなに暑いのに庭仕事をするのはよくないから、少し休んだらどうかと思って。

どこか探るような不安そうな娘の視線を避けて見下ろした、さっきまでその女がいた庭は芝生が三十センチ四方ほどむしり取られ、まるで白癬に感染した頭皮みたいに赤い土をのぞかせていた。

その女は、注意深く手すりに手をついて階段を上がる。長く暮らしてきた家であり、一日に何度も上り下りする所でありながら、どうかすると足を踏み外しそうな危険を感じて手探りしながら一歩ずつ足を踏み出した。

二階は子どもたちの成長に伴って増築した二部屋だけの簡単な構造だ。初めて自分の部屋ができた時、思春期に差しかかっていた娘はとても喜んだ。

ドアの前に「入室禁止」とか「禁男」「禁女」と下手な漢字で書いて貼りつけたり、「要ノック」の後に赤い油性ペンで感嘆符を三つ書いていたこと、息子が海賊船の真似をしてドクロの絵を描いて貼っていたこと、出かける時は必ず引き出しの鍵を締めていたことなどを思い出して女は笑みを浮かべた。子どもたちはそうやって成長している。そして、いつの頃からか子どもたちはドアの鍵をかけることに神経を使わなくなった。もはや秘密は、日記帳とか押し花や四つ葉のクローバーが貼られた手紙の束とか友情の誓いなんかにあるのではないという意味なのだろう。

娘の部屋のドアを開けた。壁の一面にどっしりと置かれたピアノの鍵盤がぼんやりと目に入ってくる。

昨夜、その女は娘が弾くピアノの音を聞いた。その女が望んで習わせたものの、才能もなく興味も示さず、早々にやめてしまった娘がピアノを弾くことはほとんどなかった。それなのに昨夜は、簡単なソナタや愛と別れの悲しみを歌った歌曲を飽きもせず、夜遅くまで繰り返し弾いていた。

娘は恋に落ちていた。娘からは一切、打ち明け話もほのめかすような言葉もなかったが、その女は、下手ではあるものの精一杯感情を込めたピアノの音を聞きながら夜が更けるまで寝つけなかった。

娘の部屋の中は、成熟した女性のにおいが生々しく感じられた。その女は、瞬間的にそう感じた自分を咎めた。ドミソ、ドミソ、ドファラファソ。何気なく鍵盤を押さえながら強くペダルを踏む。長い間放置されていたピアノは濁った音がする。

娘は最近こまめにお風呂に入り、ほぼ毎日、朝早くから濡れた髪を垂らしている。濡れた髪はより黒く艶めいて見え、肌はみずみずしかった。パジャマ姿でテーブルに座って朝刊を読んでいた夫は、そんな娘を少しよそよそしく、驚嘆の目で見ていた。

娘は今夜、帰ってこないだろう。

今日は夜勤なの。

娘は大学の看護学科の卒業を控えていて、最後の学期は実習で埋まっていると言った。

先週も夜勤だったんじゃないの？

学生に夜勤をさせることに納得いかなかったが、その女は自信なさげに聞いた。

実習の日程が足りないからよ。この間、風邪で三日も休んじゃったから。二日連続でやらなきゃならないみたい。

だったら、昼間は時間が空いてるわよね。明日も夜勤なら、朝早く帰ってきてちょっと寝ておいた方がいいんじゃないの？

女はまた、慎重に言った。

看護師の宿直室があるから……。行ったり来たりする方が疲れるわ。

娘は髪をなでながら、少し上体をのけぞらせた姿勢で目を合わせずに答えた。早くこの無駄で面倒な押し問答を終わらせたいという焦りが透けて見えた。

まるで、男に対する態度だわ。

髪をいじる娘の、ずいぶん気取った手つきを不満そうに見つめる。

しばらく娘が部屋を出ている間に、机の上に置かれたかばんを急いであさった。ハンドバッグよりも少し大きい、ちょっとした旅行にぴったりのかばんはファスナーが開いたままで、ピンクのパジャマがはみ出していた。

かばんの中には、タグも外していないパジャマ以外に洗面用具、携帯用の化粧品、そして、いちばん下には平べったいケースが入っていた。避妊薬だ。一カ月分の二十五錠のうち、すでに九錠がなくなっている。

娘は、その女の苦痛にゆがんだ顔と休みなく握ったり開いたりしている手に気づかないふりをしながらかばんのファスナーを閉め、軽い足取りで家を出た。

娘は今夜、男に身を委ねるのだろうという事実に、体のどこかを鋭い刃物で刺されるような痛みと怒りを感じた。女は、自分が娘ぐらいの年だった頃にすでに子どもを産んでいたにもかかわらず、夜ごとに口ひげを伸ばしたクラーク・ゲーブルと踊る夢を見ていたということを思い出し、怒りを鎮めようとした。戦争は終わってもまだ混乱している時代だった。夜に会った男女は、朝になると別れた。

その女はみじめな気持ちを抱えたまま慰めの方法を探すかのように、息子の部屋のドアを開けて中に入り、椅子に座って机の引き出しを開けた。暗くて中の物は見えなかったが、引き出しを開けたり閉めたりする時の軋み音を聞いているうちに、子どもを身ごもった時の、明らかな兆候が表れる前の予感や直感的な受胎の気配、その驚きと喜びに満ちた時期の温かい気持ちが蘇り、息子に対する柔らかい愛情が込み上げてきて涙を浮かべた。

引き出しの中に入っていた小さなトランジスタラジオをつけた。首都の西の上空に仮想敵機が現れた。火災の起きたビルの屋上に集まっていた市民は、保安要員の誘導で迅速に、落ち着いて非常階段を下りている。アナウンサーは緊迫した様子で都市の中心街の状況を伝えている。

その女はラジオを消した。音が消えると、暗闇はいっそう濃く、厚く感じられた。

こんなに暗くては……。

ため息をついた。まだ家の中にはペンキのにおいが残っている。

先週、ペンキの缶と刷毛を持って脚立を上るその女に、娘は不満そうにこう言った。

無駄だよ。家が古すぎる。お願いだから、新しい家に引っ越そうよ。夜になると壁に少しずつひびが入って、その間から砂がこぼれ落ちる音が聞こえる気がするんだから。

娘の言うことは正しいとわかっていながら、その女は家の中と外を駆け回っては丁寧にペンキを塗って落書きと傷と染みを消し、石灰を練ってひびの入った壁のすき間を埋めた。しかし、遠からずまた壁には亀裂が入り、仕方なく引っ越し先を探すことになるのだろう。

長く暮らした家だった。夫が部長に昇進した年に買ったのだから、もう十年前のことで、あの時すでにずいぶん古くなっていた。

ぽたっ、ぽたっ。天井から水が落ちる音がまた心を不安にさせる。

一階で板の間をどしどし歩き回る音が聞こえる気がした。

明日早速、屋根に防水剤を塗らないとね。

大声で言って、息子の部屋を出た。

階段を半分ほど下りたところで、手すりに手をついて止まる。長いこと暮らしてきたせいで体の一部みたいに慣れ親しんだ家なのに、なぜか一歩も踏み出せない。階段から見下ろす、毎朝四つん這いになって拭いている板の間はひときわ暗く感じられ、立体感のないぺちゃんこの椅子やテーブルなどが浮かび上がって見えるその上に、天井の水の音や壁時計の秒針の音が油のしずくのようにねばねばと落ちていた。家そのものが暗闇の中に溶け出し、一つ残らず解体されて漂っているような感覚にその女はくらくらした。突然、飲もうと思っていた一杯の茶の味を思い出していら立つ。

やがて灯火管制が終わって電気をつければ、家はまた元の姿を取り戻すだろう。暗闇はすぐに終わるだろう。恐怖から抜け出すために、慰めるように自分に言い聞かせた。しかし、それは自分の人生に対して時々独りつぶやく、どうせいつか終わるのだというあきらめにも似た口調とあまりにもそっくりで、ぎくっとすると同時にそう口にした時の気楽さ、自分を捨てた者たちの世界に対する嘲笑や軽蔑といったものが蘇った。

解放［日本の敗戦］後、それまで外地に行っていたその女が北の故郷の家にたどり着いた時、そこにはすでに外国軍が駐屯していた。年寄りや子どもや女たちは顔に煤を塗り、門の外に出ることを控えなければならないというのが常識だった。外に人の気配がしただけで、その女の母親は娘を屋根裏部屋に押し込んだ。露助が来た。

守らなければならないのは命よりも貞操だった。肌が白くて毛が赤く、火のように熱くて強い酒を飲むという北の寒い国から来た巨体の男たちが望むのは、時計と女だった。毛深くて、腕に五つも六つも時計をはめていても彼らは要求しつづけた。

ダヴァイ《さあ》、ダヴァイ《早く》。

あの日、暗闇の中に乱入してきたのは七人の男だったか、八人の男だったか。にやにや笑って強い酒のにおいを漂わせながら、彼らは理解できない言葉を交わしていた。あの時も、その女は目を大きく見開いて歯を食いしばった。すべてのことはいつか終わるものなのだと。

永遠に消滅することなくさすらいつづける、苦痛に満ちた魂は存在するだろうか。肉体が消滅すれば、それは水と火と空気と土になってさすらうだけであって、本当のところはどんな物知りにだってわからないだろう。

そう思いながらも、出勤する夫や出かけていく子どもたちに向かって手を振りながら、彼らにまた会うことはできるだろうか、今、この別れが最後の思い出の一瞬として残るのではないだろうか、未来のある日、私はあのことがあった日も普段と変わらない朝だったと回想しながら、平穏な空気の中に隠れていた不幸な出来事の前兆を知らせる何らかのヒントを探し出そうと必死になるのではないだろうかと、そんなことを漠然と考えたりもした。

踊り場でその女は、しばし後ろを振り返った。障子の目張りがはためく音なのか、少年たちを遠い海に追いやった魔法使いの笛の音なのか、それとも、娘の言うように割れた壁のすき間に入り込む見えない風の音なのか。その女は、ぽつねんと考えた。男の前で服を脱いだ娘のことを考えるのは苦痛だった。

閉じられた居間のドアの向こうから声をひそめてささやく人々の声が聞こえるようだった。その女は時々、誰もいない家に響く話し声、笑い声、この家にかつて住んでいた人たちの、日常的によく起こる小さな出来事などを思い浮かべながら身震いをした。その女の家族が引っ越してくると、前に住んでいた人たちの生活は、まるで質のいい塗料で隠されるように彼女たち家族の日常によってきれいさっぱり消えてしまったが、一人でいるとそれらは生々しく蘇った。女は子どもたちを学校に送り出した後、そうした声のありかや痕跡を求めて家の内外を隈なく探した。欠けた皿、手足が抜けたり哀れにも髪の毛が全部抜かれてしまった人形、壊れたままごと遊びの道具、壁や柱、ドアのすき間などの目につきにくい所にあるかすかな染みや傷などを見つけるたびに、まるで犯罪者のように秘密めいた興奮がわき上がるのを感じた。

だが、一週間前にその女は客を招待する計画を立て、それらの痕跡の上からペンキを塗ってきれいに消した。

十人も招待するなんて……。余計なことをしちゃったかしら。しかも奥さんたちまで呼ぶなんて。家に帰ってから無駄に悪口を言われるだけかもしれない。

その女はわざと、またつまらないことを言ってという表情で首を左右に振った。しかし、客を招くことに対する懸念が彼女に思いがけない生気をもたらした。

自分は決して客をもてなすなんて面倒なことが好きな性格ではないとその女は信じていた。ところが、客を招く理由はいつも存在し、それはすでに日常生活において欠かすことのできない習慣の一つになっていた。

その女は居間のドアを開けた。暗い部屋の中を見回して十人が楽に座れる広さかどうかを考える。

招待される客たちは、たいてい大人しくて礼儀正しく、酒がなくなるのを確認してから仕方なく席を立つ人たちではなかった。彼らはいつも、最も適切な時間に帰ることを心得ている人たちだった。

その女は客が帰った後、ぐちゃぐちゃに混ざった料理や油が白く固まった鍋、新鮮さを失ったまま不吉な色に変色した魚、みすぼらしくしおれた野菜、あちこちお構いなしに落とされたタバコの灰にため息をつき、まだ残っていた酒を一杯注いで飲んだ。そうして、部屋の中に立ち込めるひどいタバコの煙のようにまだ漂っている酔気、酔った勢いを借りた虚勢や騒々しい笑い声、親密で秘密めいた会話を思い出そうという無駄な努力をしてみたり、鏡に向かってにっこり笑いながら優雅に手を振ってみせた。

その女は、汚れて散らかったテーブルに向かって精一杯柔らかい声で話しかけた。

……子どもっていうのは、そうやって大きくなるものでしょう……。年はごまかせませんわ。最近私、不眠症なんですよ。いいえ、お酒は飲めないんです。

その女は、軽く手を振りながら酒を一杯注ぎ、一気に飲み干す。

ひと口飲んだだけでふらふらしてしまって。お客さんが帰ったら後片づけをしなきゃならないのに。え？　食器を全部割ってしまえですって？　まあ、最近はお酒もタバコもやらない女はいないって言いますからね。有名な女たちの座談会では、お茶の代わりにビールを出すそうじゃないですか。

その女は、また一杯酒を注ぐ。

……眠れないと頭が痛くて我慢できないんですよ。更年期の症状ですって？　そうかもしれませんね。でも、私はずっと慢性的な頭痛に悩まされてきたんです。医学事典には、頭痛っていうのは脳神経の痙攣だって書いてありました。考えてみてくださいな。髪の毛よりも細い、頭の中にぎっしり詰まって絡まった神経が休みなく痙攣しているなんて、ぞっとするでしょう？　夫は、私の不眠症は自分のせいだって済まなさそうにしています。だけど、そんなことを気にするような年じゃないですしね。もうそうなのかって？　下の子を産んだ直後に夫が椎間板ヘルニアになって以来だから、もうずいぶん経ちますね。浮気してるんじゃないかって？　ほほほ、もしそうなら……。

その女は、酒をぐっとあおった。そんなことはあり得ないですって？　ああ、年寄りとかうちの夫みたいな人には若い女が若返りの薬だって言いますよね。生娘のことですよ。自信があれば、お宅のご主人にも一度お勧めになるといいですわ。私もそうしているんです。うちの人は、何を馬鹿なことを言ってるんだって一笑に付すんですけどね。たとえ私に隠れて浮気していたとしても、どうしようもありませんよ。夫の浮気に気をもむ年でもないですから。

その女はまた酒を注いで飲む。

お酒ですか？　いくらでもありますよ。灰皿はここにありますし。とは言え、私も一時は世の中のすべての女に嫉妬していました。楽しい集まりだったなんて、うれしいですわ。この年になると、こうやって虚心坦懐に、利害関係なしに集まって心を開くのがストレス解消にいいんですって。社会心理学者たちの学説です。その女はまた一杯飲む。

夫はいつも私に申し訳なさそうにして、そういう時は、私は女として終わりね、だけど、こういうのも一時のことらしいからって夫を慰めながら、幼い子どもみたいに包み込むように抱きしめてあげるんです。そうして、子ども同士みたいに、仲のいいきょうだいみたいに並んで横になるんです。それでも、女っていうのはどうしようもないみたいですね。時々、クラーク・ゲーブルと一緒に踊る夢を見るんですよ。昔の人だけど、本当にセクシーで魅力的で。

その女は赤くなりはじめた目元を押さえながら、さらにもう一杯飲む。

静かな住宅街でいいですって？　とんでもない。一日中家にいたら、玄関のチャイムが何度鳴ることか……。検針員に牛乳配達の人、新聞の勧誘、何とか全集の営業マン……。もちろん、絶対に門を開けたりしませんよ。死んだように気配を殺すんです。面倒なことになるのを避けるためですって？　それよりも……これはここだけの話ですが……。

その女は、瓶を逆さまにして最後の一滴まで注いで飲む。

泥棒が怖いというよりも……だけどまあ、五十の女が強姦を怖がるなんて馬鹿げて聞こえるかもしれませんね。カーテンを変えたのかって？　前回の集まりには来られなかったかしら？　あの時すでに変えてあったんですけど……。あの時もすごかったんですよ。お客さんたちがどれだけ酔っぱらったか……。あの日、私たちは「果樹園の道」っていう童謡を歌ったんです。夫はめちゃくちゃに酔っていて、歌を歌って泣いてしまって。私も涙が出ました。雪みたいに白いリンゴの花が舞い散る果樹園の道、ひょっとするとそれは、露のように髪を濡らす春の雨が降る日のことかもしれないですね。湿った空気の中に漂う淡いリンゴの花の香り、ひょっとするとそれは永遠の香水みたいなものではないかしら。

その女は、酒瓶を持ち上げてもう空っぽだとわかると、残念そうに置いた。

おかしいですよね。私はリンゴの花が咲いている果樹園の思い出どころか近くを通ったこともないのに、あまりにも気に入ってしまってレコードまで買ったんです。一度、お聞きになりますか？　リフレインの高音部分は、永遠に戻れない時代を暗示しているようで、本当に涙が出るんです。ええ、今度ぜひ聞いてみてくださいな。

酒瓶を持って振りながら、照明にかざす。酒瓶にはもう一滴も残っていなかった。

彼らは消えた。笑い声も、大げさなしぐさも消えた。その女は、ひときわ深まった暗闇の中で茫然と立っていた。板の間のガラス戸の向こうに、花火のように華やかな通りの灯りが見える。裏山の電柱にぶら下がったスピーカーがわんわん唸りはじめた。

……仮想敵機は撃墜された。灯火管制は終了だ。何台かの車両が燃えて家屋が破壊されたが、よく訓練された市民は空襲に備えて事前に地下道や退避所に避難していたので、人命に被害はなかった。夜間灯火管制訓練は成功裏に終了した……。

塀の外に誰かが立っている気がした。いや、もしかするとすでに家の中に入ってきているのかもしれない。その女は寒気がしてジャケットでも羽織るかのように肩を揺すり上げ、しょんぼり考える。

路地を上がってくる足音が聞こえた。少しかかとを引きずるような足音が息子のものであることをその女は知っている。どうしたんだろう。息子が帰ってくるにはまだ早い。チャイムが長く鳴った。女はまず電気をつけ、門を開けてやらなければと思いながらぼんやり立っていた。

チャイムが数回続けて鳴り、お母さん、どこにいるのと、息子が激しく門を揺らしながら叫ぶ。

その女は、ゆっくり板の間の電気のスイッチを入れた。電気がつくまでの一秒か二秒、いやもっと短い間に、暗闇の中を閃光のように何かが通り過ぎるのが見えた。それは、冷たくて鋭い邪悪なものがその女の生涯を突き抜けていった感覚にも似ていた。一生を共にしてきた友のようなものだったのだろうか。いや、それはまさに、彼女よりも前にその家で笑い、息をしてにぎやかに生きていた人たち、彼らよりももっと前に生きていた人たち、そして、その女の痕跡や悲嘆、漠然とした不安や怒り、悲哀などをひと塗りのペンキできれいに消して何事もなかったかのように生きていく未来の人たちの仮面のように冷酷で青ざめた顔だった。

著者あとがき

一九七七年の『火の河』に続いて二冊目の作品集を出した。いろいろな雑誌でぼちぼち発表していた小説をあらためて一冊の本にまとめるに際し、それらを整理するというよりも、既存の枠から抜け出すのだという意志と欲望の表現に意味を置きたいと思った。一つのことに決着をつけたなら、また新たに出発しなければならないからだ。過ぎ去った時間や現実に対する否定的な考えが強い時、人々はいつも新しい出発を夢見ることで慰められる。私もそうだ。眠れない夜、私は命を懸けて立派な作品を残した人たちを思い、書くことに対する誠実さは人生に対する誠実さであり、心から大切にしているものを愛し、守る確かな方法になるだろうと考える。それはつまり、声を抑え、愛と怒りと悲しみは心の奥深くに沈めてより大きな力に育てることにほかならない。露のしずくが硬くなった土の中に染み込んで葉を茂らせ、花を咲かせて実をつけるように。

作品というのは書いてしまえば作家の手を離れ、あとは読者に委ねられるものであり、どんな補足も言い訳も許されないものだとわかっていながら、いつも不十分さを感じて往々にして楽しまずの心境に陥ってしまうのは、欲心や物を書くことに対する潔癖症のせいだなどと自分を誤魔化すつもりはない。

厳しい現実であればあるほど、作家が負うべき役割は大きいという事実を何度も自らに言い聞かせながら、本を出してくださった文学と知性社の金炳翼《キムビョンイク》社長、帯文を書いてくださった金治洙《キムチス》先生に深く感謝申し上げる。

一九八一年七月　呉貞姫

日本語版刊行に寄せて

『幼年の庭』は一九八一年に刊行した二冊目の小説集です。私の青春の残酷な自画像ともいえる、二十代の頃に書いた作品を集めた最初の小説集『火の河』を出した後、三十代を生きる自分自身の内面の記録として残したのがこの『幼年の庭』です。私小説とは言えませんが、あの時も今も、私という存在は大地をしっかり踏みしめて立っているし、私の文学的想像力も現実に根づいたものだから、私の人生と文学は決して分離することはできません。だから、この小説集には、とにかく生きなければならないのだという厳然たる命題に直面した女性と母性、一人の人間としての実存的苦悩と葛藤が小さなため息としてちりばめられているだろうと思います。

この本に収録された作品をあらためて読むのは本当に久しぶりでしたが、急な坂道を上るように、毎日毎日息が切れるほど苦しかったあの頃が思い出され、遙か遠い時間の向こうに埋もれたドアを一つひとつ開けて入っていく時間旅行のようでもありました。そして、これらの作品を書いていた時期を通り過ぎた今、若い女性として経験せざるを得なかった混乱ややるせなさ、息苦しさは、まさに人生の峠を越える一つの過程だったことに気づきました。矢のように流れていく人生において、遠ざかり、かすんで、ついには忘却の彼方へと消えてしまう時空間と心の模様はそうやって整理することによって初めて連続性を帯び、存在しつづけるのだということ、そんな確信を持つことが作家としての使命であり力であると考えるようにもなりました。

この小説集の表題作でもある「幼年の庭」は、私が実際に朝鮮戦争の時に幼少時代を過ごした避難先での記憶をかき集めたものです。幼少期というのは誰にとっても、雑多ながらくたが詰まった古い屋根裏部屋みたいなもので、自分が見聞きし、経験したことに夢の中でのことが合わさって現実と非現実、空想と妄想の間のぼんやりとした空間やイメージが作り出されます。屋根裏部屋にたまった埃とクモの巣を払いのけ、目が回りそうになるのをぐっと堪えながら流れの速い川底をのぞいて珍しい石を探し出すような気持ちで書いた幼い頃の物語「幼年の庭」と、その続編ともいえる「中国人街」は個人的な成長記録であり、私が文学の道を進むうえでどうしても書かなければならなかった小説であり、避けて通ることのできない通過儀礼の一つだったと言えます。

『金色の鯉の夢』、『夜のゲーム』、『鳥』に続き、また日本の読者のみなさんにお目にかかれてとてもうれしく、心が躍る思いです。この本の出版に携わられた皆さまに深くお礼申し上げます。

二〇二三年七月　呉貞姫

訳者解説

本書は、一九八一年に文学と知性社から刊行された呉貞姫《オジョンヒ》の小説集『幼年の庭』の改訂版として二〇一七年に同社から出た『呉貞姫コレクション』(全五巻)のうちの一巻を訳出したものだ。収録されている八つの中・短編は連作を念頭に書かれたものではないが、最初に小説集をまとめる段階で、編集者らのアイデアによって作品の発表順ではなく主人公の年齢順に並べられた。それによって、一九五〇年代から一九八〇年代初めにかけて幼少期から中年期を生きた一人の女性の生涯が浮かび上がる連作小説のような形になっている。

呉貞姫は一九四七年、朝鮮解放後に北朝鮮からソウルに逃れてきた「失郷民《シリヤンミン》」の両親のもとに生まれた。朝鮮戦争の勃発によってソウルから忠清南道《チュンチョンナムド》洪城《ホンソン》へ家族で避難し、その後、戦時動員されていた父の帰還に伴って小学二年生の時に仁川《インチョン》に移り住んだ。小説家になることを夢見はじめたのは小学三年生の頃。父の反対で一時はテニス選手を目指したり、「女が文学をすると不幸になる」という高校の文芸クラブの先生の言葉に絶望したりしながらもソラボル芸術大学文芸創作科に入学し、在学中の一九六八年、中央日報新春文芸に「玩具店の女」が当選して作家デビューした。一九七九年に「夜のゲーム」で李箱《イサン》文学賞、一九八二年に「銅鏡」で東仁《トンイン》文学賞など国内の主要な文学賞を多数受賞。二〇〇三年には長編小説『鳥』でドイツのリベラトゥール賞を受賞し、『鳥』はドイツ語のほかフランス語、英語、ロシア語、日本語など十カ国語に翻訳されている。

寡作であり、『鳥』以外に長編小説は書いていないものの短編の最も上手い作家の一人として知られている。主な著書に、小説集『火の河』、『風の魂』、『花火』、掌編小説集『豚の夢』、『秋の女』、『活蘭《ファルラン》』、エッセイ集『私の心の模様』

などがあり、邦訳に『夜のゲーム』、『金色の鯉の夢』（いずれも波田野節子訳、段々社）、『鳥』（文茶影訳、段々社）などがある。

「幼年の庭」（一九八〇年）の語り手は食いしん坊の未就学の女の子、ノランヌン《黄色い目》で、著者がモデルとなっている。朝鮮戦争の戦火を逃れていった避難先で大家一家への好奇心を膨らませながら過ごした間借り生活、父親不在の中で変化していく家族の姿と関係性、排他的で退廃的な避難先の田舎町の空気がノランヌンの目を通してまるでセピア色のモノクロ写真のようにぼんやりと描かれている。語り手の少女に「黄色い目」という呼び名がつけられたのは、「中国人街」にも出てくる虫下しの薬、サントニンの副作用で何もかもが黄色く濁って見えていたこともあるだろうが、当時の混沌とした社会が幼い少女の目には常に、辺りに砂塵が舞っているかのようにぼんやりと映っていたからではないだろうか。

「中国人街」（一九七九年）も戦争、そして休戦から復興へと続く動乱の中で少女時代を過ごした著者の経験がもとになっている。もちろんフィクションだが、父の就職によってようやく避難先を離れた日、夜通しトラックに揺られてたどり着いた町にまるで荷物のように投げ降ろされたこと、同居していた祖母（実際は祖母ではなく母の遠い親戚）のこと、近所の売春婦などについては実話であり、満八歳から十二歳まで仁川の「チャイナタウン」で過ごした頃の著者の記憶が凝縮されたものだ。

一八八三年の開港によって形成された港町・仁川には華僑が集まって住む「チャイナタウン」があった。そこは、著者が住んでいた旧日本人街と隣接しているにもかかわらず雰囲気がずいぶん異なっていて、朝鮮人にとって彼らは常に蔑視の対象だった。特に一九四八年に韓国政府が樹立すると華僑に対する差別が激化し、彼らの居住地は次第に廃れていく。この作品に描かれる風景にはその頃の様子が反映されているようだ。

語り手の「私」は、多産の母や売春婦の乱れた生活、夫と一緒に暮らせない祖母の哀れな事情などから反成長、反母性、反女性性といった感情を高めていく。最後の「初潮だった」という一文は文学界において長らく話題となり、小説家のカン・ヨンスクは「すべての文学少女たちがバイブルの一節のように崇拝した即物性あふれる」文章だと語っている（『呉貞姫を深く読む』、文学と知性社、ウ・チャンジェ編、二〇〇七、未邦訳）。

「幼年の庭」と「中国人街」は、「風の魂」（一九八二年）と合わせて戦争三部作とも呼ばれる。「幼年の庭」は『韓国の現代文学3　中編小説Ｉ』（柏書房）に朝長のり訳が、「中国人街」は『金色の鯉の夢』に波田野節子訳が収録されており、「夜のゲーム」とともに新訳となる。

「冬のクイナ」（一九八〇年）は母と二人で暮らす三十歳の女性が、大きな夢を抱きながら何一つ実現できず、没落の一途をたどっていく兄を憐みつつ幼少時代を懐かしむ物語だ。クイナと訳した原文の「뜸부기」は「ツルクイナ」のことで、韓国では一般的に夏の鳥として知られていて、「冬のクイナ」という

タイトルは、落ちぶれていく兄を連想させる。作中の童謡『兄を想う』は、当時十一歳だった崔順愛《チェスネ》(一九一四~一九九八)が、独立運動に参加したまま帰ってこない児童文学者の兄、崔泳柱《チェヨンジュ》（一九〇六~一九四五）を恋しく思う気持ちを書いて雑誌に投稿した詩に、作曲家の朴泰俊《パクテジュン》（一九〇〇~一九八六）が曲をつけたものだ。

若い未婚女性と糖尿病を患う父の生活を淡々と追った「夜のゲーム」（一九七九年）は、夕食後、二人の間で習慣のように繰り返される花札遊びの様子が詳細に描写されている。互いの秘密を知っていながら見て見ぬふりをする娘と父。「夜のゲーム」というタイトルはそんな二人の関係の隠喩であり、模範的な娘と威厳ある父という社会的役割を演じつづける二人の花札遊びの陰に覆い隠された暗い感情が、現在と過去が溶け合うように混在した文章によって少しずつ暴露されていく。なお、「夜のゲーム」は二〇〇九年に韓国で映画化され、同年のゆうばり国際ファンタスティック映画祭で北海道知事賞を受賞している。

「夢見る鳥」（一九七八年）、「空っぽの畑」（一九七九年）、「別れの言葉」、（一九八一年）、「暗闇の家」（一九八〇年）の語り手はすべて中流家庭の主婦で、呉貞姫の多くの作品に共通する。「夢見る鳥」は、著者が夫の転勤に伴ってソウルから春川《チュンチョン》に移り住んだ年に発表された短編で、見知らぬ土地で戸惑い、子どもの世話に追われる女性の不安な日々が描かれている。「空っぽの畑」は孤独な子育ての中で空虚感に苛まれた主婦が、「彼」を待ち焦がれながら夫や幼い息子と共に釣りに出かける物語だ。「彼」は不倫相手なのか、初恋の相手なのか。すれ違ってしまった夫婦の微妙な関係を修復することもできず苦悩に陥った主婦は、孤独に葛藤しつづける。

「別れの言葉」は、ある夏の暑い日に、著者が母と一緒に金浦《キンポ》市にあるチャンヌン墓地に行ったことがモチーフとなっている。先祖の墓を訪ねていくことがかなわない失郷民の父は、自分と妻が入る墓を用意できたことにとても安心していたそうだ。この作品が書かれたのは光州《クァンジュ》民主化抗争（一九八〇年）が発生した翌年で、実際に、ある署名運動に参加した著者の夫は当局の監視の目を避けるため、釣りを口実に何日も家を空けることがあったという。軍事独裁政権の下、反体制を叫ぶ人々に対する徹底的な弾圧が行われていた頃で、大雨の中で事故に遭ったのではないか、職務質問に引っかかって連行されたのではないかと毎日不安におびえていた事実をもとに書いた作品だと著者は明かしており、そんな時代の空気が軍用トラックの物々しい隊列によって暗示されている。

現実なのか幻想なのか、行方不明の夫は生きているのか死んでいるのかといった部分があいまいで、少し難解に感じられるかもしれないが、それは、あえて「意識の流れ」［絶えず流動している人間の意識をそのまま表現しようとする文学的手法］を取り入れた著者の意図によるものだ。この手法を用いたフォークナーの『響きと怒り』を読んで衝撃を受けた著者は、丹念に練られた構成や明確なストーリー性を持った画一的な小説からの脱却を図ることで新しい創作の形に挑戦したかったという。文芸評論家のイ・テドンは「この作品（別れの言語は、ヴァージニア・ウルフのそれと同様、散文詩のようだ」と論評している（『作家と共に対話で読む小説　別辞』（呉貞姫、イ・テドン著、知識の山、二〇〇七、未邦訳）。ウルフもまた『灯台へ』などで「意識の流れ」を用いた作家として知られている。

最後の「暗闇の家」はある冬の日に突然、夜間灯火管制訓練が行われ、その二十分ほどの間を真っ暗な家の中で一人過ごす平凡な主婦の不安な心理が幻覚や幻聴という形を伴って表現されている。自分を顧みない家族との暮らしの中で空の巣症候群（エンプティ・ネスト・シンドローム）に陥った主婦の描写はやや病的で被害妄想的だと感じられるほどだ。呉貞姫の小説にはこうした女性がたびたび登場し、「彼女たちの内的意識を通じて当時の社会に漂っていた虚無意識が浮き彫りにされていく」（二〇〇五年十一月八日付、檀国ヘラルド）などと評価されている。

メタファーや暗示を巧みに駆使し、散文詩のように美しく凝縮された、時には背筋がぞくっとするような独特の文体で読者を魅了してきた著者は、韓国文学界で確固たる地位を築いている。女性の内面を深く掘り下げ、家父長制の枠から抜け出そうともがく女性の姿を多く描くことで新しい女性小説のモデルを構築した作家であり、『82年生まれ、キム・ジヨン』（チョ・ナムジュ著、斎藤真理子訳、筑摩書房）をはじめとする現在のフェミニズム文学の源泉ともいえる存在で、シン・ギョンスク、コン・ジヨン、ウン・ヒギョン、ハ・ソンナン、ハン・ガン、ピョン・ヘヨンといった後輩作家たちの憧れと尊敬を集めてきた。

文芸評論家のシム・ジンギョンは呉貞姫文学の特徴として、「話者の内的独白を前面に押し出して現実と幻想の区別をあいまいにする手法、断定的な解釈を拒否する詩的言語とその効果、女性性を通して人間という存在に対する理解を拡張する作家意識」の三つを挙げ、それらは「時間を超えて一九九〇年代の女性意識を貫通する主題意識であり方法論でもあった。一九九〇年代以降の韓国の女性文学の起源をたどると、そこにはいつも呉貞姫の小説がある」と評している（二〇一七年五月二十四日付、国民日報）。

『幼年の庭』に描かれた韓国の女性たちの姿は、同時代の日本の女性たちとも重なる部分があるだろう。現代の韓国文学に日本の読者が共感するように、幅広い層の心に響く小説集として多くの人々に読まれることを期待している。

二〇二四年一月　清水知佐子

呉貞姫（오정희）

オ・ジョンヒ●一九四七年、朝鮮解放後に北朝鮮からソウルに逃れてきた「失郷民」の両親のもとに生まれる。ソラボル芸術大学文芸創作科卒業。大学在学中の一九六八年、中央日報新春文芸に「玩具店の女」が当選して作家デビューした。一九七九年に「夜のゲーム」で李箱文学賞、一九八二年に「銅鏡」で東仁文学賞など国内の主要な文学賞を多数受賞。二〇〇三年には長編小説『鳥』でドイツのリベラトゥール賞を受賞し、韓国人として初めての海外文学賞受賞であったことから大きな関心を集めた。『鳥』はドイツ語のほかフランス語、英語、ロシア語など十カ国語に翻訳されている。その他の著書に、短編集『火の河』、『風の魂』、『花火』、掌編小説集『豚の夢』、『秋の女』、『活蘭』、エッセイ集『私の心の模様』（いずれも未邦訳）など。邦訳に『夜のゲーム』、『金色の鯉の夢』（いずれも波田野節子訳、段々社）、『鳥』（文茶影訳、段々社）などがある。

清水知佐子

しみず　ちさこ●和歌山生まれ。大阪外国語大学朝鮮語学科卒業。読売新聞記者などを経て翻訳に携わる。訳書に、朴景利『完全版　土地』、イ・ギホ『原州通信』、イ・ミギョン『クモンカゲ　韓国の小さなよろず屋』、キム・ハナ、ファン・ソヌ『女ふたり、暮らしています。』など。シン・ソンミ『真夜中のちいさなようせい』で第69回産経児童出版文化賞翻訳作品賞受賞。

CUON韓国文学の名作 006

幼年《ようねん》の庭《にわ》

第一刷発行　2024年3月25日

著者　呉貞姫（オ・ジョンヒ）
訳者　清水知佐子
編集　藤井久子
校正　嶋田有里
ブックデザイン　大倉真一郎
DTP　安藤紫野
印刷所　精文堂印刷株式会社

発行者　永田金司　金承福
発行所　株式会社クオン
〒101-0051
東京都千代田区神田神保町 1-7-3 三光堂ビル3階
電話　03-5244-5426
FAX　03-5244-5428
URL　https://www.cuon.jp/

万一、落丁乱丁のある場合はお取替え致します。小社までご連絡ください。

ISBN 978-4-910214-51-1 C0097

「CUON韓国文学の名作」はその時代の社会の姿や
人間の根源的な欲望、絶望、希望を描いた
20世紀の名作を紹介するシリーズです
